I0584173

# LE DUC DANGEREUX

## LES INSAISISSABLES
### TOME SIX

## DARCY BURKE

Traduction par
### SOPHIE SALAÜN

ZEALOUS QUILL PRESS

# LE DUC DANGEREUX

Enfant difficile et provocateur, Bran Crowther, comte de Knighton, devenu jeune homme, a quitté l'Angleterre, en quête d'indépendance et d'aventure. Jamais il n'aurait imaginé hériter de ce titre, et lorsque le devoir l'oblige à rentrer chez lui, les codes de la société lui paraissent toujours aussi contraignants, et les attentes des gens l'oppressent. Néanmoins, il lui faut une épouse pour assurer le rôle de mère auprès de sa fille, de préférence une femme intelligente et chaleureuse, mais surtout insensible à son tempérament, et à l'amour.

Veuve, Joanna Shaw n'a pas envie d'un second mariage, pas après l'union dépourvue d'amour et de passion qu'elle a endurée. Elle préférerait prendre soin de sa nièce et de son neveu, car ils seront probablement ses seuls enfants… Jusqu'à sa rencontre avec une jeune fille précoce qui a désespérément besoin d'une mère. Mais son père, le duc Provocateur, est aussi singulier qu'il est bel homme, et Jo ne veut pas faire courir le moindre risque à son cœur. Mais les règles sont faites pour être transgressées, les conséquences dussent-elles les détruire tous les deux.

# CHAPITRE 1

*Londres, juillet 1817*

— Il veut vraiment aller jusqu'au bout ? demanda Lionel Maitland, marquis d'Axbridge, à son ami et second, Sebastian Westgate, duc de Clare.

West pinça la bouche en une ligne sinistre.

— Apparemment. J'ai tenté de faire entendre raison à son second, mais Chalmers dit que Townsend ne veut rien entendre. Il veut absolument se battre en duel.

— Absolument ? Ce sont ses mots exacts ?

Lionel secoua la tête.

— C'est un imbécile, une tête brûlée. C'est *moi* qui l'ai défié, et je lui offre une chance d'arranger les choses.

— Il persiste à dire que ton accusation n'est pas fondée.

Lionel laissa échapper un vilain juron.

— Elle l'est.

West haussa un sourcil.

— Évidemment qu'elle l'est. J'ai foi en ta parole.

Lionel inspira profondément pour apaiser sa colère.

— Townsend refuse vraiment de mettre un terme à tout cela et d'enterrer cette affaire ? Ce serait mieux pour lui.

— Il refuse.

Plissant les yeux, West jeta un regard, par-dessus son épaule, à Townsend et son second, Chalmers. Je suppose qu'il a besoin de cet argent. Je crois que ton unique chance de le faire taire, c'est de le payer, dit-il avant de soupirer. Ou de le tuer.

Un frisson parcourut l'échine de Lionel.

— Je n'ai l'intention de faire ni l'un ni l'autre. Je voulais lui faire peur. Quel genre d'écervelé accepterait un défi venant de moi ?

Lionel s'était déjà battu en duel à deux reprises auparavant, et le second s'était soldé par la mort de son adversaire. Qu'il se retrouve dans cette situation pour la troisième fois était alarmant. Cependant, il ne pouvait tout simplement pas laisser le comportement de Townsend perdurer sans intervenir.

West toussa.

— Effectivement.

Lionel adressa un regard penaud à son ami.

— Une fois encore, je dois te présenter mes excuses pour t'avoir tiré du lit pour m'assister. À supposer que je survive aujourd'hui, la duchesse me tuera sûrement.

West esquissa un demi-sourire.

— Peut-être. Pour l'instant, elle est bien occupée auprès de notre fille, répondit-il, avant de prendre un air plus sérieux. Je suppose qu'il est temps de s'y mettre.

Lionel souffla.

— S'il le faut…

Il patienta pendant que West et Chalmers parcouraient les vingt pas et prenaient leur position. Ainsi, ni Lionel ni

Townsend ne pourraient raccourcir leur démarche pour accentuer leur avantage. Ce qui signifiait également qu'ils ne pourraient pas se retourner plus tôt et faire feu.

Après avoir procédé à l'examen des pistolets, West s'approcha de lui avec l'arme chargée.

— Tout est prêt. Que prévois-tu de faire ?

Lors de son premier duel, Lionel, en tant que challenger, s'était dit insatisfait quand les premiers tirs n'avaient pas fait couler le sang. Cela avait été le cas des seconds... Tout du moins de l'un d'eux. Il avait touché son adversaire au bras.

Son deuxième duel avait bien plus mal tourné. Lionel cilla, rejetant ce souvenir au fond de son esprit. Cela n'arriverait pas aujourd'hui.

— Je vais tirer au-dessus de son épaule, assez près pour lui flanquer une peur bleue, expliqua-t-il en grimaçant, retirant son manteau qu'il remit aux bons soins de West. Je l'espère.

West troqua le vêtement contre l'arme.

— Bonne chance.

Lionel s'avança jusqu'à l'endroit où les seconds avaient marqué le départ. Townsend l'y rejoignit avec un petit rictus. En dépit de cette démonstration de bravoure, il était bien trop blême pour que l'on puisse croire qu'il avait confiance en lui.

— Il est encore temps de régler cette histoire sans les armes, proposa Lionel.

Il dépassait le vicomte de plusieurs centimètres, et il avait des yeux brun sombre et chaotiques. Cet homme était connu pour son mauvais caractère.

— Nos seconds ont déjà abordé cette question. Continuons.

Lionel se pencha vers lui, usant de sa stature pour intimider l'homme.

— Ne soyez pas idiot, Townsend. Vous n'avez qu'à mettre

un terme à vos activités envers notre connaissance mutuelle, et toute cette affaire trouvera sa conclusion.

— Comme je vous l'ai déjà dit, je ne suis pas coupable de ce dont vous m'accusez. Mon honneur est en jeu, et je dois le défendre.

C'était un point que Lionel ne contestait pas. Cependant, le chemin qu'il empruntait était celui qui mènerait à sa ruine.

— Pensez au moins à votre vicomtesse.

— Je pense à elle. Maintenant, commençons.

Il fit volte-face, présentant son dos.

Se retournant, Lionel cramponna le pistolet dans sa main. Chalmers commença le décompte, et à chaque chiffre, Lionel avançait d'un pas mesuré. Plus la distance grandissait entre Townsend et lui, plus son cœur s'emballait. Il repoussa les images qui menaçaient de submerger son esprit : celles des fois où il avait déjà vécu cela.

Mais comment diable s'était-il retrouvé à nouveau dans cette situation ?

*Parce que tu as plus d'honneur que de bon sens.*

La voix de son père prit le dessus sur sa conscience. Il avait beau n'avoir jamais prononcé ces mots, Lionel l'imaginait le faire. S'il était encore en vie.

Il se secoua après avoir failli manquer le pas suivant.

— Dix-huit.

*Nous y sommes presque.*

Lionel redressa les épaules avant de les relâcher, s'obligeant à se détendre. Un tir stable requérait un corps calme, et un esprit encore plus apaisé.

— Dix-neuf.

Il ferma brièvement les yeux et dit une prière.

Le bruit d'un coup de feu retentit, suivi d'une douleur cuisante dans son épaule gauche. Il pivota, leva le bras et visa.

Il fit feu.

Townsend s'écroula au sol, et Chalmers se précipita pour le secourir.

— Doux Jésus, tu saignes ! s'exclama West, récupérant le pistolet dans la main de Lionel.

La douleur avait disparu un instant, pendant qu'il se concentrait sur son tir. Il avait eu l'intention de viser au-dessus de l'épaule de cette ordure. Jusqu'à ce que Townsend tire avant « vingt ». Alors Lionel avait changé de tactique, visant pour descendre ce type avant qu'il n'ait un nouveau plan idiot.

Mais Townsend avait bougé à la dernière seconde, et si Lionel avait eu l'intention d'effleurer sa jambe, la balle avait frappé en plein dans la cuisse. Au lieu d'une blessure superficielle, elle serait bien plus dévastatrice.

La douleur cuisante revint, et Lionel étreignit son bras gauche avec une grimace.

— Où est le médecin ?

— Ici, my lord.

L'homme arriva à ses côtés et pressa aussitôt un linge sur l'épaule de Lionel.

Celui-ci jura à mi-voix, le cœur battant à tout rompre.

— Ce n'est rien. Allez vous occuper de Townsend.

Le médecin fronça les sourcils.

— Ce n'est pas rien, my lord. Je dois déterminer si la balle est logée dans votre épaule. Et il existe toujours le risque d'infection.

— Je le sais bien.

Il avait été terrifié à l'idée que le premier homme sur lequel il avait tiré en contracte une, mais Dieu merci, cela n'était pas arrivé. Il priait de même pour l'imbécile qui se tortillait à l'autre bout du champ.

— La balle n'a pas pénétré, elle a effleuré la chair. Allez voir Townsend.

Le médecin demanda à West de maintenir le linge contre la plaie.

— Pas si fort, bon sang ! s'exclama Lionel.

Il ne savait pas vraiment où se situait la balle, mais il voulait que le médecin s'occupe en priorité de Townsend.

— C'est le but d'arrêter l'écoulement de sang, expliqua West en secouant la tête. On pourrait croire que tu n'as jamais pris part à un duel avant.

Lionel lui jeta un regard noir.

— On ne m'a jamais tiré dessus avant.

— Tu marques un point.

Il jeta un œil à l'endroit du champ où le médecin était agenouillé à côté de Townsend.

— Qu'est-il arrivé à ton plan qui consistait à l'effrayer ?

— Je l'ai abandonné quand il a tiré à « dix-neuf ».

West se retourna vers lui avec un regard sombre.

— C'est compréhensible. Il s'est comporté comme une canaille.

— Étant donné le caractère de cet homme, et son manque d'honneur apparent, cela n'aurait pas dû me surprendre. Ce maudit imbécile.

Il commença à marcher vers lui.

— Que fais-tu ? demanda West qui s'efforçait de garder la main plaquée contre l'épaule de Lionel, tout en suivant son rythme.

Celui-ci grinça des dents alors qu'il approchait de l'homme à terre. Chalmers partit en courant au moment où ils arrivaient.

Le médecin observa un moment l'épaule de Lionel.

— J'ai envoyé Chalmers chercher la civière dans ma berline. Townsend devra subir une opération pour extraire la balle. Il vous faudra quelques points de suture, au minimum. Envoyez un valet de pied chercher mon collègue.

— Je vais m'en occuper, dit West. Tiens, dit-il en tendant le tissu ensanglanté à Lionel avant de filer vers sa berline.

Le marquis baissa le regard sur Townsend, dont les yeux étaient fermés. Il avait le visage crispé par la douleur, sa main cramponnant sa jambe juste au-dessus de la blessure, là où le médecin pressait un linge. Le sang s'écoulait, sombre, mais à un rythme lent.

— Townsend, dit Lionel. Ouvrez les yeux.

Le vicomte battit des paupières avant de lever les yeux vers lui.

— Vous venez jubiler ?

— Non. Je suis venu pour demander pourquoi vous avez tiré plus tôt. Pour un homme si soucieux de défendre son honneur, vous vous êtes comporté sans en faire montre.

Townsend referma les yeux et gémit.

— Je croyais que c'était vingt.

Apparemment, pour cet homme, mentir était aussi simple que respirer.

— Vous n'êtes pas vraiment attaché à la notion de vérité, n'est-ce pas ? lui demanda Lionel.

Les yeux de Townsend s'ouvrirent, et il jeta un regard noir à son adversaire.

— Vous n'êtes vraiment qu'une pourriture puante, n'est-ce pas ? Vous insultez un homme à terre.

Chalmers revint avec deux valets de pied et la civière. Le médecin leur donna l'instruction de la placer à côté de Townsend.

— Nous allons vous déplacer maintenant, my lord, annonça le docteur.

Sur un signe de tête adressé aux valets de pied, ceux-ci le transférèrent sur la civière.

Townsend gémit, et son visage perdit le peu de couleurs qui lui restait.

*Bon sang !* Lionel n'appréciait ni l'homme ni ses principes, mais il ne souhaitait pas qu'il meure. Il transféra le linge dans sa main gauche, et agrippa l'épaule du médecin avec la droite avant qu'il s'éloigne.

— Il ira bien, n'est-ce pas ? s'enquit Lionel, presque en murmurant.

Le médecin haussa les épaules.

— C'est difficile à dire pour l'instant, mais s'il n'y a pas d'infection, il devrait bien s'en remettre. Il boitera peut-être un peu, mais je ne pourrai le savoir que quand je découvrirai où la balle s'est logée.

Lionel le transperça du regard.

— Pourrez-vous m'envoyer un message dès que vous aurez des nouvelles ?

— Oui, my lord. À présent, nous devons partir.

Lionel relâcha l'homme et les regarda transporter le vicomte hors du champ. Chalmers marqua un temps d'arrêt, et jeta un regard mauvais à Lionel.

— Vous feriez mieux de prier pour qu'il ne meure pas.

— N'avez-vous rien à dire au sujet de son comportement d'aujourd'hui ? C'est vous qui comptiez, et vous n'êtes pas allé jusqu'à vingt.

Chalmers, un jeune gars trop peu expérimenté, regarda Lionel comme s'il était fou.

— Ah non ?

Lionel lui attrapa la manche alors qu'il allait se retourner. Il sourit avec mépris au dandy.

— Prenez garde, Chalmers. Ne diffusez pas de fausses informations. Ceci ou plutôt la menace de le faire est précisément ce qui a conduit votre ami à cette situation difficile en premier lieu.

Les yeux gris de Chalmers s'écarquillèrent, mais il ne dit rien de plus avant de s'enfuir. Lionel lui lâcha la main et le regarda s'en aller.

— Es-tu prêt à partir ? s'enquit West dans son dos. J'ai envoyé l'un des valets de pied chercher l'autre médecin.

Lionel se retourna, se sentant soudain lourd. Il se dirigea vers sa berline, puis trébucha.

West se précipita auprès de lui, le calant avec son poids pendant qu'ils marchaient vers le véhicule.

— Tu étais censé tenir ce linge contre ta blessure.

Son ami grogna en réponse.

Peu de temps après, ils se trouvaient dans sa maison de ville sur Brook Street. Le médecin arriva juste après, et découvrit qu'une balle était effectivement logée dans l'épaule de Lionel. Heureusement, elle fut assez aisée à extraire, surtout après l'administration d'une dose de laudanum au blessé. Les points de suture, en revanche, nécessitèrent un peu de whisky.

Quand l'opération s'acheva, il ne ressentait plus rien. À l'exception d'un remords croissant, et d'un début de dégoût de lui-même.

*Non, ne prends pas ce chemin.*

Townsend irait bien. Il survivrait probablement à cette histoire et allait sûrement essayer de poursuivre son chantage envers Marianne.

Lionel tendit la main vers le chevet pour y prendre son verre de whisky, mais le trouva vide.

— Hennings !

Son valet se précipita dans la chambre, un air inquiet déformant légèrement son visage d'âge moyen.

— Est-ce que vous allez bien ?

— Mon verre est vide.

Hennings soupira, et ses épaules s'affaissèrent.

— Je vois. Eh bien, je me permets de vous dire que vous en avez eu assez.

Lionel lui jeta un regard noir.

— Laissez-moi faire ce que je veux. On m'a tiré dessus.

— Bien sûr.

Il prit le verre qu'il reposa sur la table avant de prendre la carafe. Il versa ce qui restait au fond.

— Et maintenant elle est vide, vous devrez donc faire avec.

Lionel ricana en acceptant le verre tendu par son valet.

— Comme si je n'avais plus d'alcool dans la maison. Mais peu importe. Je doute d'arriver à finir ce verre avant de m'écrouler.

Hennings pivota pour sortir.

— Hennings, réveillez-moi quand nous recevrons des nouvelles de Townsend. Son médecin doit m'informer de son état.

— Ce sera fait, my lord, répondit Hennings.

Lionel but une gorgée avant de reposer le verre. Il se laissa retomber contre l'oreiller, faisant pivoter son tronc de sorte que son épaule droite encaisse le choc. Un instant plus tard, il s'abandonnait à l'obscurité.

Les images de ses adversaires de duel, de leur corps tordu et ensanglanté, leur bouche ouverte sur des cris d'angoisse, l'assaillirent de toutes parts. Il se réveilla en sursaut, une douleur fulgurante irradiant dans son épaule, lui rappelant l'origine de ce cauchemar.

Il ouvrit les yeux en clignant et se redressa en position assise. La chambre était plongée dans l'obscurité, mais un peu de lumière filtrait sous les rideaux.

Repoussant les couvertures, il balança ses jambes hors du lit. Sa tête palpita quand il se leva ; au final, peut-être avait-il bu trop de whisky. Son banian était posé au bout du lit. Il l'attrapa et lutta pour enfiler la manche par-dessus son bras blessé, grimaçant et jurant dans l'effort.

Une fois sa tâche accomplie, il enfila le reste, et noua la ceinture à sa taille. Il s'avança lentement vers le cordon de la sonnette et appela Hennings.

Le valet se précipita à l'intérieur, apparemment aussi inquiet qu'il l'était plus tôt.

— Tout va bien, my lord ?

— J'ai mal à la tête, ce qui ne devrait pas vous surprendre. Et épargnez-moi votre consternation. Je suis affamé.

Hennings hocha la tête.

— Je vais faire monter une assiette immédiatement.

— Des nouvelles de Townsend ?

Le visage du domestique devint couleur de cendre. Lionel agrippa le montant du lit, soudain pris de vertige. Son ventre se tordit, et le sol sembla s'incliner.

— J'ai bien peur qu'il n'ait succombé à sa blessure, répondit Hennings d'un ton doux.

*Bon sang !*

Lionel s'assit à moitié sur le bord du lit, car ses jambes refusaient tout simplement de supporter son poids.

— Comment va sa femme ?

— La missive n'en disait rien.

Que pouvait-elle ressentir ? Elle devait être choquée. Accablée de chagrin. Dévastée. Lionel regrettait d'avoir réagi à la faute de Townsend, et de ne pas avoir respecté son plan qui consistait à effrayer l'homme en tirant la balle tout près. Au lieu de cela, on lui avait tiré dessus et il avait cherché à abattre l'homme de peur qu'il ne parvienne à faire plus de dégâts. C'était une manœuvre défensive, mais cela ne soulageait en rien le sentiment de culpabilité de Lionel.

Il agrippa le montant du lit jusqu'à ce que ses jointures blanchissent.

— Emballez mes affaires. Nous partirons dans la matinée.

Mais pas avant d'avoir envoyé une note à West l'informant de son intention de quitter Londres, et de lui indiquer que personne ne devait savoir que Townsend avait tiré prématurément. Chalmers, cet idiot, ne dirait rien. C'était déjà bien assez grave que Lady Townsend se retrouve privée de son mari, elle n'avait pas besoin de savoir que c'était une fripouille.

À moins qu'elle ne le sache déjà. Mais ce n'était pas le problème de Lionel.

Il allait se bannir une fois encore jusqu'à ce qu'il soit digne de la bonne société. Et il devrait accepter, au vu de sa tendance à tuer les gens, que cela puisse ne jamais se produire.

— Pourrais-je suggérer que vous vous rétablissiez pendant quelques jours avant notre départ ? s'enquit Hennings, la voix lourde d'inquiétude. Cela ne fera pas de différence.

Lionel doutait d'être poursuivi pour ce crime. Bien que la pratique soit illégale, il était accepté que les hommes de leur classe se battent en duel pour défendre leur honneur. La mort, même si elle était rare, n'était pas inédite. La dernière fois, Lionel avait passé un an à Dublin. À son retour, il avait été accueilli avec prudence, et, pour certains, avec un peu de peur et de crainte. Il avait travaillé dur pour prouver à tout le monde qu'il était un type sympathique et jovial, pas un meurtrier.

— Je verrai comment je me sens, répondit-il.

Il ne pouvait pas en promettre plus. Il voulait s'échapper le plus vite possible. Non pas que cela lui permettrait de trouver un soulagement : cette affaire le hanterait pour toujours.

Hennings hocha la tête et s'en alla. Il avait accompagné Lionel sans se plaindre la dernière fois qu'il avait quitté l'Angleterre. C'était un serviteur digne de confiance et fidèle. Il avait été le valet de son père jusqu'à sa mort huit ans auparavant. Lionel l'avait gardé comme une sorte de substitut, un rappel durable et vivant de la personne qu'il avait le plus aimée en ce monde. Une personne qui serait horrifiée par les actes de son fils.

Pourtant, il aurait aussi encouragé Lionel à défendre Marianne. C'était en réalité la principale raison pour laquelle il l'avait fait : il savait que son père aurait fait de même.

Cependant, lui n'aurait tué personne. Certainement pas *à deux reprises*. Il se leva, et la brûlure de sa douleur à l'épaule l'envahit. Ce n'était rien comparé à la souffrance due à ses regrets.

$\approx$

*L*ady Emmaline Townsend fixait la pile de lettres de condoléances sans trouver la motivation de lire l'une d'entre elles. Ces deux derniers jours, elle avait passé la plupart de son temps à veiller son mari, Geoffrey. Heureusement, il avait été transporté à l'église la veille au soir, car il avait commencé à sentir mauvais.

Au lieu de ressentir de la colère, du désespoir ou de la culpabilité, comme elle aurait sûrement dû, elle n'éprouvait rien. Rien qu'un vide engourdi qui inquiétait les domestiques et effrayait sa mère.

— Tu dois bien ressentir *quelque chose*, avait-elle déclaré hier soir alors que le père d'Emmaline et le secrétaire de Geoffrey, M. Fuller, escortaient le corps au funérarium.

Oui, elle *aurait dû*, mais ce n'était pas le cas. Et n'était-ce pas mieux ?

Tournant la tête, elle aperçut son reflet dans le miroir accroché au mur. Elle était pâle, ce que sa mère avait également remarqué, un fait mis en évidence par l'alépine[1] noire de sa robe.

— Lady Townsend ?

Le majordome, un homme plutôt ambigu qui s'était davantage soucié d'Emmaline au cours des deux derniers jours que depuis presque un an qu'elle vivait ici, entra doucement dans le salon.

— Oui, Purney ?

— Vous avez un visiteur. Je l'ai informé que vous ne receviez pas, mais il s'est montré plutôt insistant.

*Il.* Les seuls hommes qui, à sa connaissance, auraient pu lui rendre visite étaient son père, M. Fuller, ou M. Mullens, le tailleur de Geoffrey, et apparemment un ami. Très inquiet après le duel, il s'était rendu au chevet de Geoffrey.

Elle fit un signe de la main, son regard revenant au monticule de missives sur la petite écritoire.

— Faites-le entrer.

Une minute plus tard, elle entendit une voix inconnue.

— Bonjour, Lady Townsend. Puis-je vous présenter mes plus sincères condoléances ?

Elle tourna sur sa chaise, à peine curieuse de savoir qui pouvait bien lui rendre visite, et impatiente de le renvoyer. Mais dès qu'elle pivota, ce fut comme si un barrage se rompait en elle, et une cascade d'émotion la submergea.

Se levant brusquement de sa chaise, elle fit deux longues enjambées dans sa direction.

— *Vous.*

— Oui, moi.

Le marquis d'Axbridge ne broncha pas. En fait, il la fixait de ses yeux bleu clair et perçants.

— Vous avez une singulière audace de venir ici.

Le marquis s'inclina profondément.

— Je vous prie de m'excuser, commença-t-il, avant de la regarder à nouveau. Et j'implore votre pardon.

La rage envahit Emmaline, et c'était fantastique de *ressentir.*

— Vous ne l'aurez jamais.

— Ceci est parfaitement compréhensible.

Il parlait d'un ton ferme, mesuré. Sa réserve froide contrariait la jeune femme.

Elle plissa les yeux en le regardant.

— Je suis tellement ravie d'avoir votre approbation.

— Jamais je ne vous demanderais une telle chose, ou ne m'y attendrais.

— Et pourtant, vous implorez mon pardon. Peu importe, de toute manière. Je ne vous offrirai rien d'autre que ma haine éternelle.

— Que je mérite. Néanmoins, je tiens à vous présenter mes excuses pour ce qui s'est passé.

— Vos excuses ? Vous ne m'avez pas marché sur le pied au cours d'une danse. Vous n'avez pas non plus renversé un verre de ratafia[2] sur ma robe. *Vous avez tué mon mari.*

À cet instant, il tressaillit. Son œil tressauta, et il pinça les lèvres si fort qu'elles blanchirent. Et pourtant, il était toujours incroyablement beau. Ce n'était vraiment pas juste.

Il fit un pas vers elle. Elle ne recula pas, mais son corps se tendit. Elle serra les poings. Son échine était si droite et raide qu'on aurait dit un mât de drapeau.

— Je ne suis pas venu me trouver des excuses, mais sachez que j'avais de bonnes raisons d'exiger satisfaction. J'avais espéré qu'il accepterait de régler l'affaire avant de passer aux armes, mais il a refusé.

Elle le dévisagea, bouche bée.

— Seriez-vous en train de blâmer mon mari pour vos actes ?

Sa mâchoire se contracta, et il souffla un peu.

— Non. Je suis venu vous présenter mes condoléances, implorer votre pardon, m'excuser, et vous offrir toute l'aide dont vous pourriez avoir besoin. N'importe quand.

Il voulait *lui apporter son aide* ? Elle le regarda fixement, sa colère grondant intérieurement.

— Je ne voudrai jamais rien de vous, et ne vous demanderai rien.

— Je comprends tout à fait que vous ne vouliez rien

venant de moi ; toutefois, si jamais le besoin se faisait sentir un jour, j'aimerais beaucoup vous aider.

— Je crois que vous en avez assez fait.

La fureur se diffusait dans toutes les parties de son corps, et elle avait envie de se déchaîner. Elle en avait *besoin*.

— En fait, je songe à une chose que je voudrais obtenir de vous, dit-elle en s'avançant vers lui, tandis que sa lèvre se retroussait. J'apprécierais que vous soyez malheureux pour le restant de vos jours. J'éprouverais une immense joie à savoir que vous vous morfondez dans la culpabilité et l'angoisse jusqu'à votre mort.

Elle le regarda fixement, longuement et durement.

— Je peux le faire, répondit-il doucement, sans la moindre pointe d'ironie. Vous serez peut-être heureuse d'apprendre que je suis déjà sur la bonne voie. Et je ne vous dérangerai pas par ma présence. Je quitte l'Angleterre aujourd'hui.

— Bien.

— Mon offre restera toujours valable, que vous choisissiez d'en profiter ou non. Si vous avez besoin de quoi que ce soit, je vous prie de vous mettre en contact avec mon chargé d'affaires.

Il lui tendit une carte.

Elle n'avait aucune envie de lui prendre quoi que ce soit.

— Étouffez-vous avec, cracha-t-elle.

Il ramena sa main vers son flanc.

— Une fois encore, je vous présente mes plus profondes excuses, Lady Townsend.

Il se retourna et quitta la pièce, ses larges épaules droites et la démarche assurée.

Maudit soit-il.

*Maudit* soit-il.

Son cœur battait la chamade. Elle s'obligea à prendre une grande respiration. Les couleurs de la pièce lui semblèrent devenir plus vives, le parfum des fleurs plus odorant. Elles avaient entouré le corps de Geoffrey ces deux derniers jours, chassant l'odeur de décomposition.

Soudain, ses jambes faiblirent, mais elle ne tomba pas. Il était vraiment parti. La tristesse l'envahit, et cette émotion la rendit heureuse. C'était bon de ressentir à nouveau, de réagir. Elle devait sûrement remercier Axbridge pour cela.

Non. Elle refusait de le remercier pour quoi que ce soit.

La tristesse s'accompagnait d'autre chose, qui lui faisait honte. Un sentiment de soulagement enflait dans sa poitrine. Oui, Geoffrey était parti, emportant avec lui les problèmes de son jeune mariage.

Elle ferma les yeux et se réprimanda. Les choses se seraient arrangées. Il se serait apaisé, serait devenu moins capricieux. Elle avait eu l'espoir que l'homme dont elle était tombée amoureuse était quelque part sous la tête brûlée irascible qu'il était devenu.

Et pourtant, elle avait commencé à perdre espoir. Chaque nuit où il n'était pas rentré à la maison et chaque fois qu'il s'était emporté contre elle pour un prétendu affront, une partie de sa foi avait été détruite.

*Peut-être qu'Axbridge t'a rendu service ?*

Elle ouvrit les yeux d'un coup et grogna devant la pièce vide.

— Absolument *pas.*

Cependant, il avait rétabli sa capacité à ressentir. Et même si elle ne lui accordait aucun crédit, elle était prête à faire face aux choses qui devaient être abordées.

Comme de rencontrer le secrétaire de Geoffrey pour régler les affaires. Elle quitta la pièce à grands pas et demanda au majordome d'envoyer chercher M. Fuller.

Une heure plus tard, elle attendait le secrétaire dans le bureau de Geoffrey. Elle était assise derrière sa petite table de travail, rangée à l'extrême. Elle trouvait cela étrange, car il était plutôt désordonné avec ses objets personnels.

M. Fuller arriva avec une pile de papiers. C'était un homme de petite taille, avec des lunettes à monture métallique et une tête garnie de cheveux sombres et ondulés.

— Bonjour, my lady.

— Bonjour. Je vous en prie, asseyez-vous, dit-elle avec un geste de la main vers la chaise de l'autre côté du bureau. Qu'avez-vous apporté ?

Le regard de l'homme se fit méfiant quand il déposa les documents sur le bureau. Il se laissa choir sur la chaise et ajusta ses lunettes sur l'arête de son nez.

— Ce sont les factures impayées de Sa Seigneurie.

Les yeux d'Emmaline s'écarquillèrent devant la grande pile.

— Tout ça ?

Il hocha la tête une seule fois et lui jeta un regard compatissant.

— Je crains bien que oui.

— Mon Dieu ! Eh bien, je suppose qu'il y a assez d'argent pour tout régler.

Il grimaça.

— Hélas, non.

*Vous m'en direz tant.*

Elle ne prononça pas ces mots qui résonnaient dans sa tête.

— Je vais parler à ses créanciers, ma dame, et j'espère parvenir à un arrangement quelconque. Au moins, les frais d'obsèques ont été réglés.

Elle n'était pas au courant.

— Je vais remercier mon père pour sa générosité.

— Il ne s'agissait pas de votre père, ma dame, mais de Lord Axbridge.

Il avait réglé les funérailles de Geoffrey ? La colère qu'il avait déclenchée plus tôt se réveilla et bouillonna jusqu'à former une masse brûlante et tumultueuse au creux de ses entrailles.

— C'est une canaille.

— Peut-être, ma dame, mais sa générosité n'en est pas moins une bénédiction.

C'était un fichu sacrilège. Il avait tué son mari et avait le culot de régler ses funérailles. Elle avait refusé son assistance, et pourtant il l'avait aidée malgré tout. Oh, comme elle aurait aimé pouvoir le rencontrer sur un terrain de duel ! D'abord, il fallait qu'elle apprenne à manier un pistolet. Son amie Ivy connaissait une femme, Lady Dartford, qui savait tirer. Peut-être pourrait-elle apprendre à Emmaline...

— Ma dame ?

L'appel de M. Fuller, prononcé d'une voix douce, la tira de ses pensées.

— Quoi ?

— J'étais simplement en train d'expliquer que le bail de la maison de ville expire à la fin du mois. Où allez-vous vivre ensuite ?

Emmaline avait songé à simplement prolonger le bail, mais s'il y avait des dettes et un manque de fonds... Elle devrait avoir une discussion avec ses parents. L'angoisse lui étreignit les tripes. Sa relation avec eux avait été particulièrement tendue depuis qu'elle s'était enfuie avec Geoffrey. Il avait demandé sa main à son père qui l'avait refusée, arguant de son caractère et son immaturité. Le fait qu'Emmaline se soit enfuie avec lui à Gretna Green avait creusé un fossé qui était loin d'être comblé. En fait, c'était pire encore depuis la mort de Geoffrey, car au lieu de réconforter Emmaline, ils lui avaient rappelé l'erreur qu'elle avait commise en l'épousant.

Et maintenant, elle allait devoir dépendre de leur soutien.

— Ma dame ? l'appela M. Fuller une fois encore.

Elle se redressa, refusant de se laisser abattre par les défis auxquels elle devait faire face.

— Je vais parler à mes parents. Cela me serait très utile si vous pouviez me détailler les dettes.

— Tout de suite, ma dame.

Il rassembla ses papiers et se leva. Après s'être maladroitement incliné, il s'en alla.

Emmaline jeta un coup d'œil au bureau chichement aménagé et constata qu'il manquait des objets : un tableau, quelques bibelots. Apparemment, Geoffrey avait vendu des objets, et elle ne s'était rendu compte de rien.

La frustration et la colère bouillonnaient en elle. Peut-être était-ce mieux de ne rien ressentir.

*Soyez maudit, Axbridge.*

En vérité, elle aurait été mieux si le marquis n'avait pas existé. Elle aurait toujours Geoffrey. Ainsi que le gouffre financier dans lequel il s'était fourré. Au final, il ne lui restait plus que ce dernier.

Quel bazar !

Soudain, elle se mit à rire. Longtemps elle avait voulu vivre sa propre vie, loin du joug de ses parents. Ce désir avait été déterminant dans sa décision de s'enfuir avec Geoffrey, tout comme l'amour qu'elle avait ressenti pour lui.

Et voilà que son indépendance était menacée et qu'elle faisait face à la ruine financière.

*Allez au diable, Axbridge !*

# CHAPITRE 2

Chapitre 2

*Mars 1818, Londres*

*L*ionel était assis derrière le bureau en chêne massif. Après presque huit mois d'absence, c'était étrange de revenir. Ce bannissement qu'il s'était imposé, il l'avait passé en Irlande, comme quatre ans plus tôt après ce premier duel fatal. Comme la dernière fois, il avait noyé ses péchés dans l'alcool, et dans le lit de Deirdre MacBride, avec une préférence pour le premier.

Désormais, il était temps de retourner à la vraie vie, et aux responsabilités qui requéraient son attention. À savoir : s'occuper de Lady Emmaline Townsend.

Son majordome, Tulk, un gaillard exceptionnellement grand, de deux ans son aîné, arriva à la porte.

— Je vous prie de m'excuser, my lord, mais Sa Grâce, le duc de Clare, est arrivée.

— Faites-le entrer.

Lionel était arrivé la veille et avait envoyé un message à son ami le plus proche. Il devait avertir d'autres personnes de son arrivée ; cependant, cette tâche, qu'il n'avait pas hâte d'accomplir, pouvait attendre.

Le duc entra dans son bureau en arborant le sourire énigmatique qui faisait chavirer le cœur des femmes.

— Bon retour parmi nous. J'espère que tu ne le prendras pas mal, mais je suis surpris de te voir. Je me serais attendu à ce que tu restes en Irlande au moins jusqu'à l'été, commença-t-il avant de s'interrompre, détournant le regard. Comme la dernière fois.

La dernière fois que Lionel avait tué quelqu'un en duel. Chaque fois qu'il y repensait, où à la fois la plus récente, c'était comme retourner le couteau dans la plaie. Les duels étaient censés être une question d'honneur et de grâce. Certes, la mort était une possibilité, mais cela semblait une terrible manière de quitter cette vie.

— Ma présence était requise.

West haussa un sourcil en s'asseyant devant le bureau de Lionel.

— Vraiment ? Ce devait être important pour que tu te sois arraché aux bras de M^me MacBride.

Lionel eut une brève pensée pour sa maîtresse à Dublin, ses cheveux bruns luxuriants et ses bras doux et accueillants. Il avait apprécié le réconfort qu'elle lui apportait, mais la culpabilité l'avait submergé, et, au milieu de l'hiver, il avait cessé de la rejoindre dans son lit. D'un certain point de vue, revenir à Londres avait été un soulagement pour lui. D'un autre côté, c'était comme verser du sel sur une plaie qui le ferait souffrir pour l'éternité.

— J'étais prêt à revenir, dit Lionel. Dis-moi ce qui m'attend. Suis-je persona non grata ?

West inclina la tête sur le côté, songeur.

— Nous ne sommes qu'au début de la saison, c'est donc difficile de se prononcer. Je suppose que tu le sauras dans les jours qui viennent, quand les invitations arriveront.

— *Si* elles arrivent.

Lionel ne se faisait pas d'illusions. Et une partie de lui, la plus grande, ne pensait pas qu'il méritait autre chose que le mépris et la censure. Il se prépara pour poser la question suivante. Il fallait qu'il demande.

— Que sais-tu au sujet de Lady Townsend ?

West expira, étalant ses mains sur les accoudoirs de sa chaise avant de fixer Lionel d'un regard inquisiteur.

— Tu veux la vérité, évidemment.

— Rien de moins.

Lionel savait que la femme de West était une amie de Lady Townsend. Elles avaient sympathisé lors d'une fête à l'époque où cette dernière n'était encore que M^{lle} Forth-Hodges. Il était présent, mais n'avait guère prêté attention à la séduisante blonde qui s'était enfuie avec l'impétueux vicomte Townsend.

— Elle vit avec ses parents, et comme on pouvait s'y attendre, elle porte le deuil. Elle ne sort pas, mais bien sûr, Ivy l'a vue. Elle aime jouer avec Leah.

— Comment va ta fille ?

Le mot qui aurait le mieux décrit le visage de West à cet instant était « amoureux ».

— Elle est au-delà de tout ce que j'aurais pu imaginer.

Cela réchauffait le cœur en ruines de Lionel de voir son ami si heureux. Qu'il soit passé de don Juan à heureux en ménage était sûrement une sorte de miracle. Peut-être pouvait-il espérer un changement similaire dans sa vie. Était-ce trop espérer d'imaginer passer de meurtrier à mari et père un jour ?

*Oui.*

West tapota les accoudoirs du bout des doigts.

— Es-tu prêt pour la notoriété ? Aujourd'hui, plus que jamais, les gens t'appelleront le duc Dangereux.

Ah, oui, ce surnom idiot dont il avait hérité à cause de sa propension à se battre en duel !

— C'est toujours mieux que le duc de la Mort, répondit-il avec une grimace.

West plissa le front.

— J'espère que tu ne te tortures pas. Tu as offert à Townsend de nombreuses occasions d'éviter de prendre les armes. Et il a tiré le premier, ajouta West avant de l'étudier un moment. Non pas que quiconque soit au courant.

West n'avait pas posé de question, mais sa déclaration contenait un défi.

— Tu comprends pourquoi personne ne doit savoir ?

Lionel était certain de pouvoir faire confiance à son ami, mais il ne pouvait pas sous-estimer l'importance de ce secret.

— Il y a plus d'honneur contenu dans ton seul petit doigt que tout ce que la plupart des hommes n'auront jamais. C'est pour cela que tu ne devrais pas te juger trop sévèrement.

Lionel n'était pas certain que cela soit possible, au vu de ce qu'il avait fait, et ce qu'il avait pris à Lady Townsend.

— Bien que j'apprécie ton inquiétude, à moins que tu n'aies vécu la même chose, je te demanderais gentiment de t'abstenir de prodiguer des conseils.

West hocha la tête à contrecœur.

— Je ne t'en estime pas moins, même si tu te fiches de ce que je pense. Et c'est probablement mieux ainsi, ajouta-t-il avec un petit sourire. J'aurais fait la même chose : protéger un ami. Tu es un homme meilleur que tu ne le penses, et de mon côté, *je* te demanderai gentiment de t'abstenir d'essayer de me faire changer d'avis.

Lionel n'était pas entièrement satisfait de la réponse de son ami au sujet de la veuve de Townsend.

— Nous nous sommes éloignés de notre sujet. Que sais-tu d'autre au sujet de Lady Townsend ? Est-ce qu'elle va bien ?

— Ivy s'inquiète pour elle. Elle espère que sa période de deuil prendra bientôt fin, et elle l'a encouragée à participer à la saison au moins un minimum. Tu te soucies énormément d'elle.

Cette remarque déclencha la colère de Lionel.

— Comme je me dois de le faire, dit-il, avant de prendre une grande inspiration et de confier à son ami, c'est elle qui a requis ma présence.

— *Enfer et damnation.* Elle t'a écrit ?

Lionel acquiesça. Il avait mémorisé sa courte et laconique missive.

*Axbridge,*

*Le temps est venu de payer votre dette, comme vous l'avez proposé. J'attends de vous que vous reveniez à Londres dès que possible. Tenez-moi informée de votre arrivée, et je vous transmettrai d'autres instructions.*

*Lady Townsend*

Il avait réservé son voyage de retour le jour suivant, et à présent il était là. Il était de la plus haute importance pour lui de tenir la promesse qu'il lui avait faite. Il lui était redevable de tout ce qu'elle demanderait, et probablement beaucoup plus.

— Qu'a-t-elle dit ? insista West.

Lionel releva les yeux de son bureau. Il n'avait parlé ni à West ni à quiconque de cette promesse qu'il lui avait faite. Il avait l'impression que c'était une chose qui devait rester privée entre eux.

— Rien, en réalité. Elle a simplement requis ma présence.

— Eh bien maintenant, me voilà terriblement curieux. Et les commères vont s'en donner à cœur joie avec *ceci*.

Lionel fronça les sourcils.

— Je doute fortement qu'elle ait parlé de sa requête, et je n'en ferai certainement rien non plus. Dois-je vraiment te demander de te taire ?

West se raidit, l'air offensé.

— M'as-tu déjà vu répandre des rumeurs ?

— Non.

West le scruta pendant un long moment.

— Quoi ? demanda Lionel d'un ton plutôt maussade.

— Tu es plus remonté qu'une pendule neuve. Tu n'étais pas comme ça la dernière fois.

— À l'époque, je n'avais encore tué qu'un seul adversaire, répliqua Lionel alors qu'un frisson glacé lui parcourait l'échine. Chacun d'entre eux a un coût.

— Je n'arrive pas à savoir s'il s'agit d'humour noir de ta part, dit West.

En toute honnêteté, Lionel n'en savait rien non plus. La dernière fois, cela lui avait permis de rendre les choses supportables. Ceci, et les soins experts de Deirdre. Elle s'était occupée de lui au bord du désespoir. Cependant, cette fois, il était trop loin pour qu'elle puisse l'atteindre.

Lionel fit un geste de la main.

— Il n'y a pas la moindre trace d'humour à trouver dans tout ceci.

— Non, répondit lentement West, étirant le mot. Mais tu ne peux pas vivre le reste de ton existence sous un nuage de dégoût de toi-même.

— Ah non ? demanda Lionel, avant d'éclater d'un rire sans joie. Je dirai que jamais plus je ne me battrai en duel.

Il ne pouvait pas.

Son ami se leva et hocha la tête.

— Accorde-toi un peu de répit quand tu le pourras, mon ami. Beaucoup de gens s'en prendront à toi, tu n'as pas besoin de t'y mettre toi aussi. Garde la tête haute, avec honneur et dignité. C'est ce que ton père aurait voulu.

Il lui jeta un regard insistant, avant de se retourner et de partir.

Son père. Était-il vraiment besoin de le mentionner ? Évidemment. West savait combien ils avaient été proches, et le chagrin dévastateur que Lionel avait ressenti à sa mort.

Ce qui avait conduit à son premier duel. Son père avait péri d'une crise d'apoplexie à une table de jeu après avoir été accusé de tricherie par Lord Babcock. Lionel n'avait pas perdu une seconde, et l'avait provoqué en duel. Ironiquement, c'était le seul adversaire qu'il avait voulu tuer.

Âgé de vingt-deux ans à l'époque, il avait été anéanti par la disparition soudaine de son père. La colère et le chagrin l'avaient submergé. Il avait affronté Babcock en duel, blessant l'homme au bras au point de le lui rendre inutile pour le reste de sa vie. Il était mort quelques années plus tard d'une fièvre aiguë.

La perte de son père lui pesait encore, et ce serait sûrement toujours le cas, mais Lionel était ravi qu'il ne soit plus là pour assister aux transgressions de son fils. Il aurait pu vouloir que son fils garde la tête haute, mais ce dernier ne pouvait pas croire qu'il aurait été fier de la façon dont les choses avaient tourné.

Chassant ces pensées larmoyantes, il prit un morceau de parchemin sur son bureau et trempa sa plume dans l'encre.

*Chère Lady Townsend,*

*Je suis de retour à Londres, et j'attends vos instructions. Veuillez m'en informer à votre convenance.*

*Votre dévoué,*

*Axbridge*

Il contempla sa missive, encore plus brève que celle de Lady Townsend. Bien qu'un peu moins brusque. Il envisagea d'y ajouter des excuses, mais elle avait clairement indiqué lors de leur dernière rencontre qu'elle n'en accepterait jamais de sa part. Les répéter ne ferait probablement que l'insulter, et il n'oserait pas.

Il avait été choqué au plus haut point qu'elle lui ait écrit. Jamais il ne se serait attendu à recevoir de ses nouvelles, c'était ce qu'elle avait dit. En fait, il s'était même demandé comment l'éviter pour le restant de ses jours. Il devait encore y réfléchir. Après avoir accompli tout ce qu'elle exigerait de lui, il lui rendrait l'unique service qu'elle voudrait bien accepter : se tenir éloigné d'elle à tout prix.

Il l'avait revue d'innombrables fois dans son esprit telle qu'elle était ce jour-là. Blême et froide, sa silhouette frêle enveloppée de noir. Elle n'avait pas une seule touche de couleur sur elle, en dehors de ses yeux, qui avaient la teinte du ciel en plein été. Sauf qu'il leur manquait l'éclat, la brillance de ce bleu particulier. Leur couleur semblait atténuée, peut-être par son chagrin.

Et c'était entièrement de sa faute.

*Reprends-toi, bon sang ! Tu ne peux pas la rencontrer dans cet état, elle ne pourra accepter ni ton angoisse ni la morosité que tu traînes comme un manteau mouillé. Secoue-toi pour sauver les apparences, au moins.*

Oui, il pouvait le faire. Il l'avait déjà fait. Il savait comment se remettre d'avoir tué un homme. Il suffisait de faire comme si cela ne vous hantait pas. Ensuite, la nuit, quand les cauchemars vous réveillaient, vous hurliez en silence.

Et pas à pas, vous commenciez à vous sentir normal. La

souffrance fulgurante se muait en douleur sourde, et vous pouviez même l'enfouir pendant quelque temps, la bannissant dans les tréfonds de votre esprit, là où tous les souvenirs angoissants se cachent pour l'éternité.

Il plia la lettre et affranchit l'enveloppe avant de se lever pour la porter à Tulk. Il trouva le majordome dans le hall et lui demanda de la faire porter immédiatement.

Lionel retourna à son bureau, impatient de savoir de quelle manière il pouvait aider la veuve Townsend, tout en sachant pertinemment que cela n'apaiserait en rien sa culpabilité.

～

*E*mmaline se tourna devant le miroir de sa chambre. La soie violet foncé constituait un changement bienvenu par rapport aux noirs et aux gris qu'elle avait portés ces huit derniers mois. L'or de son alliance scintillait dans la lumière de la lampe. Levant sa main, elle eut une vision de Geoffrey lorsqu'il la lui avait glissée au doigt à Gretna Green.

Cela avait été le plus beau jour de sa vie. Elle le savait parce qu'elle le lui avait dit. Pourtant, quand elle essayait de se rappeler les émotions, de se souvenir de sa joie, elle en était tout simplement incapable. Retirant la bague de son doigt, elle la déposa sur sa coiffeuse. Elle était prête à passer à autre chose, ce qui impliquait de le laisser derrière elle.

Elle se sentait froide et vide quand elle songeait à Geoffrey. Et c'était entièrement *sa* faute. Elle rencontrerait cette canaille le soir même. Elle allait enfin lui faire subir la honte publique qu'il méritait. Tous les yeux seraient braqués sur eux au bal des Tilney quand elle le snoberait.

Penser à Axbridge lui donnait chaud et la mettait en colère, semblait-il.

Sa mère entra dans la pièce à ce moment-là, et Emmaline congédia sa femme de chambre.

— Tu es charmante, dit sa mère en balayant Emmaline d'un regard critique. C'est agréable de te revoir porter de la couleur, fût-elle sombre. Quand tu as dit que tu étais prête à t'aventurer au-dehors, ton père et moi avons été très heureux.

Soulagés était sûrement un mot plus adéquat. Sa mère l'avait harcelée à ce sujet ces deux derniers mois, lui faisant clairement comprendre que son père et elle souhaitaient qu'elle participe à la saison. Ils voulaient qu'elle se trouve un nouveau mari.

Emmaline prit un gant qu'elle enfila sur sa main gauche désormais nue.

— J'admets que je serai heureuse de sortir.

Elle ne se croyait pas capable de rester enfermée ici avec eux plus longtemps. Les choses s'étaient améliorées lorsqu'ils avaient quitté la ville au cours de l'hiver : leur propriété à la campagne était bien plus vaste que leur maison de ville à Londres. Mais maintenant, elle ressentait leur attente et leur déception persistante comme un poids sur ses épaules.

— Excellent. Viens, ton père et moi souhaitons te parler sur le chemin du bal.

Emmaline sentit des picotements dans son cou. Elle enfila son autre gant alors que sa mère se glissait hors de la chambre. Se ressaisissant, elle la suivit en bas, et sortit vers la berline qui les attendait.

Dos à la route, Emmaline attendit que ses parents prennent la parole.

Son père s'éclaircit la gorge sur le siège en face d'elle.

— Comme tu le sais, ta mère et moi aimerions te voir te remarier.

— Oui. Le plus tôt possible, je crois.

Emmaline aurait dû regretter d'employer un ton aussi sarcastique, mais ce n'était pas le cas.

Sa mère afficha un sourire éclatant, comme si elle n'avait pas entendu l'amertume de sa fille.

— Il se trouve que nous avons le prétendant idéal en tête.

La jeune femme étouffa un gémissement. Ses parents avaient tenté de la marier à divers gentlemen au fil des ans, mais elle n'en avait aimé aucun. Ensuite, elle avait rencontré Geoffrey, et en était *tombée amoureuse*. Seulement, il n'était pas assez bien pour eux.

— Je vois. Est-ce que je connais ce gentleman ?

— Effectivement. Sir Duncan Thayer.

Emmaline toussa, manquant de s'étouffer avec sa propre salive.

Sa mère plissa le front.

— Est-ce que tu vas bien, ma chérie ?

Dieu du Ciel, non ! Elle était… Elle n'était pas certaine de ce qu'elle ressentait, mais non, elle n'allait pas « bien ». Sir Duncan avait au moins vingt ans de plus qu'elle. Il avait une fille qui avait presque l'âge d'Emmaline : ils avaient échangé des banalités à plusieurs occasions. En dehors de son âge, c'était un homme horriblement laid, avec un nez crochu, des dents de devant saillantes et une haleine plutôt fétide si l'on en croyait la rumeur. Pire que tout, il était débauché. Chaque fois qu'elle l'avait rencontré, il l'avait regardée comme si elle ne portait aucun vêtement. Et il l'avait fait *devant* sa propre fille. Emmaline réprima un frisson.

— Sir Duncan n'est pas une personne que je souhaiterais épouser, dit-elle en passant sa main sur sa jupe, comme pour effacer le sentiment de malaise que le fait de penser à lui avait déclenché.

— Tes souhaits n'entreront pas en ligne de compte cette fois-ci, répondit fermement son père. Nous avons cherché pour toi un mari acceptable pour nous tous et tu t'es enfuie avec un vaurien dépensier.

Emmaline serra les dents.

— C'est si gentil de votre part de parler des morts en ces termes.

— Je dis la vérité, et tu le sais pertinemment.

*Effectivement*, elle le savait, ce qui ne rendait que plus pénible le fait de l'entendre.

— Je t'en prie, sois raisonnable, répondit sa mère d'une voix douce et suppliante. Sir Duncan est riche, et il s'occupera très bien de toi.

Bien sûr, c'était de la plus haute importance pour eux, puisque Geoffrey l'avait laissée sans ressources et criblée de dettes. Ses parents avaient réglé une partie des factures, mais il en restait d'autres à solder.

— Il est vieux et hideux, et il me donne la chair de poule.

— Oui, je t'accorde que ce n'est pas le plus séduisant des hommes, mais il est plutôt robuste pour son âge, tenta de la raisonner sa mère. Tu aimes bien sa fille.

Emmaline devait bien admettre que Judith était agréable.

— Ce n'est pas sa fille que j'épouse.

— Ne fais pas la maline, la prévint son père. Dans tous les cas, cette discussion est sans intérêt. Tout a été arrangé. Sir Duncan a déjà proposé un accord, qui couvrira le reste des dettes de Townsend, et les bans seront lus ce dimanche.

— Quoi ? s'exclama Emmaline, qui faillit glisser de son siège alors que son corps se muait en gelée. Vous ne pouvez pas faire ça.

— Je l'ai déjà fait. Ce soir, tu danseras avec lui pour qu'il puisse débuter sa cour, et demain il viendra à la maison présenter ses respects et signer le contrat de mariage.

La berline s'arrêta brièvement, mais Emmaline avait l'impression d'être toujours en mouvement, dégringolant la tête la première dans un abîme sombre dont elle ne pourrait s'échapper. Elle posa les yeux sur sa mère, qui n'eut même pas l'élégance de croiser son regard.

Il fallut plusieurs minutes pour que le véhicule remonte lentement la file. Le silence épaissit jusqu'à ce qu'Emmaline ait la certitude qu'elle allait s'étouffer avec. Quand la portière s'ouvrit, elle fut incroyablement reconnaissante pour la fraîcheur de l'air.

Une fois descendus, sa mère fit une pause pour lui agripper la main.

— Ça ira, ma chérie. Tu verras. Sir Duncan est très enthousiaste. Ne sera-t-il pas agréable d'avoir un mari qui t'apprécie ?

— Geoffrey m'appréciait, répondit-elle doucement.

Mais même elle n'y croyait pas. Il avait passé la majeure partie de son temps à jouer, et peut-être même avec d'autres femmes. Elle n'avait aucune certitude, mais elle nourrissait des soupçons. Quand il passait du temps avec Emmaline, il était tendu et irritable. C'était comme si l'homme avec lequel elle s'était enfuie n'avait jamais existé.

— Prête ? lui demanda sa mère, semblant n'avoir pas entendu sa fille.

Elle n'attendit pas non plus la réponse, et elle se tourna pour prendre le bras de son mari.

Emmaline les suivit dans les escaliers, avec l'impression d'aller rejoindre son bourreau. Elle n'avait pas le temps d'établir un plan pour échapper au projet de son père.

Une fois dans la salle de bal, elle mit autant de distance que possible entre elle et ses parents. Son père se rendit dans la salle de jeu tandis que sa mère rejoignait un groupe de femmes d'âge moyen, dont plusieurs coulaient des regards vers Emmaline. Si elle avait reçu une livre pour chaque regard curieux ou évaluateur, elle aurait eu assez d'argent pour rembourser les dettes de Geoffrey et elle aurait pu dire à ses parents de prendre leur projet de mariage et…

Un grand silence tomba sur la salle de bal. Était-ce déjà l'heure ? Emmaline n'avait pas fait attention. Elle était trop perturbée par son nouveau problème.

Un problème ? Quel euphémisme ! C'était un désastre absolu.

— Le marquis d'Axbridge.

La présentation du majordome résonna dans la salle de bal. Emmaline se retourna, l'observant alors qu'il descendait les escaliers.

Il était extrêmement beau dans son élégant costume noir et blanc impeccable. Le gilet gris qu'il portait donna à la jeune femme l'impression qu'il était en deuil. Comment osait-il ?

Ses cheveux blonds étaient ramenés en arrière pour faire ressortir ses traits aristocratiques : un nez légèrement long et droit, une mâchoire forte et carrée, et des lèvres faites pour le péché. Elle se réprimanda intérieurement. Elle se moquait de savoir *pour quoi* ses lèvres étaient faites.

C'était le moment qu'elle avait choisi, l'heure de sa vengeance. Il marqua une pause à mi-chemin de l'escalier et balaya la salle de bal du regard, pour finalement le poser sur elle. Il avait beau être à une dizaine de mètres, elle sentait le poids de ses yeux comme un manteau dont elle avait désespérément envie de se débarrasser.

De nombreux murmures brisèrent le silence, mais tous les visages étaient tournés vers lui, et vers elle. Un espace se forma tandis que les gens s'écartaient pour laisser au marquis un passage direct vers Emmaline. Oh oui ! C'était exactement comme elle l'avait espéré.

Il acheva sa descente et se dirigea vers elle. Il semblait progresser lentement ou peut-être était-ce simplement parce qu'elle en savourait chaque moment.

Un mouvement sur la gauche attira son attention. Sir Duncan, placé à mi-chemin de l'allée improvisée, se pencha en avant, faisant dépasser sa tête de la file des gens. Il se tourna et regarda Emmaline. Ses lèvres s'écartèrent en un affreux sourire.

*Bon sang !*

La danse était sur le point de débuter, et ce serait une valse. Sir Duncan allait sûrement l'inviter.

Elle cligna des yeux et se reconcentra sur Axbridge. Il était déjà incroyablement beau, mais en comparaison de Sir Duncan, il était carrément spectaculaire. Il s'arrêta devant elle et lui offrit la révérence la plus prononcée qu'elle avait jamais vue.

— Ma dame, murmura-t-il.

*Maintenant.*

C'était le moment.

Pourquoi ne lui tournait-elle pas le dos ?

— Dansez avec moi, chuchota-t-elle d'une voix basse et autoritaire.

— Bien sûr.

Il lui offrit son bras, et elle posa la main sur la laine sombre de sa veste. Alors qu'ils se dirigeaient vers la piste de danse, les gens se remirent à parler. Au départ, ce ne furent que des bruissements discrets, puis le son s'amplifia jusqu'à devenir un bourdonnement qui lui écorcha les oreilles.

Ils prirent leur place, et d'autres se précipitèrent pour se joindre à eux. C'était comme s'ils avaient tous oublié qu'il s'agissait d'un bal, et non d'une représentation.

Mais n'avait-elle pas orchestré tout cela pour en faire un spectacle ?

Bien sûr que si. Cependant, les choses ne se déroulaient pas comme prévu. *Pas du tout.*

Il plaça sa main sur sa taille et, pendant un instant, elle resta là à regarder droit devant elle, autrement dit, elle fixait sa cravate. Elle était très belle, d'un blanc éclatant et nouée de manière experte.

La musique démarra, et il lui prit la main. Sa paume était ferme et chaude, même avec les gants qui séparaient leur peau. Elle posa la main sur son épaule, et ils se mirent en mouvement.

— Est-ce ce que vous vouliez, alors ? lui demanda-t-il. Une danse ?

— Non. J'avais prévu de vous snober.

Elle leva les yeux vers lui.

— Pourtant, vous ne l'avez pas fait, lui demanda-t-il tout en la conduisant sur le parquet avec une précision élégante. Pourquoi cela ?

Elle jeta un œil à la salle de bal. Ceux qui ne dansaient pas les observaient et discutaient, têtes penchées. Elle posa à nouveau le regard sur Sir Duncan. Il ne dansait pas non plus. Il était aux côtés de la mère d'Emmaline, engagé avec elle dans une conversation plutôt animée.

*Au diable tout cela !*

Elle leva les yeux vers son partenaire et ne réfléchit pas avant de laisser les mots sortir de sa bouche.

— Parce que j'ai besoin que vous m'épousiez.

# CHAPITRE 3

*L*ionel essaya désespérément de garder son sang-froid, mais en vain. Il trébucha, et ce n'est que grâce à son esprit vif et à sa grâce qu'elle parvint à le maintenir debout. Elle descendit sa main le long de son épaule jusqu'au sommet de son biceps, et le serra, tandis que son autre main étreignait celle de Lionel avec une poigne énergique destinée à empêcher leur chute.

Il tenait sa taille assez fermement, un peu trop pour les convenances. Et tout le monde les regardait.

*Sacré bon sang !*

— Je vous demande pardon ? lui demanda-t-il une fois qu'il fut certain qu'ils étaient à nouveau solidement ancrés sur le sol.

Il lutta pour se concentrer sur leur outrageuse conversation, en même temps que sur leur valse.

— Je préférerais ne pas en discuter ici, répondit-elle rapidement, gardant son regard au-dessus de son épaule. Il faut que je vous parle en privé.

En privé. Évidemment. Il réfréna l'envie de rire de l'absurdité de toute cette situation.

— Cela pourrait s'avérer difficile, étant donné que toute l'attention se porte sur nous. Je passerai vous voir demain.

Elle leva alors vers lui ses yeux d'un bleu intense. Ils étaient si différents de ce jour-là, huit mois plus tôt.

— Non. Il faudrait que ce soit ce soir. Il *faut* que ce soit ce soir.

Il tenta de réfléchir. Mais c'était terriblement difficile. Elle l'avait balancé dans l'océan, et il nageait à contre-courant en essayant d'atteindre le rivage où il pourrait comprendre ce qui se passait. Elle voulait qu'il l'épouse. *Lui*. Cela n'avait tout simplement aucun sens.

Il prit une profonde inspiration et reçut une bouffée de lavande en récompense. De la lavande, et autre chose. Un élément sans doute propre à Lady Townsend. Il allait en rêver.

De plus, il se sentait bien avec elle dans ses bras. En d'autres circonstances, il aurait songé à elle différemment, peut-être même avec intérêt. Le pouce de la jeune femme se déplaça contre sa main, entraînant un sursaut de conscience le long de son bras. Avec intérêt, sans le moindre doute.

Réfléchir ne lui était pas simplement difficile ; c'était presque impossible.

— La danse va bientôt prendre fin, dit-elle. Connaissez-vous la maison des Tilney ? Où pouvons-nous nous retrouver ?

Il s'extirpa de son brouillard de stupeur et de fascination.

— Il nous faudra patienter un bon moment. Après minuit au moins.

Plusieurs années auparavant, il avait retrouvé une femme pour un court batifolage dans une penderie du second étage.

— Deux étages plus haut se trouve un placard à linge. Il est situé dans la zone nord-ouest, près du passage des domestiques. Saurez-vous le trouver ?

Elle plissa les yeux en le regardant.

— Je ne suis pas simplette.

— Je n'ai rien dit de tel. J'ai simplement demandé si vous pouviez le trouver.

Il ne s'énerva pas contre elle. Il était logique qu'elle ait peu de patience avec lui. À moins qu'elle ne soit du genre irascible, comme l'était son défunt mari.

*Ne pense pas à lui maintenant.*

Et comment était-il censé ne pas songer à Townsend alors qu'il tenait sa veuve dans ses bras ? Pire encore, comment pourrait-il éviter de sombrer dans les ténèbres de sa culpabilité et de son remords s'il se retrouvait *marié* à elle ?

Heureusement, la musique s'arrêta.

— Je vous y retrouve à une heure, lui dit-elle. Ne soyez pas en retard.

Ils allaient devoir faire en sorte que leur rencontre soit brève, pour que personne ne remarque leur absence à tous les deux.

— Aux alentours de minuit, je ferai savoir que je m'en vais. Tout le monde me croira parti.

La danse était terminée. Elle leva les yeux vers lui, la lèvre légèrement retroussée.

— Cela ne sera pas vraiment nécessaire. Vous voyez, j'ai besoin que vous m'épousiez immédiatement. Il n'y aura pas de scandale si les gens nous voient ensemble. En outre, je ne suis pas une jeune célibataire inexpérimentée.

Il fit de son mieux pour ne pas rester bouche bée en la regardant. Au beau milieu de la piste de danse. Alors que tous les regards étaient braqués sur eux.

— Nous ne pouvons pas en discuter ici. Je vous retrouve dans le placard.

Il l'escorta hors de la piste et parvint à quitter la salle de bal sans avoir à parler à quiconque. Il se rendit directement à la salle de jeu, où il descendit un verre de whisky à toute vitesse.

Plusieurs gentlemen le regardèrent, mais sans l'approcher. Puis West fit son entrée et le rejoignit directement.

— J'ai entendu dire que tu avais fait sensation, lui dit-il.

Lionel se dirigea vers le coin de la salle, suivi de West.

— Dans la salle de bal ? Oui, eh bien cela fera pâle figure au regard de ce qui va suivre.

West le dévisagea.

— Mais de quoi diable parles-tu ?

Lionel regretta aussitôt d'avoir ouvert la bouche. Il ne voulait pas gâcher les plans de Lady Townsend, quels qu'ils soient.

— Peu importe. Je crois qu'il est grand temps que je m'en aille.

Il se contenterait de se rendre plus tôt dans le placard à linge, et l'attendrait là-bas.

— Rien ne t'y oblige. Nous pourrions faire une partie de cartes.

Effectivement, mais Lionel était bien trop agité.

— La prochaine fois.

— Est-ce que tu vas bien ? demanda West. Tu sembles… ailleurs.

— Je vais bien. Vraiment. Profite de ta soirée.

Lionel quitta la salle de jeu et se rendit à l'avant de la maison. Mais au lieu de s'en aller, il bifurqua vers l'escalier des domestiques, et grimpa au second étage. Il se mit en quête d'une lampe, qu'il trouva dans une chambre déserte, puis repéra le placard où il attendit.

Il n'y avait nulle part où s'asseoir, alors il s'appuya simplement contre les étagères contenant des montagnes de linge, ainsi que la lanterne pour laquelle il avait réussi à ménager un espace. Il avait tout le temps pour réfléchir à la demande de Lady Townsend.

*Un mariage.*

Pouvait-il faire une chose pareille ? Il avait prévu de se

marier, bien sûr, et il avait même songé que cette saison pourrait être l'occasion de se mettre sérieusement en quête d'une épouse. Mais c'était avant le duel de l'été dernier. Ensuite, tout avait changé, et il était quasiment certain de ne pas mériter de trouver le bonheur.

Ce qui ne signifiait pas qu'il ne pouvait pas se marier. Beaucoup de personnes convolaient pour des raisons autres. Lady Townsend et lui étaient peut-être de celles-là.

Il ne pouvait pas croire qu'elle souhaitait l'épouser par plaisir. En réalité, il ne voyait pas la moindre raison pour laquelle elle voudrait convoler avec lui.

Enfin, il entendit des bruits de pas. Le loquet cliqueta, et la porte s'ouvrit. Lady Townsend entra rapidement et referma la porte derrière elle d'un geste assuré.

Elle observa le petit espace et se plaça aussi loin de lui que possible. Ce qui ne laissait qu'à peine un peu plus d'un mètre entre eux.

— C'est plutôt serré.

Il se redressa de toute sa hauteur, repoussant les étagères dans son dos.

— C'est aussi à l'écart.

Elle releva le menton.

— Je suppose que oui.

— Pardonnez-moi, mais j'ai tenté de comprendre pour quelle raison vous voudriez m'épouser, et j'ai bien peur de n'en avoir trouvé aucune.

— J'admets que c'est un plan radical, mais je suis à court d'idées. Je suis destinée à un mariage dont je ne veux pas, et c'est entièrement votre faute. Vous avez dit que vous feriez *n'importe quoi* pour m'aider. Vous ne le pensiez pas ?

— Bien sûr que si. Je suis un homme d'honneur, pour le meilleur ou pour le pire. Plus souvent pour le pire, apparemment.

Elle se détourna de lui, la mâchoire tendue. Quand elle

croisa à nouveau son regard, ses yeux étaient de feu et de glace, un mélange de colère brûlante et de détermination glaciale.

— Votre honneur m'a sans le moindre doute été néfaste. C'est pour cette raison que je vous demande votre aide... vous me le devez.

— Effectivement.

— Oui, et j'avais prévu de vous réclamer de l'argent pour régler les dettes de Geoffrey. *Après* vous avoir snobé. Ce que je n'ai pas pu faire, ajouta-t-elle, croisant les bras sur sa poitrine.

Il sentit sa frustration envahir le petit espace.

— Les choses ne se déroulent pas comme je l'aurais voulu.

— Je suis navré que la situation n'évolue pas comme vous le désiriez.

Sa poitrine se serra. Il lutta pour respirer.

— Votre vie n'est pas du tout celle à laquelle vous vous attendiez, et c'est entièrement ma faute, dit-il doucement. Je vous donnerai l'argent dont vous avez besoin et ensuite vous pourrez me demander n'importe quoi.

— *N'importe quoi.* Oui, vous l'avez également dit l'été dernier, confirma-t-elle en plantant son regard dans celui de Lionel. Mes parents ont décidé que je devrais épouser quelqu'un dont je ne veux pas. Ils ont déjà mis les choses en route. J'ai besoin que vous m'épousiez à la place.

— Pardonnez-moi, Lady Townsend, mais j'ai du mal à envisager qu'il y ait quelqu'un que vous souhaiteriez *moins* épouser que moi.

Elle éclata d'un rire sombre et creux qui lui tordit les tripes.

— Oui, je comprends que vous pensiez cela, et s'il s'agissait d'un véritable mariage, ce serait sans doute fondé. Quoi qu'il en soit, pour m'éviter d'épouser Sir Duncan, nous allons convoler, et ce sera un mariage de pure convenance, en ce qui *me* concerne. Je resterai indépendante, serai libre de faire ce que je veux, vous me fournirez de l'argent en abondance, et nous n'aurons absolument aucune intimité.

— Vous attendez de moi que j'accepte un mariage dans lequel je n'aurais pas d'enfant, pas même un héritier ?

Son regard glacial ne vacilla pas.

— Oui.

*Par tous les diables !* Comment pourrait-il donner son accord pour une telle chose ? Il avait une responsabilité envers son titre, sa famille. Certes, il y avait bien quelqu'un, le fils de son cousin germain, susceptible d'hériter, mais ce n'était pas la question. Son père, s'il avait été encore de ce monde, aurait été dévasté à l'idée que Lionel puisse sacrifier leur héritage de cette manière.

Et pourtant… il lui était redevable. Il lui avait fait une promesse. Et s'il n'était pas grand-chose, il était avant tout un homme d'honneur.

— Vous demandez beaucoup. J'ai une responsabilité envers mon titre.

Elle ne cilla pas.

— J'ai cherché votre nom dans l'annuaire mondain : vous avez un cousin.

— J'aimerais avoir des enfants, répliqua Lionel.

— Alors, prenez une maîtresse qui vous les fournira.

Bon sang, qu'elle était froide ! Mais c'était probablement lui qui l'avait rendue ainsi. Il se souvenait vaguement d'une charmante et vive jeune femme lors de cette fête. Elle était portée disparue à cet instant.

— N'avez-vous pas envie d'avoir des enfants ? s'enquit-il.

Pour la première fois, elle sembla vaciller, ou du moins hésiter. Elle détourna le regard, mais quand elle reposa les yeux sur lui, le feu était de retour aux côtés de la glace.

— Pas pour le moment. Si je change d'avis, je vous en informerai, évidemment.

Il s'appuya contre les étagères, et son corps s'affaissa un peu. C'était tellement absurde que c'en était presque incompréhensible. Il avait tué son mari, et maintenant elle voulait l'épouser ?

Mais uniquement pour la préserver de quelque chose qu'elle désirait encore moins que d'être enchaînée au meurtrier de son mari.

— Si vous me permettez de vous poser la question, qu'y aurait-il de si mal à épouser Sir Duncan ?

Lionel ne connaissait pas cet homme.

Son expression exprima alors un dégoût intense.

— Beaucoup de choses. Beaucoup, *beaucoup* de choses. Je ne crois pas que cela devrait vous préoccuper, ajouta-t-elle, avant d'incliner la tête sur le côté. Vous m'avez proposé votre aide, et je la sollicite. Êtes-vous un homme de parole ?

Tous les doutes ou réserves qu'il avait s'effondrèrent sous le poids de sa question.

— Évidemment que je le suis.

La question de l'héritier le préoccupait. Mais pas autant que le fait qu'il ait tué son mari et l'ait laissée à la merci d'un mariage dont elle ne voulait pas.

— Vous m'avez dit que les choses étaient déjà engagées avec Sir Duncan. Qu'est-ce que cela signifie ?

— Mes parents ont négocié l'union, et il passera demain pour signer un contrat de mariage. Les bans seront lus dimanche.

Pas étonnant qu'elle soit au désespoir.

— Vous devez vraiment ne pas avoir envie de l'épouser pour me demander de faire cela à la place.

Elle inclina la tête, mais ne dit rien.

— Il semble que nous devions agir rapidement. Vous me semblez être une femme plutôt organisée. Avez-vous un plan ?

— Euh, non.

Gretna Green lui vint aussitôt à l'esprit, mais elle s'était déjà enfuie là-bas. Il tressaillit intérieurement et s'écarta une fois encore des étagères, redressant ses épaules.

— Je peux me procurer une licence spéciale à la première heure demain matin à la cour de justice. Nous pourrons nous marier n'importe quand ensuite. Dites-moi simplement la date qui vous convient.

Elle réfléchit un moment, son regard se rétrécit légèrement alors qu'elle paraissait étudier l'une des étagères.

— Vous viendrez à la maison de mes parents à midi. Y a-t-il la moindre chance que nous puissions faire la cérémonie à ce moment-là ?

— Je vais devoir trouver un ecclésiastique, mais cela ne devrait pas poser de problème.

Il en trouverait un dès ce soir, dès qu'ils auraient terminé.

La silhouette de Lady Townsend tout entière s'affaissa légèrement. Son soulagement était évident.

— Cela suffira.

Cet arrangement digne d'une affaire professionnelle ne correspondait pas du tout à la manière dont il avait prévu de faire sa demande en mariage.

— Que vont dire vos parents, étant donné qu'ils vous ont déjà promise à Sir Duncan ?

Lady Townsend retrouva son stoïcisme initial.

— Je m'en moque. J'épouse un marquis plus que suffisamment riche. Si cela ne leur convient pas, rien ne le pourra.

Il entendit le dégoût dans sa voix. Son mariage avec Townsend ne leur avait pas plu. Après tout, elle s'était enfuie avec cet homme. C'était une vision romantique : s'enfuir pour se marier par amour. Qu'il l'ait privée de cela le rendait malade. Comment diable allaient-ils pouvoir s'entendre ?

— Comment imaginez-vous l'évolution de ceci… de notre mariage ? Prévoyez-vous de vivre avec moi ?

Elle cligna des yeux.

— Je n'y ai pas encore vraiment réfléchi. Pour l'instant, j'espère que votre maison de ville ici à Londres est assez grande pour me permettre d'avoir mes propres quartiers.

— Certainement.

— Alors, cela devra suffire.

Oui, toute cette histoire était suffisante. Rien de plus et rien de moins que ce qui était absolument nécessaire.

— Cela vous rend-il… heureuse ?

Elle le transperça d'un regard sombre et vide.

— Rien ne me rend heureuse. J'aurais cru que vous le saviez. Nous nous verrons à midi.

Elle se retourna et ouvrit la porte, le laissant seul dans le placard.

*Rien* ne la rendait heureuse. Au moins sur ce point, ils étaient à égalité.

～

*A*près une nuit agitée et quasi sans sommeil, Emmaline était parvenue à avaler une tranche de pain grillé et une demi-tasse de chocolat. Elle se regarda dans le miroir. Au moins, le violet de ses cernes était assorti à la couleur lavande de sa robe.

Elle se détourna, l'estomac noué. Que diable avait-elle fait ?

Rien pour le moment, mais l'alternative l'horrifiait. Elle avait dansé avec Sir Duncan la veille au soir, pour le plus grand plaisir de ses parents. Il avait exprimé son enthousiasme, pour reprendre l'expression de sa mère, à l'idée de lui faire la cour, disant qu'il était extrêmement chanceux d'avoir une nouvelle fois l'opportunité de connaître la félicité conjugale. Avant de ruiner ce qui aurait pu être une jolie déclaration en expliquant à quel point il avait hâte d'avoir une femme qui ne soit pas une vierge effarouchée. Il avait gloussé et lui avait adressé un clin d'œil comme s'il s'agissait d'une blague entre eux. Puis il avait décrit en détail la manière dont il poursuivait ses activités sportives. Pour conclure en disant qu'il était en *excellente* condition physique. Elle l'avait regardé fixement, incapable de trouver une réponse appropriée.

Puis elle s'était souvenue qu'elle n'était pas obligée de l'épouser, qu'elle avait son propre plan pour déjouer les projets de ses parents. Sauf qu'il impliquait qu'elle devait convoler avec un homme qu'elle avait juré de détester.

Depuis ce moment-là, elle s'inquiétait d'avoir pris une décision irréfléchie. Une *de plus*. Sa fuite avec Geoffrey avait été sa première, et si elle ne l'avait pas immédiatement regretté, elle avait commencé à s'interroger sur ses actions. Seulement parce qu'il s'était avéré ne pas être l'homme qu'elle pensait. Avec Axbridge, elle savait que c'était une canaille et un tueur. Il était exactement tel que tout le monde le connaissait : le duc Dangereux.

Il n'était pas trop tard. Elle n'était pas obligée de l'épouser. Mais dans ce cas elle devrait se marier avec Sir Duncan. Ne pouvait-elle tout simplement pas s'enfuir ? Axbridge financerait sûrement son évasion.

Et où irait-elle ? Il faudrait qu'elle recommence quelque part, totalement seule. Après les huit mois de relatif isolement à porter le deuil, elle n'en avait aucune envie. En épousant Axbridge, elle obtenait tout ce qu'elle voulait : une situation respectable, un soutien financier adéquat, et la capacité de rester dans le monde tel qu'elle le connaissait.

Pour faire quoi, exactement ? Elle n'aurait pas d'enfants avec lui. Elle ne pouvait pas. Mais alors, qu'allait-elle faire de son temps ?

*Tout ce que tu veux, bon sang ! Arrête tes idioties et descends.*

Très bien. Elle se raidit et descendit au salon. Sa mère était assise près des fenêtres, brodant quelque chose pour l'un de ses petits-enfants. Emmaline avait quatre frère et sœurs beaucoup plus âgés, mariés, avec des enfants. Elle était arrivée plus tard, par surprise, et sans être forcément la bienvenue. Durant ses jeunes années, ils l'avaient le plus souvent ignorée et elle n'avait jamais été proche d'aucun de ses frère et sœurs. Elle avait toujours eu l'impression de passer à côté de la possibilité d'avoir une famille.

— Te voilà, ma chérie, dit sa mère en levant brièvement les yeux de son ouvrage. J'espère que tu as bien dormi.

À l'évidence, elle n'avait pas remarqué les cernes sous les yeux d'Emmaline.

— Assez bien.

— Père était si heureux de te voir danser avec Sir Duncan hier soir. Vous serez extrêmement bien assortis, tu verras, ajouta-t-elle avant de relever la tête, ses yeux s'écarquillant brièvement. Mon Dieu, je voulais te parler d'Axbridge. Pour quelle raison as-tu dansé avec *lui* ?

Emmaline s'était sentie soulagée que sa mère se soit endormie sitôt après être montée dans la berline hier soir. Et son père avait quitté le bal plus tôt pour aller à son club. Ce qui signifiait qu'elle avait pu éviter un éventuel interrogatoire au sujet du marquis, et profiter d'un moment de paix.

Elle s'assit près de sa mère et arrangea ses jupes autour de ses pieds.

— Parce qu'il me l'a demandé.

Sa mère la dévisagea.

— Cela n'a aucun sens. Tu ne peux pas le supporter.

— Il se sent coupable.

Cela au moins, c'était la vérité. Non seulement il le lui avait dit, mais elle voyait les ténèbres qui rôdaient dans les profondeurs de ses yeux.

Sa mère fit claquer sa langue.

— Il n'est pas de ton devoir d'apaiser sa culpabilité.

— Certes, mais je ne suis pas une personne rancunière.

Elle manqua de s'étouffer sur ses propres mots. Elle avait

vraiment prévu de se venger, ou tout du moins de lui porter un coup en se donnant en spectacle lorsqu'elle l'aurait snobé la veille au soir. Elle *avait* réussi la partie spectacle, mais sans toutefois l'humilier publiquement. Et le scandale qu'allait provoquer leur mariage allait résonner à travers la haute société durant peut-être toute la saison.

Serait-ce vraiment un scandale ? Pas dans le véritable sens du terme peut-être, mais ce serait sur toutes les lèvres. Axbridge et elle seraient soit félicités et invités partout, soit méprisés et ostracisés. Étant donné qu'il était marquis, et toujours assez populaire en dépit de son passé meurtrier, elle doutait de la seconde option.

— Eh bien, c'était sans aucun doute le sujet de discussion du bal la nuit dernière, dit sa mère. Cela fait des mois qu'Axbridge est parti. Tout à coup il se montre et danse avec toi, parmi toutes. Cela semblait plutôt audacieux. Mais je suppose que c'est le genre de choses auxquelles il faut s'attendre de sa part. N'a-t-il pas hérité de l'un de ces surnoms ridicules, le duc quelque chose ? demanda-t-elle, avant de jeter un œil par la fenêtre et de se redresser. Il y a une berline dehors. Mais il est trop tôt pour que Sir Duncan soit ici.

Le cœur d'Emmaline s'emballa.

— Il ne s'agit peut-être pas de Sir Duncan. Cela pourrait être un autre gentleman qui nous rend visite.

Sa mère lui jeta un regard dubitatif, la bouche pincée. Puis son expression s'adoucit jusqu'à devenir compatissante.

— J'ai conscience que Sir Duncan n'est pas nécessairement l'homme que tu aurais choisi. Mais quand tu as *effectivement* fait un choix, ce n'était pas le meilleur, comme nous le savons toutes les deux. Tu ne m'as pas parlé de ton mariage, mais je voyais bien que tu étais de plus en plus angoissée.

Le terme « angoissée » semblait un peu fort, mais elle n'allait pas ergoter. Non, elle n'avait pas été heureuse. Mais cela signifiait-il qu'elle ne serait jamais capable de choisir quelque chose pour elle-même ? C'était un argument absurde.

— Aie la foi, Emmaline, dit sa mère d'un ton joyeux. Ton père et moi ne voulons que le meilleur pour toi, et Sir Duncan pourra te le procurer.

À l'évidence, ils n'avaient pas la même définition du « meilleur ».

Cutworth, leur majordome, franchit le seuil de la porte.

— Le marquis d'Axbridge est ici.

— Faites-le entrer, et allez chercher mon père, je vous prie, lui demanda Emmaline en se levant.

Son pouls s'accéléra.

— Que se passe-t-il ? l'interrogea sa mère, posant sa broderie de côté avant de se lever. Emmaline ?

Celle-ci s'éloigna, se postant à l'autre bout de la pièce, et ne répondit pas.

Un instant plus tard, son père entra, suivi presque immédiatement par le marquis et un autre gentleman, sûrement l'ecclésiastique, d'après Emmaline.

Axbridge s'inclina et regarda sa mère, puis son père.

— Bonjour, monsieur et madame Forth-Hodges.

Puis il se tourna vers Emmaline, et s'inclina encore plus bas.

— Lady Townsend.

— Lord Axbridge, murmura-t-elle.

Il était aussi beau que la veille au soir. *Lui* n'avait pas de cernes violets sous les yeux, le vaurien.

Le front de son père se plissa et il fronça les sourcils, en regardant d'abord Axbridge, puis l'ecclésiastique.

— De quoi s'agit-il ?

Axbridge tira un papier de l'intérieur de son manteau.

— J'ai un permis spécial qui nous autorise à nous marier, votre fille et moi. M. Smithson ici présent va célébrer la cérémonie.

Sa mère se retourna, les yeux écarquillés et la bouche ouverte.

— Qu'as-tu fait ?

— Oui, ma fille, qu'as-tu fait ?

Alors que sa mère semblait horrifiée, son père, lui, était visiblement agacé.

— J'ai décidé d'épouser Axbridge au lieu de Sir Duncan. Je n'ai aucune envie que l'on me dicte ma conduite : je suis une veuve qui a ses propres pensées.

— Tu es une veuve avec de lourdes dettes, répliqua son père d'un ton glacial. Axbridge est-il au courant de cela ?

— Je le suis, en effet, et ce n'est pas un problème.

Axbridge parlait d'un ton égal et chaleureux, presque sympathique, comme s'il passait son temps à entrer dans les salons des gens pour annoncer à des hommes qu'il allait épouser leur fille immédiatement.

Son père se rapprocha d'elle.

— Nous avons un accord avec Sir Duncan.

— Il n'a pas été formalisé, rétorqua Emmaline. Je suis libre d'épouser Axbridge, et c'est ce que je vais faire. Maintenant. Vous êtes les bienvenus si vous souhaitez rester et être témoins de la cérémonie. Dans le cas contraire, je demanderai leur assistance à Cutworth et à ma femme de chambre.

Sa mère traversa précipitamment la pièce pour la rejoindre.

— Emmaline, murmura-t-elle. Réfléchis à ce que tu fais. Cet homme a tué ton mari. Quel genre de mariage aurez-vous ?

— Un qui repose sur des attentes claires. J'ai négocié précisément le genre d'union que je désire, chose que je n'aurais jamais pu faire avec Sir Duncan.

Sa mère la regarda en cillant.

— Tu le regretteras, tout comme tu as regretté d'avoir épousé Lord Townsend.

— Le terme de « regret » est dur, Mère. Si je suis malheureuse avec Sir Duncan, comme je le prévoie, regretterez-vous de m'avoir contrainte à l'épouser ?

Emmaline n'attendit pas la réponse. Elle s'avança vers Axbridge et salua M. Smithson.

— Je suis prête quand vous le serez.

— Parfait, dit M. Smithson.

Il se tourna vers le père d'Emmaline, l'air interrogateur. Celui-ci s'éclaircit la gorge.

— Venez, mettons-nous devant l'âtre.

Il ne cherchait pas à l'arrêter ?

Ils prirent place, et M. Smithson ouvrit son livre de prières. Emmaline se tenait face à Axbridge, et son pouls battait plus vite encore. Elle avait l'impression d'avoir monté trois étages en courant.

Il avait le regard baissé vers elle, car il était considérablement plus grand, et avait une expression tranquille, presque agréable. Les ténèbres avaient disparu de ses yeux. Pensait-il que les choses étaient réglées entre eux, que cette cérémonie allait d'une manière ou d'une autre réparer le tort grave qu'il lui avait causé ? Elle avait toute sa vie pour le découvrir. Et le détromper de ces inepties.

M. Smithson débuta la cérémonie. Bien sûr, Emmaline avait déjà entendu cela. Quelle différence ! Elle était heureuse et joyeuse, et regardait Geoffrey avec impatience. Ils avaient suivi les règles de la bienséance durant leur voyage vers le nord, en partie parce que le duc de Clare les avait rejoints et s'était assuré que le mariage se déroule sans incident. La femme de Clare était devenue l'une de ses plus proches amies, en dépit de l'implication de cet homme dans le duel qui avait tué Geoffrey.

Emmaline n'en voulait pas à Clare. C'était un homme d'honneur, comme l'avait prouvé son comportement quand elle s'était enfuie avec Geoffrey. Il n'avait pas essayé de les arrêter. Au contraire, il avait veillé à ce qu'elle soit en sécurité, et que personne ne change d'avis.

Axbridge n'était-il pas un homme d'honneur ? C'était pour une question d'honneur qu'il avait défié Geoffrey. La raison exacte n'était toujours pas claire pour elle. Son mari n'était parvenu qu'à prononcer quelques mots avant de mourir. Il s'était excusé, et lui avait dit qu'elle méritait mieux. Ensuite, il avait maudit Axbridge.

— Je vous demande et vous oblige tous les deux, comme vous devrez le faire au jour terrible du jugement dernier, lorsque les secrets de tous les cœurs seront dévoilés, de confesser maintenant si l'un ou l'autre d'entre vous connaît un empêchement quelconque à être légalement uni par le mariage.

La récitation de M. Smithson s'infiltra dans ses pensées. *Les secrets de tous les cœurs seront dévoilés...* Emmaline ne pensait pas que le sien en recelait. Elle avait aimé Geoffrey ouvertement, et sans hésitation. Peut-être l'amour secret était-il mieux. Ainsi, personne ne savait si vous en souffriez.

Après une brève pause, M. Smithson continua. Il s'adressa à Axbridge, lui demandant de réciter les vœux qui les uniraient. Après qu'il a promis de faire sa part, M. Smithson se tourna vers Emmaline et lui demanda la même chose.

— Souhaitez-vous prendre cet homme pour époux, pour vivre ensemble selon les lois de Dieu dans les liens sacrés du mariage ?

Il hésita légèrement avant de poursuivre, mais Emmaline réprima un sentiment de blasphème étant donné qu'elle n'avait aucune intention de vivre « ensemble » avec cet homme.

— Acceptez-vous de lui obéir, de le servir, de l'aimer, de l'honorer et de le garder, dans la maladie comme dans la santé, et, renonçant à tout autre, de ne vous attacher qu'à lui, tant que vous vivrez tous les deux ?

— Je l'accepte.

Une fois de plus, un sentiment de malaise l'envahit, mais elle le chassa rapidement. C'étaient de jolis mots, et plein de gens les ignoraient. Elle était presque convaincue que Geoffrey n'avait pas été fidèle.

M. Smithson demanda qui la donnait en mariage à Axbridge, et son père répondit « moi » d'un ton clair et vigoureux. Il devait avoir complètement dépassé toutes les réserves qu'il avait eues.

Il était temps de prononcer leurs vœux l'un envers l'autre. M. Smithson indiqua à Axbridge de prendre les mains d'Emmaline dans les siennes.

Il avait les mains nues, tout comme elle, et elle se rendit compte que c'était la première fois qu'ils se touchaient peau à peau. Il était chaud et ferme, presque rassurant. Elle ne voulait pas être rassurée par lui.

Axbridge répéta après M. Smithson, promettant de la prendre et de la garder à partir de ce jour, dans la richesse et la pauvreté, et toutes ces autres absurdités, y compris de s'aimer et de se chérir jusqu'à la mort. Son regard était déterminé, et elle aurait presque pu croire qu'il était sincère.

Quand ce fut son tour, elle répéta consciencieusement sa partie, mais elle fixa son oreille en le faisant. Dès qu'elle eut terminé, elle retira ses mains.

M. Smithson sortit un anneau en or de sa poche et le plaça sur le livre de prières ouvert qui reposait sur sa paume.

— Bénissez cet anneau et cette union, dit-il.

Elle n'avait pas souvenir de cette partie à Gretna Green.

Axbridge prit la bague et la glissa au doigt d'Emmaline.

— Avec cet anneau, je te prends pour épouse.

Il plongea ses yeux dans ceux de la jeune femme. Les ténèbres n'étaient pas revenues, mais il y avait une intensité dans son regard qui la déstabilisa.

— Avec mon corps, je te vénère.

Un frisson lui parcourut le bras depuis l'endroit où il la touchait. Elle s'était attendue à ce que cela ressemble à une transaction. Pourtant, à chaque parole prononcée par Axbridge, elle était happée par quelque chose qu'elle n'avait pas prévu, et dont elle ne voulait pas : une certaine impatience.

— Et de tous mes biens matériels, je te fais don. Au nom du Père, du Fils et du Saint-Esprit, amen.

Il retira sa main. La bague lui allait parfaitement. Elle avait hâte de la retirer.

Mais était-ce vraiment ce qu'elle voulait faire ? Les émotions se bousculaient en elle.

M. Smithson les déclara mari et femme, et le reste de la cérémonie se poursuivit, lui donnant mal à la tête lorsqu'il présenta un registre ainsi qu'une copie des textes qu'ils devaient signer et qu'Emmaline devait conserver.

— Je vous présente mes plus sincères félicitations à tous les deux, leur dit l'ecclésiastique, souriant d'abord à Emmaline, puis à Axbridge.

Le marquis semblait aussi calme et serein qu'à son arrivée, tandis qu'elle était sur le point d'exploser sous le coup de... de quoi ? De l'appréhension ? L'anxiété ? Le malaise ? Toutes ces choses et bien plus encore.

— Merci, dit Axbridge. Si vous voulez bien m'attendre en bas dans le hall, je vous rejoindrai rapidement pour vous reconduire à l'église.

M. Smithson hocha la tête, avant de souhaiter à tous une bonne journée et de s'en aller.

— Cela exige au minimum un toast, annonça son père.

Axbridge jeta un coup d'œil rapide à Emmaline, puis secoua la tête.

— Ne vous donnez pas cette peine.

— Ce n'est pas tous les jours que ma fille épouse un

marquis, répondit-il tout sourire, les yeux emplis d'enthousiasme. Emmaline a fait mieux que ses sœurs.

Il appela Cutworth, qui rôdait derrière la porte.

— Apportez du vin.

Le majordome fila avec empressement. Emmaline
remarqua que la bouche d'Axbridge se crispait, juste un peu,
mais elle le vit. Il se tourna vers Emmaline.

— Souhaitez-vous m'accompagner maintenant, ou dois
envoyer ma berline plus tard cet après-midi ?

— Je dois emballer mes affaires. J'apprécierais que vous
renvoyiez le véhicule.

— Chacun de vos souhaits est mon plus grand désir.

Elle plissa légèrement les yeux vers lui. Avait-il besoin de
parler ainsi ? Peut-être essayait-il simplement d'impres-
sionner ses parents. Ah ! Il l'avait déjà fait apparemment du
fait de la nature même de son titre.

— Dans ce cas, je suis d'accord que nous n'avons pas
besoin d'un toast, approuva-t-elle, faisant référence à sa
volonté de satisfaire ses souhaits. Père, toi et Mère pourrez
fêter cela pendant que j'emballe mes affaires. Je suis certaine
que vous serez ravis d'avoir de nouveau la maison pour vous.

Sa mère pinça les lèvres et cligna des yeux avant de les
plisser un instant.

— Tu vas nous manquer, Emmaline.

— Vous vous attendiez à ce que je m'en aille, je pars juste
un peu plus tôt.

Emmaline placarda un sourire de façade sur son visage.

Il y eut un moment de silence gênant, au cours duquel
tous se regardèrent les uns les autres. Axbridge toussa délica-
tement et se tourna vers Emmaline.

— Je vous verrai plus tard cet après-midi, alors.

Il exécuta une révérence soignée, puis fit de même vers
ses parents.

Son père fronça légèrement les sourcils en serrant la main d'Axbridge.

— Vous ne restez pas pour le vin ?

— J'ai bien peur que non. D'autres affaires m'attendent.

Sa mère ne cacha pas son désarroi et lança un regard presque furieux au marquis.

— J'ose dire que le fait d'épouser notre fille devrait être votre *principale* préoccupation aujourd'hui.

Son père lui tapota l'épaule.

— Ne tourmente pas cet homme. C'est notre gendre maintenant, dit-il en tournant un visage souriant vers le nouveau mari d'Emmaline. Bienvenue dans la famille, Axbridge. J'ose dire qu'Emmaline a mieux choisi cette fois-ci. En fait, je vous remercierais presque de l'avoir débarrassée de ce vaurien qu'elle avait choisi en premier.

Il eut l'impudence de rire.

Axbridge, quant à lui, eut le bon sens de ne rien dire. Son visage était un masque impassible quand il fit volte-face et prit congé, croisant Cutworth qui portait un plateau.

Emmaline regarda son père d'un œil noir.

— Quant à moi, je remercierai l'assassin de mon mari de m'avoir délivrée de vos machinations.

— *Ancien* mari, ma chérie.

Sn père posa sur elle un regard significatif empreint de chaleur. Il était heureux de la tournure des événements, et elle savait que rien de ce qu'elle pourrait dire ou faire n'y changerait rien.

Emmaline chassa sa colère et sa déception, et se dirigea vers le couloir.

Sa mère la rattrapa juste avant la porte.

— Je souhaite sincèrement que tu sois heureuse, Emmaline.

Elle parlait d'une voix timide, voire douce.

Emmaline savait que sa mère était sincère, qu'elle l'aimait, même si sa manière de le montrer était souvent frustrante.

— Axbridge me procurera l'autonomie et la position dont j'ai besoin. Je serai bien plus heureuse avec lui que je ne l'aurais été avec Sir Duncan.

Elle s'attarda un moment avant de se tourner et quitter la pièce. Dire qu'elle serait beaucoup plus heureuse était risible, car elle doutait qu'il y ait un quelconque bonheur dans cette union. Mais peut-être serait-elle satisfaite.

*Avec le meurtrier de ton mari ?*

Elle s'arrêta au pied de l'escalier.

Qu'avait-elle fait ?

# CHAPITRE 4

— *V*ous allez finir par creuser un sillon dans le sol, my lord, dit Tulk qui se tenait en sentinelle près de la porte d'entrée.

Lionel cessa de faire les cent pas pour jeter un coup d'œil à son majordome.

— Votre esprit me stupéfie.

— Comme il se doit.

Il garda le silence un moment. Mais Lionel s'attendait à ce qu'il en dise plus, et ne fut pas déçu.

— Vous êtes assez nerveux.

Le terme « agité » aurait été plus adéquat.

— Ai-je jamais été marié auparavant ?

— Vous n'avez pas besoin de vous montrer sarcastique.

S'il ne pouvait l'être maintenant, alors quand ? Aujourd'hui semblait être la journée idéale pour être cynique. Il venait d'épouser une femme qui le méprisait, les condamnant tous deux à une vie de méfiance mutuelle et de gêne intense. Lionel adressa un regard irrité à son majordome, et reprit son manège. Il avait révélé la nature de son union à Tulk et à son valet, Hennings. Le reste du personnel avait simplement été informé qu'il avait trouvé une femme et l'avait immédiatement épousée.

Lionel arrêta de marcher au milieu du hall.

— Comment s'est déroulée la réunion avec le personnel ? Personne n'a haussé de sourcil ?

Tulk réprima un rire.

— Évidemment qu'ils ont haussé les sourcils. Tout à coup, vous êtes marié, et ils vont bientôt avoir une nouvelle maîtresse à servir.

Il étudia Lionel attentivement pendant un moment.

— Ils vous soutiennent de tout cœur, et ils veulent que vous soyez heureux. M$^{me}$ Wells est ravie que vous ayez pris une épouse. Elle a trouvé plutôt romantique que vous convoliez grâce à une licence spéciale.

Romantique ? Oui, M$^{me}$ Wells, qui supervisait Axbridge House depuis vingt-cinq ans, le pressait souvent de fonder une famille et cet… arrangement la bouleverserait. Elle finirait par apprendre la vérité à un moment, bien sûr, mais pour le moment, Lionel voulait voir comment se déroulerait cet *arrangement*.

Le bruit d'une berline dans la rue fit s'emballer de nouveau le cœur de Lionel.

— Votre épouse, je crois, annonça Tulk en s'avançant vers la porte.

Il l'ouvrit en grand, et Axbridge sortit sur la première marche.

L'un des valets de pied de son père ouvrit la portière de la berline, et il se demanda si elle était seule à l'intérieur. Peut-être sa mère, ou son père, ou les deux, avaient-ils insisté pour l'accompagner. Il imaginait bien son père le faire. Il s'était montré excessivement satisfait d'avoir un marquis comme gendre. Il était clair qu'il n'avait aucune considération pour les sentiments de sa fille. À moins qu'elle ne leur ait dit qu'elle était heureuse de cette union. Il en doutait un peu. Elle avait présenté les choses comme un contrat d'affaires, ce qu'il supposait être le cas. Néanmoins, il avait trouvé le comportement de son père insultant à son égard, et quels que soient les fondements de leur mariage, il n'autoriserait personne à dénigrer sa marquise.

Elle descendit de la berline, et releva le visage vers le ciel légèrement nuageux. Elle était particulièrement jolie, avec des traits doux et féminins dans un visage séduisant en forme de cœur, encadré par quelques boucles blondes. Des sourcils pâles et fins surmontaient ses yeux bleu ciel, et un petit nez discret s'inclinait vers des lèvres roses et arrondies. Son regard froid ne retirait rien à sa beauté. En fait, cela aurait pu la rendre encore plus attirante : une femme qu'il devait courtiser. Et c'étaient les meilleures.

Dommage qu'elle soit probablement impossible à courtiser.

Il s'avança, avec l'intention de venir à sa rencontre, mais elle hésita. Il s'arrêta et attendit qu'elle approche. Elle gravit lentement les escaliers.

— Bienvenue à la maison Axbridge.

Elle leva les yeux vers la façade, mais ses traits étaient impassibles. Elle planta dans ses yeux son regard glacial.

Il se décala sur le côté, et lui fit signe de le précéder dans la maison.

Tulk s'inclina.

— Bonjour, ma dame. Nous sommes ravis de vous accueillir.

Lionel avança derrière elle.

— Voici Tulk. Tu constateras que c'est un excellent major-dome. N'hésite pas à lui demander ce que tu voudras.

Elle leva les yeux vers lui, clairement impressionnée par sa taille.

— Merci.

Elle jeta un regard vers le véhicule, d'où une autre femme était descendue.

— Voici ma femme de chambre, Lark. Je suppose que vous avez préparé une chambre convenable pour elle.

Tulk inclina la tête.

— Bien sûr, ma dame. La gouvernante, M^{me} Wells, sera bientôt là pour lui montrer le chemin, annonça-t-il, tournant le regard vers le fond du hall. La voilà qui arrive maintenant.

Lionel présenta la gouvernante à la nouvelle dame de la maison. M^{me} Wells la salua avec un enthousiasme charmant, mais Lady Townsend ne sourit pas.

Non, pas Lady Townsend. Lady Axbridge. Mais avait-il réellement l'intention d'appeler sa *femme* Lady Axbridge ?

Emmaline.

Emma.

Em.

Toute une série de surnoms affectueux lui vint à l'esprit. Son père appelait sa mère « mon cœur ». Sa mort, alors que Lionel était âgé de neuf ans, avait rapproché davantage le père et le fils qui partageaient un chagrin accablant. Quand il songeait à son enfance, sa poitrine se remplissait de chaleur. Cependant, il chassa rapidement cette sensation quand il se rendit compte qu'il n'aurait pas le même genre de famille. Pas avec… Emmaline.

— Venez, Lark, dit M^{me} Wells. Je vais vous montrer la chambre de Lady Axbridge, puis la vôtre.

Lark, une femme au nez busqué et aux yeux bleu vif, sans doute légèrement plus âgée qu'Emmaline, jeta un regard interrogateur à sa maîtresse qui répondit par un hochement de tête. Les deux domestiques gravirent les escaliers.

Lionel se tourna vers sa nouvelle épouse.

— Puis-je te faire visiter ?

Elle évita son regard.

— Je préférerais que Tulk ou M^me Wells s'en chargent, merci.

Il ne s'attendait pas vraiment à un dégel total de sa part, mais il avait espéré qu'elle montre un semblant de sympathie. Au moins n'était-elle pas hostile.

— Pourrions-nous discuter un instant dans mon bureau ?

La surprise fit brièvement vaciller ses yeux, qui trouvèrent les siens. Elle acquiesça d'un infime signe de tête.

Il aurait été naturel de lui offrir son bras, et de fait, il commença à le faire, mais il s'arrêta.

— Si tu veux bien me suivre, dit-il à la place.

Il la guida vers la gauche, traversa le salon et entra dans son bureau, qui occupait le coin arrière du rez-de-chaussée. Il n'était pas très grand, mais disposait d'une bibliothèque de taille décente en plus de son bureau. Un coin détente permettait de lire confortablement devant l'âtre. Il fit un geste vers le canapé.

— Veux-tu bien t'asseoir ?

Son regard parcourait la pièce, mais une fois encore, il n'avait aucune idée de ce qu'elle pensait.

— Non, merci. De quoi souhaites-tu discuter ?

Lionel se dirigea vers l'âtre et s'appuya contre le manteau, croisant les bras.

— J'ai pensé que nous devrions parler de nos attentes.

Elle s'avança vers l'une des étagères et parcourut les tranches des livres.

— Je m'attends à ce que nos interactions soient minimales.

— Cela inclut-il les repas ? Je prends mon petit-déjeuner dans mon salon et les autres repas dans la salle à manger.

— Ai-je un salon à moi ?

— Pas pour le moment. Mes parents partageaient une chambre et un salon.

Elle se retourna, sourcils froncés.

— Je ne partagerai *rien* avec toi.

Il essaya de ne pas laisser le dédain de la jeune femme, auquel il s'attendait, le troubler.

— Je ne pensais pas que ce serait le cas. Il y a une seconde chambre à coucher au premier étage, ma mère s'en servait comme atelier de peinture. Je l'ai fait réaménager pour t'y installer.

Cela n'avait pas été une mince affaire, étant donné la brièveté de leurs fiançailles.

— Le salon est situé entre les chambres, tu pourras l'utiliser quand je n'y serais pas. En général, je n'y prends que les petits-déjeuners.

— Cela suffira, merci. Je suppose que je pourrais prendre le petit-déjeuner dans ma chambre, ou dans la salle à manger, et les autres repas au salon.

Il n'avait toujours pas de réponse à la question qu'il lui avait posée.

— Ainsi, nos interactions minimales n'incluront pas de repas ?

— Je préférerais cela, en effet.

— Tu envisages vraiment que nous passions toute notre vie séparément ?

Elle plongea son regard dans celui de Lionel un instant.

— Effectivement. Et je crois m'être montrée claire à ce sujet.

— Tu l'as fait. Pardonne-moi d'espérer que nous pourrions trouver une manière d'être au moins amis.

— Je ne pardonnerai rien. Je crois bien m'être montrée claire à *ce sujet-là* également.

Elle avait raison, et il était idiot d'imaginer autre chose. Il s'éloigna de la cheminée pour aller se placer derrière son bureau.

— De combien d'argent as-tu besoin pour solder les dettes de Townsend ?

— J'ai écrit à son secrétaire ce matin, et lui ai demandé d'envoyer un décompte. Il devrait arriver demain.

Il hocha la tête.

— Je m'en occuperai. Je te fournirai également un revenu trimestriel. Toutefois, si tu as besoin de quoi que ce soit de plus, n'hésite surtout pas à demander. Ma seule exigence est que tu me demandes directement, en personne, j'insiste sur cette interaction.

Elle plissa brièvement les yeux.

— Je vois.

— Je ne serai pas avare.

Il expira. Il détestait cette tension entre eux, mais il ne voyait aucun moyen de l'atténuer. Du moins pas tant qu'elle ne baisserait pas sa garde, au moins un petit peu.

— Je veux que tu te sentes en sécurité et bien entourée. Ta tranquillité d'esprit est importante à mes yeux.

— À cause de ta culpabilité.

Ses tripes se contractèrent.

— Oui. Mais aussi parce que tu le mérites. Je comprends que tu étais acculée, et que tu as choisi cet arrangement, car c'était ton unique issue. Je ne veux pas que tu te sentes piégée de quelque manière que ce soit.

— C'est… gentil de ta part.

Sa voix était tendue, comme si parler lui demandait un gros effort.

— Aussi, ton père est un con. Je comprends pourquoi tu voulais éviter les plans qu'il avait imaginés pour toi.

Elle écarquilla les yeux, et cilla.

— Ce n'est pas un con.

Lionel ricana.

— Alors c'est un goujat insensible.

— Je n'ai besoin ni de ta sympathie ni de ta commisération. Et je n'en veux pas non plus.

— Tu les auras quand même, répondit-il, plongeant son

regard dans celui d'Emmaline, bien décidé à faire passer son message. *Je ne suis pas ton ennemi.*

Elle éclata d'un rire creux qui le fit tressaillir.

— Tu n'es certainement pas mon ami.

Elle pencha la tête sur le côté, et sa coiffe se décala un peu, ce qui l'obligea à resserrer le nœud sous son menton. Comme il ne coopérait pas malgré ses efforts, elle le détacha complètement et retira l'accessoire de sa tête en grimaçant.

— Puis-je être excusée ?

— Bien sûr. Je te vois...

Quand ? En passant à un moment ou un autre ? Ou bien allaient-ils passer des jours sans se voir ?

Cela avait-il vraiment de l'importance ?

Il s'installa derrière son bureau et leva les yeux vers le portrait accroché au-dessus de la cheminée. Les yeux de son père le fixaient, et si Lionel cherchait bien, il pouvait voir le scintillement qui avait presque toujours été présent. Huit ans plus tard, son père lui manquait encore chaque jour. Surtout à cet instant avec son mariage, mais aussi à cause des conséquences du duel.

La main de Lionel se mit à trembler. Il reporta son attention sur cet appendice et le posa à plat sur le bureau, posant sa main droite dessus pour l'arrêter. Il inspira profondément plusieurs fois et s'efforça de faire le vide dans son esprit.

Au bout de plusieurs minutes, ses muscles se calmèrent et il retrouva son immobilité. Il se demandait s'il échapperait un jour à ces moments d'agitation.

*Non, parce que tu les mérites.*

En effet, c'était le cas.

∼

*E*lle avait réussi à passer la première nuit.

Après avoir rompu son jeûne, Emmaline avait écouté à la porte du salon qui attenait à sa chambre et à celle d'Axbridge. Elle n'avait rien entendu, et avait finalement demandé à Lark de vérifier qu'il était vide avant d'oser s'aventurer hors de la protection de sa chambre à coucher.

C'était peut-être stupide. Elle le verrait tant qu'ils vivraient ensemble. C'était un argument parfait pour qu'elle trouve un nouveau logement. Cependant, la somme qu'il lui accordait ne suffirait pas à financer une maison acceptable. Elle devrait donc lui demander plus d'argent.

Elle ne pensait pas qu'il le lui refuserait. Elle s'était montrée plus que claire au sujet de leur mariage blanc. Quelle importance pouvait avoir l'endroit où elle vivait ?

Cela comptait, car si elle vivait ailleurs, les langues se délieraient, et sa réputation pourrait en souffrir. L'une des raisons qui l'avaient poussée à épouser Axbridge était qu'elle souhaitait maintenir sa position.

Elle resta seule toute la matinée, et prit un déjeuner léger dans le salon. Elle ne demanda pas après Axbridge, et il ne sembla pas demander après elle non plus. Alors qu'elle réfléchissait à ce qu'elle allait faire cet après-midi-là, Tulk entra dans le salon pour annoncer l'arrivée de son amie Ivy, duchesse de Clare.

Ravie de cette distraction bienvenue, Emmaline se leva d'un bond de sa chaise. Elle se redressa et regarda le majordome.

— Où dois-je la recevoir ?

— Où vous le voulez, ma dame, répondit Tulk avec déférence. Je pourrais vous suggérer le salon en bas.

— Oui, bien sûr. Je descends directement.

Il hocha la tête, puis s'en alla. Emmaline vérifia son apparence dans le miroir et, après avoir arrangé une mèche de cheveux égarée, elle le suivit. Quand elle arriva en bas, il venait juste de faire entrer Ivy au salon.

Elle lui tendit son chapeau et ses gants, et posa les yeux sur Emmaline.

— Lady Axbridge.

Ce n'était pas une question, mais son regard brûlait de curiosité.

Tulk se tourna vers Emmaline.

— Dois-je apporter du thé ?

— Certainement. Merci, Tulk.

Emmaline attendit qu'il s'en aille avant d'ouvrir la bouche pour parler. Seulement elle ne parvint pas à sortir un seul mot.

Ivy en resta bouche bée, et dévisagea son amie, choquée.

— Que diable se passe-t-il ?

— Oui, j'imagine que tu as des questions. Pourrions-nous nous asseoir ?

Elle avança jusqu'à une petite table circulaire avec quatre chaises placées près de la fenêtre de devant et s'assit de manière à pouvoir regarder la rue.

Ivy prit place à côté d'elle.

— Au-delà des questions, j'ai des inquiétudes. Est-ce que tu as toute ta tête ?

— Tout à fait. Mes parents avaient l'intention de me marier à Sir Duncan Thayer. J'ai... élaboré un plan alternatif.

Ivy la dévisagea.

— Épouser *Axbridge* ?

— Il m'était redevable.

— Je ne le conteste pas, et je sais qu'il est plus que désireux de t'aider de toutes les manières possibles. Mais le mariage ? Tu le détestes. Pourquoi diable t'enchaînerais-tu à lui ? l'interrogea Ivy avant de pincer les lèvres. On ne doit s'engager dans le mariage qu'après mûre réflexion, si tant est qu'on le fasse. Cela ne doit pas être pris à la légère.

Ivy avait juré de ne jamais se marier après qu'un gentleman lui avait promis le mariage avant de l'abandonner. Le fait de tomber amoureuse du duc de Clare, autrement connu sous le surnom de duc des Désirs, l'avait profondément exaspérée. Néanmoins, elle n'avait pas de regrets.

— Crois-moi, j'y ai réfléchi très sérieusement. Bien plus que lorsque je me suis enfuie avec Geoffrey.

En effet, les différences flagrantes entre ses deux mariages n'auraient pas pu être plus prononcées.

— Je n'en doute pas. J'étais à tes côtés à cette époque.

C'était à ce moment qu'elles étaient devenues amies.

— Et ton mari a veillé à ce que notre course folle vers Gretna Green ne tourne pas au scandale. Tu as été la meilleure des amies pour moi, nonobstant la participation de West au duel qui a tué Geoffrey.

Ivy tressaillit. Après le duel, Emmaline l'avait repoussée pendant quelques mois, mais Ivy avait poursuivi ses efforts pour lui prouver son soutien et son amitié. Elle lui avait écrit presque quotidiennement, se concentrant sur des sujets plus légers, comme la croissance et le développement de sa fille. Elle avait invité Emmaline à lui rendre visite, ou proposé de lui amener le bébé, pensant que cela lui remonterait le moral. Son amie avait fini par céder, et Ivy avait eu raison. Laisser l'amitié et la lumière revenir dans sa vie avait été un véritable réconfort.

— Je ne lui en veux pas, dit doucement Emmaline. Mais je ne peux pas non plus l'oublier.

— Je sais, répondit Ivy avec un sourire triste. C'est pour cela que je ne comprends toujours pas pourquoi tu as choisi d'épouser Axbridge. Je suis certaine que tu aurais pu trouver quelqu'un d'autre.

— Peut-être, mais j'étais acculée. Les bans de mon mariage avec Sir Duncan devaient être lus ce dimanche. Je n'avais pas le temps de tomber amoureuse, ricana-t-elle. Non pas que j'en avais envie, ou que je m'y attendais. Vois où l'amour m'a menée jusqu'ici.

Ivy posa sur elle un regard plein de compassion.

— L'amour peut se révéler traître. Il m'a conduite sur un chemin sombre, comme tu le sais. Il m'a aussi apporté le plus grand bonheur que j'aie jamais connu. Cela aurait pu t'arriver.

Les mots qu'elle ne prononça pas planèrent dans l'esprit d'Emmaline : *mais à présent, cela n'arrivera jamais, car tu es piégée avec Axbridge.*

N'avait-il pas dit qu'il ne voulait pas qu'elle se sente piégée ?

Tulk entra avec le plateau à thé et le déposa sur la table devant elles.

— Souhaitez-vous que je le verse, ma dame ?

— Non, merci, lui répondit Emmaline.

Elle adressa un sourire timide à Tulk. Elle se rendit compte qu'elle gardait ses distances avec le personnel d'Axbridge, comme s'ils étaient « de son côté » et qu'elle se devait de tout séparer. Elle voulait effectivement mener des vies séparées, mais ses domestiques s'étaient montrés très accueillants et gentils. À dire vrai, ils n'avaient pas montré le moindre indice qu'ils étaient conscients de la distance entre elle et Axbridge. Et ils l'étaient *forcément*. Ou du moins, ils le seraient rapidement.

Le majordome lui rendit son sourire avant de prendre congé.

Ivy prit la théière.

— Je vais le servir. Toi, tu parles. Pourquoi choisir Axbridge plutôt que l'amour ?

Parce que l'amour était douloureux.

— Comme je te l'ai dit, je n'ai pas eu le luxe d'avoir du temps devant moi. Axbridge était pratique. Il pouvait régler les dettes de Geoffrey, et il me laisserait tranquille. Je suis une marquise, je ne manquerai de rien et je n'aurai pas à subir les attentions d'un mari que je trouve répugnant, ce qui aurait été le cas avec Sir Duncan.

— Répugnant ? répéta Ivy en terminant de verser le thé, avant de verser du sucre dans sa tasse. Je ne le connais pas vraiment, mais n'a-t-il pas une fille de ton âge ?

— Oui.

— Est-ce que c'était le problème, son âge ?

— Pas tout à fait. Il avait hâte d'épouser… Comment a-t-il dit ? Quelqu'un qui ne soit pas une vierge effarouchée. Ensuite il a continué avec des détails plutôt écœurants au sujet de ses attributs physiques.

Ivy frissonna.

— Je comprends pourquoi tu préférais l'éviter, mais nous aurions sûrement pu te trouver un meilleur mari qu'Axbridge.

Elle but une gorgée de thé.

Emmaline ajouta du sucre dans sa propre tasse et but à son tour.

— Je te demanderais bien des suggestions, mais cela n'a plus d'importance maintenant. Comme je te l'ai dit, je n'avais pas le temps, et Axbridge était pratique. Il a accepté mes conditions, alors, même si ce n'est pas l'idéal, ce sera satis-faisant.

Surtout si ce premier jour était représentatif de la manière dont les choses évolueraient.

— Quel genre de conditions ? s'enquit Ivy.

— En plus de solder les dettes de Geoffrey, il me donnera mon indépendance.

— Qu'est-ce que cela signifie exactement ?

— Qu'il s'agit entièrement d'un mariage de convenance. Il n'y aura pas d'intimité. Pas d'enfants.

Ivy blêmit.

— Cela ne me semble pas une perspective particulièrement heureuse.

Elle reposa sa tasse, et jeta un œil à la main nue d'Emmaline.

— Tu ne portes pas d'alliance.

Elle l'avait retirée la nuit précédente. Sa main lui semblait plutôt nue après avoir porté la bague de Geoffrey avant celle qu'Axbridge lui avait donnée hier.

— Est-ce qu'Axbridge t'en a offert une ? s'enquit Ivy.

Emmaline hocha la tête.

— Je préfère ne pas la porter.

Ivy baissa les yeux un moment.

— Je ne suis pas certaine que tu pourrais faire mieux qu'Axbridge, dit-elle doucement. D'après ce que je sais de lui, c'est un homme gentil et honorable.

Elle osait le défendre ?

— Alors pourquoi a-t-il tué mon mari ?

— Il avait de bonnes raisons de provoquer Geoffrey en duel.

Emmaline ne put réprimer la colère dans sa voix.

— Lesquelles ?

— Je ne suis pas au courant des détails, mais je fais confiance à West quand il me dit qu'Axbridge avait de bonnes raisons. Il n'aurait pas été son second si cela n'avait pas été le cas. Tu devrais peut-être demander à ton mari pourquoi il l'a fait.

Oui, peut-être devrait-elle le faire. Et pendant qu'elle y serait, elle lui demanderait pour quelle raison il aimait se battre en duel.

— Tu sais que Geoffrey n'était pas le premier homme qu'il tuait.

— Oui, répondit Ivy, sans essayer de dissimuler sa grimace. En fait, c'était son troisième duel. Il a blessé quelqu'un la première fois.

Emmaline se dit qu'elle aurait dû inclure « pas de duel » dans son accord de mariage. Elle décida qu'il n'était pas trop tard pour demander.

— Il représente une menace, murmura-t-elle avant de prendre une autre gorgée de thé.

Ivy tendit le bras par-dessus la table et prit la main d'Emmaline.

— Oh, Emmaline, je m'inquiète tant pour ton bonheur !

Celle-ci lui adressa un sourire rassurant.

— Je n'ai pas besoin d'être heureuse. Du moins, pas en mariage.

Elle s'y était presque résolue avant la mort de Geoffrey.

— Alors tu devras trouver d'autres centres d'intérêt.

— En fait, j'y ai déjà réfléchi, annonça Emmaline. Je me demandais si Lucy pourrait m'apprendre à tirer. Si je dois être la duchesse Dangereuse, il me semble que je devrais savoir manier un pistolet.

Ivy rit.

— Je t'en prie, ne te sens pas obligée d'adopter son surnom. *Je* ne l'ai pas fait avec West.

La conversation dériva sur les dernières frasques de la fille d'Ivy et de West, Leah, et le restant de leur visite passa rapidement. Elles se quittèrent en se promettant de se revoir bientôt, vraisemblablement pour une leçon de tir animée par Lucy.

Ivy récupéra sa coiffe et ses gants sur une table près de la porte, là où Tulk les avait posés. Alors qu'elle nouait le ruban sous son menton, le bruit de la porte d'entrée attira l'attention d'Emmaline. Axbridge traversa le hall et entra dans le salon.

Il s'inclina devant Ivy.

— Bonjour, Votre Grâce, dit-il avant de tourner les yeux vers Emmaline. Ma dame.

— Bonjour, lui répondit Ivy en enfilant ses gants. Je suis

venu vous présenter mes félicitations pour votre mariage. Vous vous souvenez sans doute que votre nouvelle épouse est l'une de mes plus chères amies.

— Bien sûr. Elle a un excellent goût en matière d'amis.

Il leur adressa un sourire, et l'espace d'un bref instant, le pouls d'Emmaline s'emballa.

Ivy rit.

— West a demandé s'il vous verrait plus tard au club.

— En effet, il m'y verra. S'il vous plaît, faites un câlin à Leah de la part de l'oncle Ax.

Oncle Ax ? Avait-il seulement déjà rencontré cet enfant ? Emmaline ressentit une bouffée de colère. Ou de possessivité. Ou des deux.

— Je ne m'étais pas rendu compte que tu étais proche de Leah, lui dit-elle.

— Elle est adorable. Comment pourrait-on regarder son doux visage et ne pas se sentir proche d'elle ?

Il fit un clin d'œil à Ivy. Emmaline se souvint qu'il était plutôt charmeur. Cela mettait déjà ses nerfs à rude épreuve.

— Vous êtes très gentil, répondit Ivy. Je ferais bien de rentrer auprès d'elle. Je vous vois tous les deux bientôt.

Elle les salua et prit congé.

Dès qu'ils furent seuls, Emmaline regarda Axbridge en pinçant les lèvres.

— Serait-ce trop te demander que de laisser Ivy et sa famille tranquilles ? C'est une amie très chère, et te voir lui faire du charme me donne la nausée.

Elle avait l'air d'une mégère, mais elle s'en moquait. Il le méritait, et pire encore.

— Oui, ce serait trop demander. West est mon meilleur ami et j'aime beaucoup Ivy. Je suis certain que nous pouvons tous être amis.

Elle tressaillit.

— Toi et moi ne serons jamais amis.

Il se crispa, et les muscles de sa mâchoire et son cou se tendirent.

— Peut-être pas, mais ne pourrions-nous pas au moins avoir des relations agréables ?

Emmaline croisa les bras et lui jeta un regard glacial.

— Et que veux-tu dire par là, exactement ?

Il lui offrit une révérence charmeuse.

— Bonjour, Lady Axbridge. Il me semble que vous avez passé une bonne journée jusqu'à présent. Je suis allé faire un tour ce matin, et je viens de terminer une réunion. Avez-vous des projets pour ce soir ?

Il la regardait attentivement, avec une expression *agréable* sur le visage.

— Je passais une journée parfaitement agréable, jusqu'à ce que vous débarquiez ici.

À quoi s'attendait-elle ? Il *vivait* ici. Elle l'avait *épousé*. Son corps se mit à trembler, et elle eut envie de mettre fin à cette confrontation le plus rapidement possible. Mais il fallait d'abord qu'elle dise quelque chose.

— J'ai une autre exigence.

Il plissa légèrement les yeux en s'appuyant sur l'encadrement de la porte.

— Tu veux quelque chose d'autre de moi.

Son ton était empreint d'incrédulité.

Elle releva le menton et le regarda dans les yeux.

— Effectivement. Je préférerais que tu ne te battes plus en duel. Je ne pense pas que je pourrais le supporter si tu tuais, ou même blessais, quelqu'un d'autre.

Il parut s'affaisser, son corps se relâcha. Ses yeux brillaient d'une émotion obscure, mais elle ignorait de quoi il s'agissait.

— Je n'en ai pas l'intention. Je ne pourrais pas le supporter non plus.

Il s'écarta du cadre de la porte et passa devant elle, la

contournant largement, pour aller dans son bureau. La porte se referma avec un déclic qui lui transperça la poitrine.

Elle s'était montrée ridicule. Affreuse. Affreusement ridicule. Ou ridiculement affreuse ?

Fermant les yeux, elle se massa le front. C'était un désastre. Qu'elle avait créé par nécessité. Elle avait eu besoin de son argent, et elle voulait sa protection. Elle avait aussi exigé son accord, qu'il lui avait donné sans la moindre hésitation. Aux yeux de certains, il pouvait passer pour… héroïque. Et pourtant, les héros ne faisaient pas ce que lui avait fait.

Elle devait trouver un moyen d'exister dans ce mariage sans tomber dans une spirale de colère et de désespoir. À cet instant, elle doutait que cela soit possible.

# CHAPITRE 5

*P*lus tard ce soir-là, Lionel entra dans le Brooks et se rendit directement à la salle à manger privée de West à l'étage, avec l'intention de boire un verre de whisky bien fort. Sa confrontation avec Emmaline l'avait profondément secoué. Il essayait farouchement de refouler son angoisse, et y parvenait généralement. Mais aujourd'hui, quand elle avait parlé des duels, son armure s'était fendillée.

Il l'avait repoussée après sa demande absurde de laisser Ivy et West tranquilles. Il n'aurait sûrement pas dû, mais bon sang, ils devaient trouver un moyen d'avoir au moins des rapports cordiaux. Il ne savait pas combien de temps il pourrait supporter le dégoût qu'elle éprouvait pour lui.

Mais ne l'avait-il pas mérité ? Elle était allée droit au but avec son autre requête. Loin d'être absurde, elle avait été plus que raisonnable. On aurait même pu penser que ce n'était pas nécessaire de le préciser, mais avec lui, ça l'était. Parce qu'il était un monstre.

*Je préférerais que tu ne te battes plus en duel. Je ne pense pas que je pourrais le supporter si tu tuais, ou même blessais, quelqu'un d'autre.*

Et il pensait ce qu'il lui avait répondu. Lui non plus ne pourrait pas le supporter.

Oui, c'était une pénitence pour ses péchés. Elle avait le droit de se comporter aussi odieusement avec lui qu'elle en avait envie, et il lui donnerait tout ce qu'elle désirerait.

— Bonsoir, Ax, le salua West alors qu'il entrait dans la salle à manger.

Lionel prit place dans un fauteuil en face de son ami près du feu.

West se leva et sonna le valet de pied qui arriva quelques instants plus tard.

— Apportez la bouteille, ainsi qu'un autre verre, demanda West.

— Ta capacité à lire dans les pensées est plus aiguisée que jamais, dit Lionel.

— Je n'en ai pas besoin. On dirait que tu t'es fait rouler dessus par une berline et quatre chevaux. Ou que cela te plairait de l'être. Je n'arrive pas à me décider entre les deux.

Lionel aurait pu en rire s'il ne se sentait pas si misérable.

— Le mariage ne te sied pas ? demanda West avec une légèreté agaçante.

Lionel lui jeta un regard foudroyant.

— Je vois que non, conclut son ami. Ivy m'a dit que les choses semblaient un peu… tendues cet après-midi.

— Que lui a raconté ma femme ?

West ricana.

— Ivy et moi n'allons pas jouer les messagers.

Le valet de pied arriva et versa un verre de whisky à Lionel, puis déposa la bouteille sur une table près de la chaise de West. Axbridge se renfrogna avant de boire une gorgée.

— Je suis navré que les choses ne se passent pas bien, mais ne perds pas courage. Ce n'est que le premier jour.

Le premier d'une vie entière.

— À quoi t'attendais-tu ? insista West.

Lionel fixait son verre, l'inclinant d'un côté et de l'autre pour regarder le liquide ambré monter et descendre.

— Je serais satisfait si nous pouvions avoir des relations cordiales.

Et qu'avait-elle jamais dit ou fait pour lui laisser croire que c'était une possibilité ?

West ricana.

— Cordiales. Satisfait. Cela ressemble à un maudit contrat d'affaires.

— Ça l'est.

Lionel but une autre gorgée, accueillant avec plaisir la chaleur qui lui brûlait la gorge.

West secoua la tête.

— Et c'est ce que tu veux ?

Non, il voulait trouver une femme qu'il pourrait chérir, tout comme son père l'avait fait avec sa mère. Il avait envie d'avoir des enfants qu'il pourrait choyer. Au lieu de cela, il était devenu un tueur qui ne méritait aucune de ces choses, et aujourd'hui il était, à raison, coincé dans un mariage qui serait froid et vide. Et probablement très, très long.

— Ce que je veux n'a pas d'importance.

West rit.

— Quand es-tu devenu un fichu défaitiste ? Si tu veux un véritable mariage avec elle, c'est à toi d'essayer, lui dit-il, buvant son whisky alors qu'il étirait ses jambes, les croisant aux chevilles. Tu pourrais toujours la séduire.

À cet instant, Lionel éclata de rire.

— Voilà bien une suggestion digne du duc des *Désirs !* Cependant, je suis le duc Dangereux.

— Je commence à détester ce nom, répondit West. Tu n'es pas une mauvaise personne.

Ah, allez dire cela à sa femme ! Il plongea le regard dans le feu, se sentant aussi mal qu'à son arrivée.

— Peut-être devrions-nous renoncer à nos projets pour la soirée.

Des projets ? Bon sang, il avait oublié qu'ils avaient vraiment des *projets* pour ce soir. Ils étaient censés retrouver le duc de Kendal et d'autres lords pour discuter d'un projet de loi ou autres.

Lionel avala d'un trait le reste de son whisky.

— J'apprécierais la distraction. Nous retrouvons-nous dans le salon de Kendal ?

— Effectivement, répondit West qui termina sa boisson et reposa son verre sur la table. Tu es sûr d'être partant ?

— J'ai accepté cette union en sachant pertinemment ce qu'elle impliquerait. Je vais apprendre à composer.

Il l'espérait.

West fronça les sourcils en rentrant ses jambes et en s'avançant sur son siège.

— Je suis conscient de ce que tu as accepté, et je dois dire que je ne sais pas comment tu peux t'engager à une vie de célibat. À moins que... As-tu l'intention d'être infidèle ?

— Est-ce de l'infidélité si ta femme n'a aucune attente en la matière ?

Le simple fait de poser la question mettait Lionel mal à l'aise. Ce n'était pas le mariage qu'il avait envisagé.

— Je ne suis pas sûr d'y parvenir.

West hocha lentement la tête.

— C'est bien ce que je pensais. Cependant, une vie, c'est très long. Je ne pourrais pas te reprocher d'être tenté.

— Tu parles comme le véritable duc des Désirs, répondit sèchement Lionel.

Il hésita avant de poser une question sérieuse :

— Si Ivy te disait qu'elle ne te voulait plus dans son lit, irais-tu voir ailleurs pour te réconforter ?

Les narines de West se dilatèrent.

— Enfer et damnation, je n'ai même pas envie d'envisager

une telle chose. J'aime ma femme de tout mon être. Sans elle, sans ce que nous partageons…, dit-il en frémissant. Je crois que je préférerais mourir.

Les sentiments de Lionel étaient similaires, mais pas identiques bien sûr. Parce qu'il n'était pas amoureux de sa femme. Et c'était une sacrée bonne chose.

~

*D*eux nuits de passées. Emmaline était debout dans sa chambre à coucher pendant que sa femme de chambre, Lark, laçait sa robe.

Si elle continuait de faire le décompte des jours comme pour une peine de prison, elle allait finir par avoir l'impression… d'être emprisonnée.

*Mais n'est-ce pas le cas ?*

Non. Le mariage avec Sir Duncan aurait été bien plus déplaisant. Il se serait attendu à des choses qu'elle n'aurait pas voulu lui donner. Axbridge ne s'attendait à rien. Sauf pour ce qui était du côté cordial, apparemment.

Emmaline ne voulait pas envisager d'être gentille envers lui.

— Vous plaisez-vous ici, Lark ?

— Assez, ma dame. Le personnel s'est montré très accueillant. M^me Wells est d'une nature joviale.

Oui, la gouvernante était très sympathique. Emmaline était tentée de la tenir à distance, mais n'était pas sûre d'y parvenir. Toute sa vie, elle s'était liée d'amitié avec le personnel. Ils avaient été ses camarades de jeu et ses confidents, et, à de nombreuses reprises, quand ses parents n'étaient pas là, ils avaient été sa famille.

Elle tourna la tête pour voir à moitié Lark.

— Quelqu'un vous a-t-il posé des questions ?

La femme de chambre finit d'attacher la robe et recula.

— Non, mais je sais qu'ils sont curieux. Je pense que M<sup>me</sup> Wells aura le courage de se renseigner.

Emmaline passa les mains sur sa jupe pour la lisser.

— Alors, nous lui dirons ce dont nous avons discuté : que lord Axbridge et moi apprenons simplement à nous connaître.

Ce qui expliquerait leurs chambres séparées, mais pas pourquoi ils ne passaient pas de temps ensemble.

Lark, qui avait quelques années de plus qu'Emmaline et l'avait accompagnée lors de sa fugue, de son mariage raté et de la mort de Geoffrey, pencha la tête vers elle.

— Pardonnez-moi de le dire, mais ce n'est pas ce à quoi cela ressemble. Il est difficile d'apprendre à connaître quel-qu'un quand on ne le voit pas. Peut-être devriez-vous prendre un repas ou deux avec lord Axbridge.

Elle marquait un point. De plus, cela constituerait un pas vers des relations agréables. De quoi pourraient-ils bien discuter ?

— Vous pourriez aussi envisager de remettre son alliance, suggéra Lark.

Emmaline jeta un œil à sa main nue. Peut-être devrait-elle, en effet. Ce n'était qu'un bijou. Le porter ne signifiait rien.

— Je vais descendre pour le petit-déjeuner.

Lark inclina la tête et se mit à ranger la chambre tandis qu'Emmaline s'en allait rejoindre la salle à manger. Elle avait pris son repas dans sa chambre la veille au matin, mais avait informé le personnel qu'aujourd'hui elle déjeu-nerait en bas. Ensuite elle pourrait décider de ce qu'elle préférait.

Alors qu'elle approchait des escaliers, elle rencontra M<sup>me</sup> Wells qui portait un plateau... un plateau de petit-déjeuner.

— Oh ! s'exclama la gouvernante qui s'arrêta, écarquillant

brièvement les yeux. Je pensais que vous prendriez votre petit-déjeuner dans votre chambre. Aurais-je mal compris ?

Elle fronça les sourcils sous sa coiffe.

— J'ai informé Tulk hier soir que je descendrais à la salle à manger ce matin. Il y a peut-être eu un malentendu.

M^me Wells sourit.

— Eh bien alors, portons ceci en bas. Passez devant, ma dame.

Emmaline commença à descendre les escaliers.

— J'espère que vous ne m'en voudrez pas de vous dire à quel point nous sommes heureux de vous avoir ici, lui dit M^me Wells.

Emmaline lui sourit par-dessus son épaule.

— Merci.

— Nous sommes tout simplement ravis que notre maître ait enfin trouvé sa marquise, dit-elle avec un rire. Bientôt, si Dieu le veut, peut-être y aura-t-il aussi des enfants.

Emmaline faillit trébucher sur la dernière marche, et elle agrippa la rambarde pour se stabiliser. Peut-être était-ce à cause des mots de la gouvernante.

— Tout va bien, ma dame ? lui demanda M^me Wells.

Se tournant vers la salle à manger, Emmaline adressa un signe de tête rassurant à la gouvernante.

— Très bien, merci.

— Je ne voulais pas parler à tort et à travers, dit M^me Wells avec une légère grimace alors qu'elles prenaient la direction de la salle à manger. J'ai bien peur d'être si heureuse que j'ai du mal à me contenir. Lord Axbridge avait une relation si étroite et chaleureuse avec son père. Il sera un excellent parent.

Vraiment ? La curiosité d'Emmaline était piquée au vif en dépit de son intention de mépriser Axbridge.

— Depuis combien de temps son père est-il mort ?

— Huit ans, répondit-elle en secouant la tête.

Elles entrèrent dans la salle à manger, et M^me Wells déposa le plateau sur la table. Elle déplaça le pot de chocolat et les autres objets du plateau.

— Comment est-ce arrivé ? s'enquit Emmaline.

— Une crise d'apoplexie, j'en ai bien peur, expliqua la gouvernante en détournant le regard. C'était très triste. Puis-je vous apporter autre chose ? demanda-t-elle en lissant son tablier.

Emmaline sentit que la femme ne désirait pas discuter davantage de la question et ne put lui en vouloir. Les domestiques n'étaient pas censés commérer, et elle n'était pas censée les y encourager.

— Non, merci. Et j'apprécie que vous m'ayez parlé de lord Axbridge et de son père. Cela m'aide à mieux connaître mon mari.

Soudain, l'excuse dont elle avait discuté plus tôt avec Lark ne lui sembla plus du tout en être une. Emmaline ne connaissait pas Axbridge, et ils ne pouvaient pas entretenir une relation proche. Et certainement pas *intime*.

M^me Wells fit une petite révérence.

— Avec plaisir. Il vous suffira de sonner si vous avez besoin de quoi que ce soit.

Emmaline la regarda partir, puis se servit une tasse de chocolat. Alors qu'elle portait la tasse à ses lèvres, une petite boule de fourrure sauta sur la table, la faisant sursauter. Le chocolat déborda par-dessus le rebord de la tasse et éclaboussa le devant de sa robe.

— Chaton ! tonna la voix d'Axbridge depuis la porte.

Il entra et se précipita vers la table où la boule de poils, un chaton noir avec une tache blanche sur le nez et un V blanc sur la poitrine, avait sauté.

Emmaline posa sa tasse et regarda le chat s'élancer sur la table, sauter au sol et bondir hors de la pièce. Axbridge jeta un œil à sa robe.

— Je suis vraiment désolé pour ça.

— Je ne savais pas que tu avais des animaux.

— Ce n'était pas le cas avant ce matin. Je l'ai trouvée à Hyde Park pendant ma promenade. Elle était seule, et elle miaulait.

Le cœur d'Emmaline s'emballa. Il était gentil avec les animaux, bon sang !

— Alors, tu l'as ramenée à la maison ?

— Je ne pouvais pas la laisser là. Je vois des chats dans le parc de temps à autre, mais en général, ils s'enfuient. Pas celle-ci. En fait, cette idiote a couru *vers* mon cheval.

— Elle n'est pas idiote. C'est un chaton. Et à l'évidence, elle savait que tu n'allais pas la piétiner.

Tout comme Emmaline le savait. Mais pourquoi penserait-elle une telle chose au vu de ce qu'elle savait de lui ?

Il cligna des yeux, l'air surpris. Pas plus qu'elle-même ne l'était.

— Donc oui, maintenant j'ai un chat. Aimes-tu les chats ?

— En fait, oui. J'en ai eu plusieurs quand j'étais plus jeune. Ça me manque d'avoir un animal de compagnie.

Soudain, elle se demanda pourquoi elle n'en avait pas pris un, ou plus, après la mort de Geoffrey. Cela aurait certainement apaisé sa solitude.

— Alors, peut-être qu'elle devrait être à toi, lui proposa-t-il.

— Oh, non, impossible. Elle t'a choisi. A-t-elle un nom ?

— Pas encore. Je suis ouvert aux suggestions.

Elle l'observa dans sa tenue d'équitation, une culotte de cheval surmontée d'un manteau vert bouteille. Ses mollets étaient protégés par des bottes hessoises rutilantes.

— Est-ce que tu montes tous les matins ?

— Chaque fois que c'est possible. Est-ce que tu montes ?

— Quand j'avais un cheval, oui.

Cela aussi lui manquait.

— Que lui est-il arrivé ? s'enquit Lionel, agrippant le haut d'une chaise autour de la table.

Elle n'avait pas envie de penser à Pearl, sa jument, qui lui manquait cruellement.

— J'ai dû la vendre après la mort de Geoffrey.

Elle tenta de dissimuler la tristesse de son ton, mais en vain. À cet instant, elle essayait de se rappeler pourquoi elle détestait cet homme alors que c'était Geoffrey qui l'avait fait souffrir.

— Je vais t'en acheter un autre, dit-il doucement.

— Ce n'est pas nécessaire.

Oh, mais elle en avait tellement envie !

— Néanmoins, tu en auras un. Je suppose que tu es une cavalière expérimentée ?

— Je pratique l'équitation depuis l'âge de quatre ans.

— Alors, je dirais que tu es une cavalière chevronnée.

Il posa sur elle ses yeux bleus évaluateurs, mais chaleureux. Jamais elle n'avait passé autant de temps en sa compagnie sans lui exprimer son aversion d'une manière ou d'une autre. Elle avait du mal à faire subir ce genre de choses à quelqu'un capable de faire preuve de compassion envers un chaton.

Alors elle ne dit rien, et il se contenta de lui faire un signe de tête, avant de se retourner et de quitter la pièce.

Elle soupira, se rendant compte à ce moment qu'elle avait retenu sa respiration. Prenant une serviette sur la table, elle tamponna le chocolat qui s'était infiltré dans son corsage. Elle allait devoir monter se changer pour que Lark puisse se charger de la tâche.

Une fois son petit-déjeuner terminé, elle se leva. Son regard se posa sur une boule de poils noirs qui longeait le bord de la pièce, une longue queue sombre frôlant les rideaux accrochés aux fenêtres.

Emmaline se rapprocha du chaton, tout en lui parlant d'un ton doux et apaisant.

— Eh bien, bonjour chaton. Comme tu es mignonne !

Le chat fit une pause, remuant doucement la queue. Elle frotta son museau contre les rideaux.

S'accroupissant, Emmaline lui tendit la main pour qu'elle la sente. La petite chatte se retourna, guidée par son nez rose. Après l'avoir reniflée rapidement, elle posa la tête dans la paume d'Emmaline et la poussa. Avec un sourire, celle-ci caressa la fourrure soyeuse, et fut immédiatement récompensée par de forts ronronnements. Le chat poussa plus fort dans la main d'Emmaline, ce qui la fit rire. Cela faisait du bien.

Rapidement, elle se retrouva assise par terre, le chat sur ses genoux en train de couvrir de fourrure noire sa robe tachée de chocolat. C'était le moment le plus heureux qu'elle ait vécu depuis des mois.

Le bonheur.

Pourrait-elle le retrouver ? Elle l'espérait.

À cet instant, elle comprit qu'elle devait essayer. Elle aurait pu se contenter de quitter la salle à manger sans s'occuper du chat, mais elle ne l'avait pas fait. Elle devait agir de même avec sa vie.

Elle était une marquise, et n'avait pas à s'inquiéter de son avenir. Le monde l'attendait, il ne lui restait plus qu'à décider de ce qu'elle allait faire ensuite.

# CHAPITRE 6

*L*ionel adressa un signe de tête au valet de pied alors qu'il rentrait dans sa maison de ville, tard ce soir-là.

Il était allé au club où il avait passé la soirée à jouer aux cartes avec West et les comtes de Dartford et Sutton. Le comte de Knighton, que Lionel avait rencontré plusieurs fois, les avait également rejoints pendant un moment. Avec sa nouvelle épouse, il attendait un enfant pour bientôt, et entre lui et les autres, l'aura de bonheur conjugal qui régnait dans la pièce avait failli donner des haut-le-cœur à Lionel. Il avait compensé en les battant tous haut la main et en prenant leur argent.

Il prit la direction de son bureau, avec l'intention de boire un dernier verre de whisky, avant de se coucher, mais faillit trébucher sur le seuil en voyant Emmaline. Elle était debout, le chaton dans les bras, en train d'observer la bibliothèque.

Il fit un petit bruit pour signaler sa présence, la faisant se retourner. Elle portait une robe de chambre qui la couvrait de la clavicule aux pieds. Ses cheveux blonds étaient rassemblés en une tresse unique qui retombait sur son épaule. Ses yeux brillaient comme des saphirs dans la faible lumière diffusée par les appliques murales et les charbons ardents dans la cheminée.

— Je ne voulais pas te déranger. Je vois qu'elle t'a revendiquée.

Il fit un signe de tête vers le chaton.

Emmaline caressa la tête de l'animal.

— Oui, elle m'a à peine quittée, sauf pour aller courir un peu dans le jardin.

Était-elle en train de se montrer... *gentille* avec lui ? Elle n'était pas froide, c'était une amélioration.

— Je suis heureux de voir que tu as un ami ici.

Il le serait aussi, si elle le laissait faire.

Ami.

Les mots que West lui avait renvoyés la veille surgirent dans sa tête : satisfait, cordiales. Et maintenant, *ami.* Sacré mariage ! Mais malheureusement, c'était précisément ce qu'il avait accepté. Cependant, comme elle n'était pas partie immédiatement, il se sentit légèrement optimiste.

Elle regarda de nouveau l'étagère.

— Pourrais-tu attraper un livre pour moi ? J'ai bien peur de n'être pas assez grande.

— Certainement, dit-il en passant devant elle pour atteindre l'étagère. Lequel ?

— *Défense des droits des femmes.*

Il haussa un sourcil vers elle, fasciné par son choix.

— L'as-tu déjà lu ?

— J'ai essayé, mais ma mère a décrété que c'étaient des bêtises, et me l'a pris.

Il leva le bras et tira le tome de l'étagère. Il se retourna pour le lui tendre, mais s'arrêta, car elle avait les bras occupés avec le chaton. Elle déplaça la petite créature et lui tendit sa main droite. Il y déposa le livre.

— Merci.

Il s'attendait à ce qu'elle s'en aille, mais elle le surprit une fois encore en se tournant vers le manteau de la cheminée, inclinant la tête vers le portrait de son père.

— C'est ton père ?

— Oui.

— M^me Wells m'a expliqué qu'il était mort il y a quelques années d'une crise d'apoplexie. Cela a dû être difficile.

Maintenant, elle était *vraiment* gentille. Il la regarda fixement, sans savoir comment réagir. Mais il préférait largement cela à toutes leurs interactions précédentes, y compris leur cérémonie de mariage.

— Ce fut plutôt choquant, confirma Lionel, veillant à garder ce souvenir à distance raisonnable, car il détestait y penser.

Il se concentra sur le portrait. Si la ressemblance était bonne, il n'était pas possible de capturer l'âme de son père : son esprit, sa chaleur, son rire qui était toujours juste sous la surface, prêt à exploser et à illuminer une pièce.

— Il me manque encore. J'imagine que ce sera toujours le cas.

Le chaton se tortilla et sauta des bras d'Emmaline, s'approcha de l'âtre et se laissa choir sur le tapis pour commencer à faire sa toilette.

— C'était un bon père, alors ? s'enquit Emmaline.

— Le meilleur. Lui, et ma mère, se sont bien plus impliqués dans mon éducation que la plupart des parents, il me semble. Ma mère n'a pas pu avoir d'autres enfants après ma naissance, alors ils m'ont couvert d'attention.

— Je n'arrive pas à imaginer comment c'est. Que faisaient-ils ?

Il alla jusqu'à son bureau et se percha sur le bord, étirant ses jambes devant lui.

— Tellement de choses ! Nous passions nos étés à Axbridge Hall dans le Wiltshire et nous allions toujours en Cornouailles, l'une de leurs destinations préférées. Nous aimions nous asseoir sur la plage et regarder l'océan. Mon père m'a appris à monter et chasser, mais ma mère m'a enseigné la lecture, et appris à apprécier l'art.

— Ils ont l'air merveilleux.

Il entendit une pointe de mélancolie dans sa déclaration. Croisant les bras, il la regarda avec intérêt.

— Tes parents n'étaient pas comme ça ?

— Comme tu l'as dit, tes parents étaient plus impliqués que la plupart. Je dirais même qu'au vu de ma propre expérience et celle de mes amis, ils constituaient une véritable anomalie.

— Je crois que j'ai bénéficié du fait d'être le seul enfant.

— Hélas, pas moi, mais je n'étais pas enfant unique. Cependant, mes frère et sœurs sont tous beaucoup plus âgés. Mes parents se croyaient à l'abri d'avoir un autre enfant, mais je les ai surpris. Ce serait un euphémisme que de dire qu'ils n'étaient pas enthousiastes à l'idée d'un enfant supplémentaire, surtout une quatrième fille.

— Est-ce qu'ils t'ont maltraitée ?

— Non, pour cela il aurait fallu qu'ils fassent attention à moi, ce qui leur arrivait rarement. Quand j'ai atteint l'âge de me marier, j'ai commencé à les intéresser, mais seulement dans la limite de la personne que je pourrais épouser. Mes sœurs ont toutes fait un bon mariage, l'une d'entre elles est mariée à un vicomte, mais ils nourrissaient de grands espoirs pour moi, surtout lorsque j'ai attiré l'attention du comte de Sutton. Quand ils ont compris que cela ne fonctionnerait pas, ils ont commencé à me considérer comme un handicap.

Lionel considérait la réaction de son père à leur mariage précipité pour ce qu'elle était : le meilleur moyen pour lui de se débarrasser de sa fille et d'avoir un gendre éminent. Il avait hâte de donner une bonne leçon à cet homme pour avoir traité sa fille de cette façon.

— Je suis désolé d'apprendre ça. Je sais que ce n'est pas

ton mariage idéal, dit-il, manquant d'éclater de rire tant cela ne suffisait pas à décrire leur arrangement. Cependant, je te promets que ce sera bien mieux que si tu étais restée chez tes parents.

— Je n'aurais jamais eu le droit de faire ça. Je serais en route pour me marier avec Sir Duncan Thayer, expliqua-t-elle en haussant les épaules. Peut-être n'aurait-il pas été si horrible. Il aurait certainement été mieux que mes parents.

Il se demanda si le fait qu'ils l'aient choisi pour elle n'avait pas terni son image aux yeux d'Emmaline. Mais il se dit que si c'était le cas, il ne pouvait pas lui en vouloir. Regardant le livre qu'elle avait à la main, il sut qu'elle voulait maîtriser les choix de sa vie.

— Que puis-je faire pour te rendre les choses meilleures ?

Elle croisa son regard, et il vit que sa question la rendait perplexe.

— Je sais que je t'ai aidée, au moins un peu, en te donnant mon nom et en réglant les dettes de Townsend, mais je dois pouvoir faire plus.

Il décroisa les bras et s'écarta du bureau, s'avançant jusqu'à se tenir aussi près d'elle qu'il l'osait. Quelques dizaines de centimètres seulement les séparaient.

— Tu m'as dit que tu ne pourrais jamais être heureuse. Je refuse de l'accepter. Dis-moi ce que je peux faire pour que cela se produise.

Elle le dévisageait, et il se dit alors qu'il pourrait s'habituer à ce qu'elle le regarde sans colère ni ressentiment. En fait, il se pourrait même qu'il en ait envie.

— J'y ai justement réfléchi aujourd'hui, dit-elle doucement. Avec Jade.

— Jade ?

Elle jeta rapidement un œil sur le chaton pelotonné devant la cheminée, avant de le regarder à nouveau.

— Le chat. Elle a les yeux verts.

— C'est un nom parfait. Qu'est-ce que Jade t'a aidée à décider ?

Elle détourna le regard pour le poser sur le chat, et il en fut désolé.

— Je n'en sais rien encore.

— Eh bien, quoi que ce soit, j'espère que nous aurons plus de moments comme celui-ci. Je les préfère aux disputes.

Elle se raidit, et il regretta ses paroles qu'il aurait voulu reprendre. Il n'avait pas eu l'intention de gâcher ce moment. Elle prit une profonde inspiration, et il vit ses épaules se soulever avant qu'elle ne se retourne vers lui.

— À ce propos… je te présente mes excuses pour mon comportement de l'autre fois. Je n'attends pas de toi que tu renonces à tes amitiés pour moi. Nous trouverons simplement un moyen de… les partager.

— West et Ivy apprécieraient. Je sais qu'ils nous aiment tous les deux et qu'ils ne seraient pas d'accord pour faire un choix.

L'ombre d'un sourire se dessina sur ses lèvres, mais elle le réprima avant qu'il ne s'épanouisse. Bon sang, il aurait donné n'importe quoi pour la voir sourire. Il essaya de se souvenir à quoi elle ressemblait quand elle le faisait, mais en vain. Il n'avait tout simplement pas fait beaucoup attention à elle auparavant. Il le regrettait.

— Oh, que oui ! répondit-elle. Je devrais monter. Merci de ton aide pour le livre.

Il ne voulait pas qu'elle s'en aille. Une raison de mendier quelques instants de plus avec elle lui vint en tête.

— Avant que tu partes, as-tu vu le flot d'invitations que nous avons reçues aujourd'hui ?

— Oui.

Une pointe d'humour brilla dans ses yeux. Ce n'était pas tout à fait un sourire, mais suffisamment proche pour qu'il puisse s'en délecter.

— Il y en a tellement ! Est-ce que c'est habituel pour toi ?

— Non.

Surtout pas après son retour d'exil. Les gens s'étaient méfiés de lui après la dernière fois : c'était le genre de réaction que suscitait le fait de tuer quelqu'un au cours d'un duel, et les invitations avaient mis du temps à arriver.

Cependant, cette fois, elles étaient presque inexistantes. Jusqu'à ce qu'il épouse Emmaline. De toute évidence, la curiosité l'emportait largement sur la vertu.

— Notre mariage a suscité une vague d'intérêt, déclara-t-il.

— Oui, j'en ai bien peur. Je m'y attendais, bien sûr, mais j'admets que je n'avais pas réfléchi à la manière de l'aborder, en particulier compte tenu de notre arrangement.

Il n'y avait pas tellement songé non plus, mais il n'avait pas beaucoup réfléchi au mariage. Elle lui avait demandé sa protection, et il avait mis les choses en marche, sans tenir compte des ramifications sociales.

— Je trouve qu'il est préférable d'ignorer les ragots. S'il y a des événements auxquels tu aimerais participer, vas-y.

— Mais devrions-nous…, commença-t-elle, avant de s'interrompre, comme si elle cherchait le courage de parler… y aller ensemble ?

— Ce serait pour le moins amusant d'observer la tête des gens en nous voyant entrer dans une salle de bal bras dessus bras dessous.

Il sourit, se remémorant l'effervescence lorsqu'ils avaient dansé ensemble. La prochaine fois, la réaction serait décuplée.

Elle pencha la tête sur le côté et posa sur lui un regard perplexe.

— Tu as un sens de l'humour particulier.

— La haute société est pleine de nigauds et d'idiots, et j'aime les voir agir comme tels.

— Je suppose que cela vaut mieux que de laisser leur comportement te contrarier.

— Exactement, dit-il, avant de la regarder avec inquiétude, se rapprochant légèrement d'elle. Ils ne sont pas en train de te contrarier, n'est-ce pas ?

— Pas vraiment, mais cela fait deux jours que je me cache. Je suppose que je devrais sortir. J'aimerais sortir, en fait. J'ai passé les derniers mois à faire mon deuil. Je... m'ennuie. C'est horrible de dire une chose pareille !

Il éclata de rire.

— Évidemment que tu t'ennuies. Je crois vraiment que sortir de chez toi améliorera les choses. Si tu veux que je t'accompagne quelque part, tu n'auras qu'à demander.

— Merci. Je... je vais y réfléchir, dit-elle en faisant un pas de côté, se tournant vers la porte. Et maintenant, bonne nuit. Merci encore pour le livre.

Lorsqu'elle sortit de la pièce, le chaton bondit sur ses pattes et courut pour la suivre.

— Merci pour la conversation, lui dit-il.

Elle ne se retourna pas, mais il s'en moquait. Cette soirée avait été une réussite totale. Il pourrait vivre un tel mariage : pas de dispute ni d'animosité, pas de crainte d'un avenir sombre et solitaire.

Tout dépendait de la manière dont on définissait la solitude. Ils étaient peut-être en train de se diriger vers une trêve provisoire, mais cela ne signifiait pas qu'ils allaient devenir amis, et il ne s'attendait certainement pas à ce qu'ils deviennent amants.

En avait-il même envie ? Elle était belle, sans le moindre doute, et il était attiré par elle physiquement. Mais il l'avait déjà été par de nombreuses femmes. Cependant, elle avait quelque chose de différent. À moins que ce ne soit son regard à lui qui était différent. Elle n'était pas une femme avec laquelle il pouvait flirter, ou qu'il pouvait séduire. Leur conversation de ce soir, notamment ses révélations sur ses parents, l'avait ému.

Pourquoi ? Parce que le temps de cette entrevue, il avait oublié la culpabilité et la douleur dont il souffrait quotidiennement depuis qu'il avait tué son mari. Elle avait mis du baume à son âme, et l'ironie de la chose faillit le faire tomber à genoux.

Cela ne marcherait pas. Il avait mérité sa torture, et certainement pas sa gentillesse. Mais il ne pouvait pas non plus la refuser. Il lui devait d'accepter tout ce qu'elle lui donnerait, que ce soit de la colère, de la tristesse, de l'exaltation, ou quoi que ce soit. Ce qu'il désirait ne comptait pas. Cela n'avait plus d'importance depuis qu'il avait tiré et tué Townsend.

Du moment qu'elle trouvait le bonheur, cela suffirait.

～

*L*a berline cahotait sur Park Lane en route pour le bal des Colne. Emmaline se cala contre le siège, écoutant distraitement ses deux amies, Ivy et Lucy, la comtesse de Dartford et amie intime d'Ivy. Elles étaient assises en face d'elle, discutant de leurs enfants. Quant à elle, à son grand dam, elle ne cessait de penser à son mari.

Elle l'avait à peine vu ces deux derniers jours, car elle avait passé la journée d'hier en dehors de Londres, dans la maison de campagne de Lucy, où celle-ci lui avait appris à tirer. Ivy les avait accompagnées avec Leah, mais elle avait joué le rôle de spectatrice.

Après leur rencontre dans la bibliothèque, Emmaline avait redoublé d'efforts pour rester loin d'Axbridge. Toute cette conversation avait été bien trop *intime*. À moins que son esprit ne lui joue des tours. Le premier livre qu'elle avait choisi sur l'étagère ce soir-là était *Fanny Hill*, un roman résolument graphique. Elle l'avait survolé, et son corps s'était réveillé. Quand elle avait commencé à s'imaginer faire certaines des choses décrites avec Axbridge, elle avait pratiquement jeté le livre sur l'étagère, avant de prendre Jade dans ses bras pour se distraire.

Intime, en effet.

Mais ensuite, il était entré dans la pièce, et la température avait augmenté de plusieurs degrés. Ils avaient partagé une conversation charmante et instructive, qui lui avait permis de le détester beaucoup moins. Si tant était qu'elle le détestait. Il était chaleureux, attentionné et même spirituel. Non, elle n'était pas certaine de pouvoir nourrir de la haine pour lui, surtout pas après la façon dont elle avait rêvé de lui la nuit précédente.

Après avoir quitté la bibliothèque, elle était montée à l'étage, mais n'avait pas pu lire. Elle était trop occupée à se repasser leur rencontre dans sa tête. Elle avait fini par s'assoupir, mais le chaton qui attaquait ses pieds l'avait réveillée en sursaut. Jade avait interrompu le rêve le plus sensuel qu'Emmaline ait jamais fait. Qui impliquait Axbridge. Nu. Et absolument magnifique.

— Emmaline ?

La voix de Lucy s'infiltra dans sa rêverie. Elle secoua la tête.

— Qu'y a-t-il ?

— Je me demandais si Axbridge viendrait au bal plus tard.

— Oui.

Après l'avoir encouragée à sortir de la maison l'autre soir, Emmaline avait étudié les invitations et envoyé un mot à Ivy pour qu'elle lui donne son avis sur le choix final. Celle-ci avait suggéré le bal des Colne, car elle avait l'intention d'y assister avec Lucy, et lui avait proposé d'y aller toutes ensemble. Soulagée d'avoir de la compagnie, Emmaline avait accueilli cette idée avec plaisir, et avait laissé un mot à

Axbridge pour l'en informer. Il avait répondu qu'il serait également présent, mais qu'il arriverait plus tard.

— Es-tu nerveuse ? lui demanda Ivy, fronçant les sourcils.

— Un peu.

Emmaline saisit le prétexte au vol, parce qu'elle ne voulait pas leur dire à quoi elle pensait *vraiment*.

Lucy lui adressa un sourire chaleureux.

— Nous serons juste à côté de toi. Et tu sais que nous ne supporterons pas que quiconque se montre odieux, peu importe qui il est.

— Merci. J'apprécie beaucoup votre soutien.

— Nous sommes ravies d'aider, répondit Ivy. Peut-être ne devrais-je pas poser la question, mais le fait qu'Axbridge te retrouve là-bas signifie-t-il que les choses se sont améliorées entre vous ?

— Nous avons atteint un stade où la civilité règne. Je n'ai *aucune* intention d'améliorer les choses au-delà de cela. C'est toujours un mariage de convenance, et ça le sera toujours.

Si seulement les recoins de son esprit, ou quel que soit l'endroit d'où venaient les rêves, pouvaient le comprendre !

Ivy lui jeta un regard triste, et Lucy hocha la tête une fois avant de dire :

— *C'est* une amélioration. Mieux vaut s'entendre, même si cela ne se transforme jamais en histoire d'amour.

Emmaline apprécia sa réponse.

— Merci.

— Et..., commença Lucy avec un bref regard d'excuse, avant que la malice n'illumine ses yeux. Pardonne-moi mon franc-parler, mais nous sommes amies, n'est-ce pas ? Au moins, ton mariage de convenance t'a unie à un homme beau et qui a la réputation d'être un excellent amant. Donc, même en l'absence de sentiments, tu pourrais peut-être en savourer les aspects physiques.

Elle adressa un clin d'œil à Emmaline avant de regarder Ivy avec un sourire.

Comme celle-ci ne le lui rendait pas, Lucy dégrisa.

— Ils ne font pas ça, dit Ivy en coulant un regard vers Emmaline, comme pour vérifier que c'était toujours vrai.

En dépit de ses rêves contraires, elle n'avait *aucune* envie de coucher avec son mari.

— Non, on ne fait pas ça.

Lucy écarquilla les yeux.

— Jamais ? C'est horriblement long comme célibat !

Elle porta la main à sa bouche pendant un moment, puis secoua légèrement la tête.

— Je suis sincèrement désolée. Il y a peut-être une raison pour laquelle tu ne veux pas explorer cet aspect du mariage. Après tout, tu as déjà été mariée. Je me montre insensible.

Ce fut ce mot, entre tous les autres, qui fit rire Emmaline.

— Non, absolument pas ! Tu te comportes en amie, et c'est une situation étrange. J'ai plutôt apprécié *ce côté* de mon mariage.

Jusqu'à ce que Geoffrey ait cessé de venir dans son lit plusieurs mois après le début de leur union. Par nécessité, elle avait appris des méthodes pour se faire plaisir seule, et c'était adéquat.

*Adéquat ?* s'exclama une voix dans sa tête. *Tu es mariée à un homme qui pourrait sûrement t'emmener bien au-delà de ce qui est adéquat.*

Emmaline demanda en silence à son esprit de garder ses opinions pour lui.

Mais en réalité, n'était-ce pas ce qu'elle pensait vraiment ? Par tous les diables, Axbridge allait la rendre folle si elle n'y prenait pas garde.

Son corps réagit instinctivement, l'obligeant à se rendre compte que jamais Geoffrey ne lui avait fait ressentir ce genre de choses. Axbridge n'avait qu'à entrer dans une pièce pour que son cœur se mette à battre à toute vitesse. Et même si elle pouvait aisément mettre ce phénomène sur le compte du fait qu'elle était sur ses gardes avec lui, il y avait plus que cela. Sa température augmentait également, comme si elle brûlait de l'intérieur. Après son rêve plutôt explicite de la nuit dernière, elle était certaine qu'il ne s'agissait pas de colère, mais d'une chose à laquelle elle ne voulait même pas penser. Pas avec lui.

Lucy ajusta son gant alors que la berline s'arrêtait.

— Eh bien, si tu décides que tu attends plus de ton mariage de convenance, n'aie pas peur de l'accepter.

Hier, Emmaline avait réussi à lire une partie de *Défense des droits des femmes*, ce qui lui avait donné un peu d'espoir quant à son avenir incertain. Elle se disait que Wollstonecraft soutiendrait le conseil de Lucy.

— Je garderai cela à l'esprit.

— Sommes-nous prêtes à nous jeter dans la mêlée ? s'enquit Ivy.

Une bouffée d'angoisse submergea Emmaline, mais elle la refoula. Cette première apparition en société allait être un défi, mais avec ses amies à ses côtés, elle pouvait y faire face.

— Je suis prête.

Peu de temps après, elles pénétraient dans la salle de bal. Aussitôt, les têtes commencèrent à se tourner, et le bruit des conversations sembla diminuer avant de remonter brusquement. Emmaline garda la tête haute et laissa Lucy les guider vers un trio de femmes. La plus âgée était Lady Satterfield, très respectée dans la société. Elle salua Emmaline chaleureusement.

— Bonsoir, Lady Axbridge. Comme vous êtes belle ! Je vous souhaite beaucoup de bonheur dans votre mariage.

À la gauche de Lady Satterfield se tenait sa belle-fille, Nora, duchesse de Kendal. Emmaline savait qu'elle était une bonne amie de Lucy, d'Ivy, et de la femme qui se tenait de l'autre côté de sa belle-mère, Lady Sutton. Ce qu'Emmaline ignorait en revanche, c'était si l'une ou l'autre de ces femmes savaient la même chose qu'Ivy et Lucy : que son mariage n'était pas réel.

— Oui, félicitations à vous, renchérit Lady Sutton, dont le prénom était Aquilla.

Elles s'étaient rencontrées à plusieurs reprises, mais sans jamais nouer de lien étroit. Probablement parce qu'Emmaline était la femme que le mari d'Aquilla avait envisagé d'épouser, avant de convoler avec elle. Elles n'avaient jamais abordé le sujet.

— Merci.

Lady Satterfield l'observa d'un air sérieux.

— Les gens pourront se montrer grossièrement présomptueux et poser des questions sur votre mariage ce soir. N'oubliez pas de sourire et de rire. Cela les déstabilisera complètement.

Emmaline rit doucement.

— Je vous remercie du conseil.

— Faites comme je dis, répondit Lady Satterfield d'un ton approbateur, avant de se tourner vers Ivy. Je voulais te parler de la soirée caritative au profit de l'orphelinat. Où en sont les réponses ?

— Elles dépassent mes attentes, en réalité. Je ne sais pas si c'est parce que les gens souhaitent sincèrement aider, ou s'ils ont simplement envie d'entendre chanter M^{me} Pascale.

Emmaline ne voyait pas vraiment de quoi elles parlaient. Elle savait que M^{me} Pascale était la dernière soprano italienne à venir à Londres.

— Organisez-vous une soirée musicale ?

— En quelque sorte, oui, répondit Ivy. C'est un gala de charité pour l'hôpital des enfants trouvés Saint-James. Leur bâtiment est dans un grand état de délabrement. Nous avons envoyé des invitations, et avons demandé à ce que les gens viennent avec un minimum de cinquante livres à donner à l'hôpital. Ceux qui donnent plus, ou qui s'engageront à donner sur une base annuelle, seront assis au plus près.

— Quelle idée fantastique ! s'exclama Emmaline, juste avant de se rendre compte qu'elle n'avait pas vu cette invitation dans la pile qu'Axbridge lui avait donnée. Nous avez-vous invités, Axbridge et moi ?

— J'ai envoyé l'invitation avant votre mariage. Axbridge sera présent. C'est dans une quinzaine de jours. Tu devrais venir, bien sûr.

— Y a-t-il quelque chose que je pourrais faire pour aider ?

Emmaline savait qu'Ivy apportait son aide à l'orphelinat, ainsi qu'à quelques foyers. Elle usait de sa position et de son influence pour attirer l'attention sur leur situation critique. Ce serait peut-être une manière pour elle d'utiliser son temps. Le ciel savait qu'elle avait besoin de s'occuper.

— Voudrais-tu venir à l'orphelinat avec moi ? Je fais la lecture aux enfants, ou je leur apprends à lire, à écrire, ou même à coudre.

— J'en serais ravie, merci.

Sachant qu'elle n'aurait pas d'enfants à elle, ce serait peut-être un moyen de combler ce vide. Sa poitrine se contracta, mais elle évita de sombrer davantage dans ses émotions grâce à l'arrivée d'une amie de Lady Satterfield.

Elles firent la conversation pendant un moment avant que ces deux dernières ne partent se promener. Au cours de l'heure suivante, des gens s'arrêtèrent près d'Emmaline pour la féliciter. Ils la regardaient avec intérêt, mais aucun ne se montra assez effronté pour poser des questions. À un moment donné, Nora et Ivy se rendirent dans la salle de repos, et le mari de Lucy vint inviter sa femme à danser. Ce qui laissa Emmaline seule en compagnie d'Aquilla.

Lady Axbridge regardait l'autre femme avec méfiance. Elle était très jolie, avec des yeux bleu vif et des boucles brunes chaudes qui encadraient son visage. Elle se rapprocha d'Emmaline.

— J'ai été désolée d'apprendre pour ton premier mari, dit-elle doucement, avec un regard d'excuse. J'ai envoyé un mot de condoléances, mais je ne t'ai pas vue depuis.

Momentanément surprise, Emmaline ne sut pas quoi répondre.

— Ce qui semble étrange, ajouta Aquilla. Enfin, pas *étrange*. Peut-être malheureux. Nous devrions être amies, comme toutes les autres le sont. Mais je comprendrais si tu préférerais éviter.

— Je crois que nous sommes amies.

— Non, je veux dire *amies*. Par exemple, je serais ravie de me tenir à tes côtés ce soir, je sais que cela ne doit pas être facile. Les gens sont curieux et portent des jugements, ajouta-t-elle en levant les yeux au ciel. Ils sont même affreux dans de nombreux cas.

Emmaline acquiesça.

— Je crois que j'ai eu de la chance ce soir.

— Oui, ils se sont bien comportés. En face de toi.

Emmaline se tourna vers elle.

— Tu as entendu quelque chose ?

Un peu plus tôt, Aquilla les avait laissées pour aller parler à quelqu'un.

— Oh, parfois je parle trop, dit-elle en grimaçant. Mes excuses. Ce n'était rien de bien méchant, de simples spéculations sur les raisons qui t'ont poussée à épouser Lord Axbridge. J'ai bien peur d'être intervenue. J'ai peut-être suggéré que lui et toi étiez tombés follement amoureux.

Emmaline porta une main devant sa bouche grande ouverte.

— Tu n'as pas fait ça ?

— Eh si ! Je t'ai dit que je parle trop, répéta-t-elle en éclatant de rire. Quoi qu'il en soit, ils ont cessé leurs ragots ensuite. Du moins, devant moi. Je suis convaincue qu'une rumeur circule selon laquelle Axbridge et toi êtes un couple d'amoureux.

Comment aurait-on pu être plus éloigné de la vérité ? Emmaline sourit malgré tout.

— Merci. Tu es une *amie*. J'espère que tu ne penses pas que j'ai la moindre rancœur envers toi. Sutton et moi n'étions pas faits pour être ensemble.

— Merci. J'apprécie de l'entendre. Je détestais l'idée qu'il ait pu te briser le cœur, même s'il semblait ne pas l'avoir fait.

— En vérité, mes parents étaient plus investis dans cette relation que je ne l'étais. J'avais envie de tomber amoureuse, dit-elle, avant de lancer à son tour un regard d'excuse à Aquilla. Je ne suis pas tombée amoureuse de Sutton.

Aquilla éclata de rire.

— Oh, tant mieux ! Je veux dire, je ne sais pas comment tu as fait pour *ne pas* tomber amoureuse de lui, mais j'en suis tout de même ravie !

Ses yeux pétillaient d'humour, et Emmaline se sentit plus à l'aise qu'elle ne l'avait été de toute la soirée.

— Je suppose que tu es tombée amoureuse de Townsend ? Étant donné que tu t'es enfuie avec lui.

— Oui, répondit-elle, et d'un coup toute sa joie s'envola. Du moins, je croyais que c'était de l'amour.

Elle secoua la tête. Elle aurait voulu pouvoir reprendre ces mots.

— Peu importe. De toute façon, ça n'a plus d'importance maintenant.

Elle eut l'impression qu'Aquilla allait lui poser une autre question, mais elles furent interrompues par un brusque silence dans la foule. Emmaline tourna le regard sur le côté, et vit Axbridge marcher vers elles. Son corps tout entier se tendit, et l'impatience l'envahit.

L'impatience ?

*Oui.*

C'était la même que la semaine dernière, quand elle avait orchestré leur rencontre dans l'intention de le snober. Non, ce n'était pas la même chose. À ce moment-là, elle était pétrie d'indignation et de frustration. Ce soir, c'était différent. Et elle n'était pas certaine d'avoir envie de mettre un mot dessus.

Il vint se placer devant elle et lui offrit une profonde révérence.

— Ma dame. Voulez-vous danser ?

— C'est le milieu d'une série.

Elle ne trouva rien d'autre à dire.

— Alors, nous pourrions aller faire une promenade en attendant la prochaine.

Elle ne voulait pas se promener avec lui. Il allait la toucher. La chaleur qui s'épanouissait déjà en elle allait s'étendre. Mais le lui refuser attirerait l'attention. Tout comme marcher avec lui. Tout ce qu'elle faisait attirait l'attention. Il ne lui restait plus qu'à décider quel type elle préférait.

— Très bien.

Elle lui donna la main. Puis elle tourna les yeux vers Aquilla, dont les lèvres étaient recourbées en un léger sourire.

— Excuse-nous, je t'en prie.

— Bien sûr, murmura Aquilla.

Alors qu'Emmaline posait la main sur le bras d'Axbridge, Ivy et Lucy revinrent. Elles ne dirent rien, mais regardèrent leur amie partir avec son mari.

— Comment se passe ta soirée ? demanda Axbridge en la guidant autour du périmètre de la salle de bal.

— Bien. J'ai prévu d'aller à l'hôpital des enfants trouvés avec Ivy.

— Ah oui ? Comme c'est adorable.

Se montrait-il simplement poli ou se souciait-il vraiment de la cause ?

— Elle m'a parlé de la soirée caritative qu'elle organise avec Clare. Avais-tu l'intention de m'inviter à y assister ?

— En fait, je n'y avais pas pensé. Mes excuses.

Sur leur passage, les têtes se tournaient et les conversations se réduisaient à des murmures.

— Que crois-tu qu'ils disent ? demanda-t-elle, changeant de sujet.

— Je sais ce qu'ils sont en train de dire, que je suis une canaille chanceuse.

Elle ne pouvait pas contester. Comment une personne pouvait-elle se battre en duel à trois reprises et en sortir indemne alors que ses adversaires avaient tous été plus ou moins blessés ? Elle se retint de poser la question, même si elle brûlait de curiosité. Ce n'était ni le moment ni l'endroit, mais peut-être qu'un jour, elle lui demanderait.

Ils marchèrent en silence un moment avant qu'il ne lui demande :

— Personne ne t'a embêtée, ce soir ?

— Non, mais évidemment les gens se posent des questions sur nous. Lady Sutton a dit à quelqu'un qu'il était possible que nous soyons tombés follement amoureux.

— Ah oui ? dit-il d'une voix grave et profonde, ravivant la chaleur en elle à un niveau dangereusement élevé.

Elle avait envie de lui demander d'arrêter. Mais arrêter quoi ? De lui parler ? De la toucher ? De simplement exister ?

Emmaline lutta pour reprendre ses esprits.

— Pour en revenir à la soirée musicale qu'organisent Ivy et West, j'aimerais y assister. Quant au reste, si tu me donnes une liste, je te ferai savoir ce qu'il en est.

— C'est ce que je vais faire.

Brusquement, il la conduisit sur le patio sombre où il y avait bien moins de monde.

— Que fais-tu ? lui demanda-t-elle.

— Tu sembles tendue. Je me suis dit que tu aurais besoin d'un bref répit.

L'air frais de la nuit soufflait sur elle, et elle devait reconnaître que c'était merveilleux, surtout compte tenu de ce qu'il lui faisait ressentir. Elle retira sa main de son bras. Elle avait besoin de ce répit-là aussi.

S'avançant jusqu'au bord du patio, elle observa le jardin. Il n'était pas très grand, mais il y avait un chemin éclairé ainsi que quelques zones sombres où les couples pouvaient profiter d'un ou deux moments d'intimité.

— Serait-ce si terrible si je ne dansais pas avec toi ? demanda-t-elle.

Il vint se placer à côté d'elle, mais sans trop s'approcher.

— Non, mais cela ne confirmera pas la théorie de l'amour fou.

— Je me moque de ce que les gens pensent.

— Vraiment ? C'est bon à savoir. Moi, ça m'importe, en fait.

Elle le regarda. Son visage était plongé dans l'ombre, car la lanterne était derrière eux.

— Un homme avec ta réputation se soucie de ce que les gens pensent ?

Il se tourna et la regarda.

— De quelle réputation parles-tu ?

— Tu es le duc Dangereux. Ce n'est pas vraiment flatteur.

Il haussa un sourcil, affichant une touche d'humour.

— En fait, j'ai été amené à croire que cela me rend en quelque sorte séduisant, dit-il, avant que son expression ne s'assombrisse et qu'il tourne le regard vers le jardin. Mais je suis d'accord avec ton analyse. Cependant, et peu importe à quel point je le souhaite, je ne peux pas changer les choses.

Faisait-il spécifiquement référence à ses duels ?

— Et tu en as envie ?

Il plongea son regard dans celui d'Emmaline.

— À chaque respiration. Chaque jour.

— Oh ! s'exclama en riant un gentleman qui guidait sa femme devant eux. Nous ne voulions pas interrompre les jeunes mariés.

Il adressa un clin d'œil à Axbridge, et Emmaline leva les yeux au ciel.

Lionel leur fit un sourire amical.

— Je vous en prie, ne vous inquiétez pas.

— Vraiment, *ne vous inquiétez pas*, marmonna Emmaline.

Axbridge lui offrit de nouveau son bras.

— Je crois que tu te soucies de ce que les gens pensent.

Elle prit son bras.

— Très bien, je vais danser avec toi. On dirait que la prochaine série va commencer.

Il la guida vers la salle de bal.

— Ce sera un honneur pour moi.

Ils rejoignirent les danseurs qui constituaient la ligne, et durant la demi-heure qui suivit, Emmaline eut droit aux attentions d'un habile danseur à la conversation charmante, et aux regards envieux de plusieurs femmes. Ne savaient-ils pas ce qu'il était ? Ou est-ce qu'ils s'en moquaient ?

Chaque fois qu'il la touchait pendant la danse, elle se posait les mêmes questions. Oui, elle savait ce qu'il était, et elle s'en souciait, mais pas son corps. La conversation qu'elle avait eue dans la berline avec Lucy et Ivy lui revint en mémoire :

— *Si tu décides que tu attends plus de ton mariage de convenance, n'aie pas peur de l'accepter.*

Elle le contempla, sa carrure remplissant parfaitement son costume bleu foncé, la bouche recourbée par le plaisir. Il était exceptionnellement beau, et elle comprenait l'envie qu'elle suscitait, surtout si les gens pensaient qu'il était follement amoureux d'elle.

Ce qu'il n'était pas.

*Et tu ne veux pas non plus qu'il le soit !*

La danse se conclut doucement, et il l'escorta hors de la piste.

— Je vais prendre congé, lui annonça-t-il. À moins que tu ne préfères que je reste.

— Non.

Elle était bien trop consciente de sa chaleur sous sa main, en dépit des couches de vêtements qui séparaient ses doigts du bras de Lionel.

— Mais je te remercie pour la danse.

— T'es-tu amusée ? Tu souriais. Je ne sais pas si je t'avais déjà vu sourire avant.

Elle ne répondit rien, mais leva les yeux vers lui lorsqu'ils s'arrêtèrent à quelques pas de ses amies. Il la regarda attentivement.

— Promets-moi que tu le referas, murmura-t-il avant de se pencher et de déposer un baiser sur sa joue.

Cela faisait si longtemps qu'elle n'avait pas été embrassée. Cela n'aurait dû être qu'un effleurement chaste de ses lèvres sur sa chair, mais elle le ressentit *partout*. Elle le fixa alors que le désir enflait en elle. Cela ne pouvait pas arriver. Pas avec lui.

Il retira la main d'Emmaline de son bras, et lui fit une autre révérence.

— Bonsoir, ma dame.

Puis il se retourna et s'éloigna d'elle, et elle resta plantée là, le corps brûlant de désir.

— Quel genre de femme épouse le meurtrier de son mari ? demanda une femme non loin de là.

— On dirait bien qu'ils sont amoureux, lui répondit quelqu'un.

— Je n'arrive pas à y croire. Mais pour quelle autre raison l'aurait-elle épousé ?

Sans réfléchir, Emmaline se tourna pour regarder les deux femmes qui tenaient cette conversation à portée de ses oreilles. Les deux la fixèrent avec horreur. À l'évidence, elles ne s'étaient pas rendu compte, jusqu'à ce qu'il soit trop tard, qu'elles avaient parlé assez fort pour être entendues.

*Parce que je suis bien mieux comme ça.*

Vraiment ?

*Oui. Geoffrey a contracté des dettes insurmontables. Il était infidèle. Il n'était pas l'homme que tu croyais.*

Elle repensa à ce jour où Axbridge avait réglé les funérailles de Geoffrey. Elle avait brièvement songé qu'il lui avait rendu service... Était-ce vrai ?

Oh, mon Dieu ! Elle ne pouvait pas être heureuse que Geoffrey soit mort. Mais soulagée ? Oui, elle était soulagée. Ce qui faisait d'elle une personne égoïste et horrible.

Et apparemment le genre de femme qui épousait le meurtrier de son mari.

# CHAPITRE 7

Une semaine s'était écoulée depuis qu'il avait vu son sourire pour la première fois, et il l'avait revu exactement à trois reprises : toutes lorsqu'elle était en public lors d'un événement quelconque, et il les voyait de loin. Ils ne lui étaient jamais adressés. Peut-être qu'aujourd'hui serait différent.

Il se rendit compte qu'il était nerveux en l'attendant. Il faisait les cent pas sur les pavés, jetant des regards furtifs vers la ruelle qui menait à la rue. Enfin, elle arriva en vue.

Elle se dirigeait vers lui, la jupe de sa tenue d'équitation flottant autour de ses jambes. Son costume était impeccable et flambant neuf. Elle s'était occupée de refaire sa garde-robe, et il avait réglé toutes les factures. Non seulement, car c'était leur accord, mais parce qu'il était heureux de le faire.

Elle était merveilleuse, vêtue de cette riche couleur bleue avec ses galons ornementaux en or. Mais c'étaient la chemise et la cravate qui attiraient son regard. C'était légèrement masculin et pourtant totalement féminin. Tout comme son chapeau coquet, un haut-de-forme de couleur noire, plus petit que celui d'un homme et orné d'un ruban doré.

— Ta nouvelle tenue est éblouissante, lui dit-il alors qu'elle approchait.

Elle passa une main, enveloppée d'un gant de chevreau bleu, sur sa jupe pour la lisser.

— Merci. Je n'étais pas certaine que ce soit mon style.

— Cela te va à ravir.

Elle posa sur lui un regard chargé d'espoir, presque d'impatience. Il n'aurait su dire si c'était de l'excitation qui couvait juste sous son apparence soigneusement contrôlée, mais c'était bien possible.

— Maintenant, il ne te manque plus qu'un cheval à monter.

Il se tourna et fit un signe de tête au palefrenier avant de la regarder à nouveau.

— J'espère qu'elle te plaira.

Il se tourna de sorte de pouvoir l'observer quand le palefrenier fit sortir l'animal.

Elle écarquilla les yeux et sa mâchoire se décrocha.

— Comment ? fut le seul mot qu'elle put articuler alors qu'elle s'avançait lentement vers le beau cheval blanc. Pearl !

Le cheval hennit et colla sa tête contre Emmaline dès qu'elle fut assez près. Elle passa les deux bras autour du cou du cheval et posa son visage contre la tête de Pearl, lui murmurant des mots doux.

Lionel l'observait, le cœur gonflé de joie.

Quand elle releva la tête, il aurait pu jurer qu'elle avait les larmes aux yeux, mais elle reporta son attention sur l'animal.

— Comment l'as-tu retrouvée ? lui demanda-t-elle d'une voix rauque. Je n'ai jamais su qui l'avait achetée, c'est M. Fuller qui s'est occupé de la vente.

— Il tenait un registre.

— Comment as-tu réussi à la récupérer ?

Elle lui jeta un bref regard.

— Tout peut être obtenu du moment qu'on y met le prix. Je suis heureux de vous voir réunies.

Alors elle posa sur lui des yeux plus bleus qu'il ne les avait jamais vus.

— Personne n'a jamais fait une telle chose pour moi. Merci.

Personne ? Au vu de ce qu'il savait de sa famille et de son bon à rien d'ancien mari, il n'aurait pas dû être surpris. Pourtant, il était en colère, surtout quand il songeait à la douleur qu'avait dû lui causer la vente de son animal.

— Tu le mérites.

Pearl poussa doucement Emmaline avec un hennissement auquel elle répondit en lui tapotant le cou.

— Dans un instant, Pearl.

— Tu aimes donner des noms de bijoux précieux aux animaux, remarqua-t-il en pensant à son chaton, Jade.

La chatte lui rendait visite à l'occasion dans son bureau, mais elle était sans conteste l'animal d'Emmaline.

— Ils *sont* précieux. À mes yeux.

Elle lui toucha la manche, le faisant sursauter.

— Je... Jamais je ne pourrai te remercier assez. J'étais heureuse à l'idée d'avoir un cheval, mais retrouver Pearl, c'est au-delà de ce que j'aurais pu imaginer.

— Tu as dit que tu étais heureuse, dit-il, s'émerveillant du chemin qu'elle avait parcouru. Je suis ravi.

Ses lèvres se courbèrent en un sourire fugace, et son cœur fit un bond. Celui-ci était pour lui, et il allait s'en délecter un certain temps encore.

— Moi aussi.

Elle se retourna vers son cheval.

— Vas-tu monter ? s'enquit-il.

— Oh que oui ! s'exclama-t-elle, avant de regarder autour d'elle. Y a-t-il un marchepied ?

— Je peux t'aider à monter.

Elle hésita, mais finit par acquiescer.

Il se plaça derrière elle et lui enserra la taille. Elle était si proche. Il respira son parfum, de la lavande, et autre chose qui lui était unique. Il avait envie de l'attirer contre lui, de la sentir entièrement contre son corps. Mais cela n'arriverait pas. Pas maintenant et probablement jamais.

Probablement ?

Où puisait-il son espoir ? Certainement pas en elle. Oui, elle s'était un peu réchauffée, mais elle ne l'avait pas incité à croire que l'objectif de leur mariage avait changé. Elle ne prenait toujours pas ses repas avec lui, et ne lui parlait pas sans y être obligée.

Mais peut-être qu'aujourd'hui marquait un tournant. Peut-être le laisserait-elle la faire sourire plus souvent. Il y avait mille façons qu'il aurait aimé essayer.

— Prête ? lui demanda-t-il.

— Oui.

Elle mit son pied dans l'étrier et il la souleva. Elle balança sa jambe vers le haut et monta aisément.

— Je vois déjà que tu es une cavalière plutôt accomplie.

Il avait envie de monter en sa compagnie, mais il n'en ferait rien, à moins qu'elle ne l'y invite.

— L'un des palefreniers t'accompagnera jusqu'au parc.

Elle prit les rênes.

— Merci, lui dit-elle avant de baisser les yeux sur lui, le regard quelque peu pensif. J'essaie de comprendre pourquoi tu as fait cela.

Il haussa les épaules.

— Pourquoi ne l'aurais-je pas fait ? Tu avais besoin d'un cheval, et quand j'ai su que tu en avais eu un, je l'ai simplement retrouvé.

— Es-tu en train de me dire que c'était plus facile que d'aller chez Tattersall acheter un cheval ?

La facilité n'entrait pas en ligne de compte. Si cela avait

été le cas, *effectivement* il se serait contenté d'aller chez Tattersall.

— Est-ce vraiment important ? Tu as récupéré ton cheval.

— Je veux juste… je veux juste être claire. Notre arrangement n'a pas changé. Et je ne m'attends pas à ce que tu m'offres des cadeaux. Tu ne me dois aucune extravagance.

Il se renfrogna. Il aurait préféré qu'elle accepte simplement le cheval, et qu'ils en finissent.

— Ce n'est pas une extravagance. C'est ta jument. Que tu as récupérée.

Il semblait agacé. Et c'était le cas, mais pas parce qu'elle n'acceptait pas le cheval, parce qu'elle l'acceptait. Il était agacé qu'elle tienne à répéter que leur mariage n'avait pas changé. Il le savait, il venait juste de se le dire, mais l'entendre le mettait en rogne.

Il était idiot. Il prit une profonde inspiration et fit un pas en arrière.

— Profite de ta balade.

Elle guida Pearl pour sortir des écuries, et le palefrenier la suivit.

Il retourna à la maison de ville, frustré contre lui-même pour avoir eu des attentes irréalistes. Il n'avait pas récupéré son cheval avec l'intention de la courtiser. Il avait simplement voulu faire quelque chose de gentil pour elle. Quelque chose qui la rendrait heureuse.

Et il y était parvenu, alors quel était son problème ?

Il se rendit compte qu'il espérait plus. Il *voulait* plus. Ce mariage de convenance… ne lui convenait pas vraiment.

Pourquoi était-il attiré par elle ? Ce n'était pas comme s'il avait appris à très bien la connaître. Cependant, ce qu'il avait vu l'avait touché au cœur. Elle semblait solitaire, comme si elle n'avait jamais trouvé sa place. Peut-être l'avait-elle fait pendant un moment, avec Townsend, mais ensuite Lionel le lui avait enlevé. Alors même, s'il voulait soulager sa détresse, il ne méritait pas vraiment de le faire.

Bon sang, il n'était plus qu'une épave !

~

*E*mmaline descendit les escaliers, nerveuse à l'idée de prendre le petit-déjeuner avec son mari pour la première fois depuis leur mariage. En arrivant en bas, elle s'arrêta brusquement. Axbridge l'attendait.

Vêtu d'un manteau bleu foncé, d'une culotte de cheval chamois et de bottes impeccablement cirées, il avait l'air de revenir de sa promenade matinale, ce qui était certainement le cas. Il était aussi d'une beauté alléchante. Elle avait commencé à se rendre compte que si elle l'avait évité par colère au départ, ces derniers temps, c'était plutôt en raison de son attirance croissante pour lui.

— Bonjour. Tu es ravissante, ajouta-t-il en posant les yeux sur sa robe bleu pâle. J'ai été surpris, mais ravi que tu veuilles que l'on prenne le repas ensemble. On y va ?

Il lui offrit son bras.

Elle posa la main sur sa manche. Légèrement. Moins elle le touchait, mieux c'était.

Ils entrèrent dans la salle à manger, où il la fit asseoir à sa droite.

— J'ai demandé que nous soyons placés l'un près de l'autre. J'espère que ça te convient.

Non, elle aurait voulu être à l'autre bout de la table, mais ce serait sans doute inutile. Elle s'était arrangée pour déjeuner avec lui afin de pouvoir lui parler d'une affaire importante, une affaire dont il avait *exigé* qu'elle lui parle.

Il l'installa sur la chaise puis s'assit, faisant signe au valet de pied de commencer à servir le petit-déjeuner depuis le buffet.

— J'espère que ça ne te dérangera pas, mais en général, je prends un petit-déjeuner plutôt simple. En fait, c'est même plus formel que ce que je prends habituellement dans le salon à l'étage avant de monter à cheval.

— Cela ne me dérange pas du tout.

Un repas simple signifiait qu'ils passeraient moins de temps ensemble.

Le valet de pied leur servit du jambon froid et du pain, s'occupant d'abord d'Emmaline.

Elle regarda Axbridge. Ses cheveux blonds scintillaient dans la lumière du matin qui filtrait par la fenêtre derrière elle.

— Je veux te remercier encore une fois pour Pearl, commença-t-elle. C'est merveilleux qu'elle soit de retour.

— Je suis ravi de l'entendre. Peut-être qu'un jour je te verrai monter.

Elle savait qu'il montait à cheval tous les matins, et hier, quand il lui avait présenté Pearl, elle avait bien senti qu'il attendait une invitation pour se joindre à elle. Elle avait failli le faire. Dans un moment de faiblesse induit par son extrême gentillesse.

Le valet de pied lui servit une tasse de chocolat, et un café à Axbridge.

— Je vois que tu portes ma bague une nouvelle fois, dit-il avec un signe de tête vers sa main gauche.

Il lui avait semblé que c'était la chose à faire pour tout le mal qu'il s'était donné pour récupérer Pearl pour elle. Elle ajusta la bague avec son pouce et se concentra sur le sujet du jour.

— Je dois te demander une autre somme d'argent, pour rembourser une des dettes de Geoffrey. Elle ne figurait pas dans le décompte fourni par son secrétaire.

— As-tu une copie de la facture ?

Il prit une bouchée de jambon.

— Non. Son tailleur m'a envoyé une lettre en me réclamant les fonds. Il ne voulait pas me déranger après la mort de Geoffrey, apparemment ils étaient amis, et il a plutôt mal pris sa mort.

Elle remarqua qu'Axbridge blêmissait légèrement, mais continua malgré tout.

— Lorsqu'il a appris que je m'étais remariée, il a décidé de réclamer le remboursement de la dette impayée. Il est dans une mauvaise posture financière.

— Combien Townsend lui devait-il ? demanda Axbridge avant de boire une gorgée de café.

— Cinquante livres.

Lionel se mit à tousser et reposa sa tasse si brusquement qu'il éclaboussa un peu la nappe.

— Excuse-moi. C'est beaucoup pour un tailleur.

— Oui, je suppose.

Il la dévisagea, plissant légèrement les yeux.

— Mais il n'y a pas de facture ?

— Doutes-tu de cet homme ?

— J'aime avoir des reçus.

Elle pouvait le comprendre sans mal.

— Alors je lui en demanderai un. En attendant, je ne vais pas le faire attendre plus longtemps, cela fait des mois.

Il reporta son attention sur son assiette.

— Je peux m'occuper de le régler demain.

Elle commençait à s'agacer.

— Non. Je vais m'en occuper. Tu n'as qu'à me donner l'argent. Je te l'ai demandé, comme tu l'avais exigé, et tu as accepté de couvrir toutes les dettes de Geoffrey.

— Effectivement, confirma-t-il, puis il but une nouvelle gorgée de café. Je laisserai l'argent dans le salon demain matin. À moins que tu ne souhaites prendre à nouveau le petit-déjeuner avec moi, mais je pense connaître la réponse à cette question.

Il semblait énervé. Parfait. Elle l'était aussi.

Ils mangèrent en silence pendant quelques minutes avant qu'Axbridge ne demande :

— Vas-tu assister au bal des Fortescue tout à l'heure ?

C'était une question polie, et totalement dépourvue d'inflexion.

— Non.

Elle s'était rendu compte que l'une des femmes qu'elle avait entendues parler au bal des Colne était Lady Fortescue. Et elle n'avait aucune envie de la revoir de sitôt.

Cette conversation avait accaparé son esprit au cours de la semaine passée, alors qu'elle s'efforçait d'accepter que, grâce à Axbridge, elle était libérée de ses dettes et aussi de Geoffrey. Mais ce sentiment de liberté s'accompagnait de tristesse et de regrets. Elle avait fondé tant d'espoirs sur son mariage. Quand elle songeait à quel point elle avait été amoureuse de lui quand ils s'étaient enfuis…

Elle tourna la tête vers Axbridge.

— Pourquoi as-tu provoqué Geoffrey en duel ?

Axbridge venait de prendre une bouchée de pain. Il la fit descendre avec une gorgée de café, et prit un moment pour répondre.

— C'était une question d'honneur.

— J'aimerais savoir précisément de quoi il s'agissait. Je pense avoir le droit de savoir.

Il s'adossa à sa chaise et lui jeta un coup d'œil, mais sans maintenir le contact visuel. Il était clairement mal à l'aise. Pourquoi ?

— Je protégeais un ami.

— Il ne pouvait pas se protéger tout seul ?

Il plongea alors son regard froid dans celui d'Emmaline.

— Non. Ne me demande pas de révéler son identité, parce que je n'en ferai rien. Tout comme je ne peux pas révéler la raison pour laquelle j'ai provoqué ton mari en duel.

— Tu ne penses pas que j'ai le droit de savoir ?

— Non, je ne pense pas.

La colère l'envahit.

— Tu as promis de me donner tout ce que je voulais. Je veux savoir pourquoi tu as défié mon mari.

Il la regarda calmement, ce qui ne fit que la contrarier davantage.

— Ce n'est pas mon secret, je ne peux pas le révéler.

— Je suis ta femme.

Il pencha la tête sur le côté, avec un petit rictus.

— Je vois, dit-il en se penchant vers elle, posant le coude sur la table. Veux-tu vraiment être ma femme ?

Elle le dévisagea, en proie à la fureur.

— Qu'es-tu en train de demander ?

Il recula, s'adossant une fois encore à sa chaise.

— Rien. Nous avons un arrangement, et tu ne peux pas continuer à exiger des choses de moi. Maintenant, si tu veux bien m'excuser.

Il se leva brusquement et quitta la pièce.

Elle le regarda partir, et sa colère s'estompa, laissant place à la consternation. Que venait-il de se passer ? Désirait-il un vrai mariage ?

Eh bien, cela n'arriverait pas.

Elle picora dans son assiette, mais ne mangea pas beaucoup plus. Finalement, elle se leva. Alors qu'elle se dirigeait vers le salon, elle entendit des voix dans le hall d'entrée. Elle s'approcha discrètement et vit le dos d'Axbridge. Tulk lui tendit son chapeau, puis lui ouvrit la porte quand il partit.

Elle entra dans le hall.

— Bonjour, Tulk.

Le majordome se retourna.

— Bonjour, ma dame.

— Où est allé Lord Axbridge ?

— Il est sorti.

N'y avait-il donc personne dans cette maison pour lui dire les choses précisément ? La frustration lui tendit les muscles. Faisant volte-face, elle traversa le salon pour se rendre dans le bureau de Lionel. Jade était pelotonnée devant la cheminée, l'un de ses endroits favoris, mais releva la tête à l'arrivée d'Emmaline. La chatte se leva et s'étira, cambrant le dos. Elle trotta jusqu'à elle et se frotta contre ses jupes.

S'abaissant, Emmaline prit le chaton dans ses bras, caressant le dos de Jade. Celle-ci se mit à ronronner, ce qui l'apaisa.

Avec la sérénité venait la lucidité, et elle grimaça en repensant à ce qu'elle avait dit dans la salle à manger. *Tu as promis de me donner tout ce que je voulais.* Pourtant, elle ne lui avait rien donné.

Lui, en revanche, avait répondu à toutes ses demandes et même plus. Il avait retrouvé sa jument bien-aimée et l'avait probablement payée une somme d'argent conséquente. Rien que pour rendre Emmaline heureuse.

Bon sang ! Peut-être voulait-il *effectivement* un vrai mariage.

Elle, de son côté, n'en voulait pas. Elle se retourna et quitta la pièce à grands pas, impatiente de s'éloigner de l'empreinte de sa présence.

❧

*I*l n'était qu'un idiot.

La frustration et la colère agitaient le corps de Lionel alors qu'il parcourait les quelques rues qui le séparaient de Lady Richland. Il était peut-être un peu tôt pour lui rendre visite, mais elle lui pardonnerait.

Il avait besoin de s'échapper de sa maison, de mettre de la distance avec son exaspérante femme. Juste au moment où il pensait que les choses s'amélioraient, elle lui avait rappelé que leur mariage n'était pas typique.

Il gravit la courte volée de marches jusqu'à la porte, où il frappa. On répondit immédiatement. Le majordome le conduisit au salon de l'étage. Quelques instants plus tard, son hôtesse entra dans la pièce, ses cheveux bruns élégamment coiffés et sa robe gris tourterelle flottant autour de ses chevilles lorsqu'elle s'arrêta juste en face de lui. Elle lui fit un grand sourire.

— Lionel. C'est si bon de te voir !

Il fit un pas vers elle et l'embrassa sur la joue.

— Je suis ravi aussi, Marianne. Je suis désolé de ne pas être venu plus tôt. J'ai été, euh, occupé.

— À te marier, répliqua-t-elle en haussant un sourcil. Viens, asseyons-nous.

Elle lui prit le bras et le guida vers le canapé près des fenêtres qui donnaient sur la rue en contrebas.

Ils s'installèrent ensemble dans les coussins, et elle se tourna vers lui.

— Je n'arrive pas à croire que tu sois marié. Et à Lady Townsend, en plus.

Il se cala dans le canapé et posa son bras sur le dossier en pivotant vers elle.

— J'ai du mal à le croire aussi.

Elle haussa les sourcils.

— Vraiment ?

Il haussa une épaule plutôt que d'élaborer.

Marianne secoua la tête.

— Je n'arrive pas à comprendre comment cela a pu se produire.

— C'est un peu compliqué. Les rumeurs vont bon train, je suppose ?

Elle cligna des yeux, ses cils noirs et abondants battant brièvement contre sa peau de porcelaine. Elle avait toujours été belle, et ne l'était que davantage à mesure que les années passaient.

— Les ragots sont une partie insidieuse de la société, même si j'essaie de les éviter.

Effectivement, et c'était pour cette raison qu'il avait défié Townsend au départ.

— Tu n'as eu aucune nouvelle concernant les manigances de Townsend ?

— Non, et vu le temps qui s'est écoulé depuis, je n'en attends pas. Je n'ai aucune idée de la manière dont il obtenait ses informations, et je ne peux qu'espérer que le secret soit mort avec lui.

— Je suis ravi que tu ne sois plus harcelée.

Toute cette situation le déstabilisait encore.

— Cependant, le « comment » me perturbe encore. Tu m'as dit que très peu de personnes étaient au courant de ce que Townsend savait. J'aimerais savoir comment il l'a découvert.

— J'avoue que cela me dérange aussi, mais que puis-je faire ? demanda-t-elle, haussant une épaule et secouant la tête. Comme je l'ai dit, je n'ai plus qu'à espérer que le secret soit mort avec lui.

Elle le regarda alors avec insistance.

— Crois-tu que sa femme… Euh, *ta* femme le sache ?

Étant donné qu'elle venait juste de lui demander pourquoi il avait provoqué Townsend en duel, il devait partir du principe qu'elle n'était au courant de rien.

— Je suis sûr qu'elle ne sait rien.

Et il doutait qu'elle puisse l'aider à déterminer de quelle manière Geoffrey obtenait ses informations.

— Eh bien, je suppose que nous ne saurons jamais comment il a appris mon secret. Je m'accroche à l'espoir qu'il l'a emporté avec lui dans sa tombe.

Lionel tressaillit à ses mots. Si seulement Townsend

l'avait écouté et avait accepté de laisser Marianne tranquille !

Il chassa le souvenir de Townsend et du duel avant qu'ils ne le plongent dans la mélancolie.

— Comment te débrouilles-tu ? demanda-t-il en posant les yeux sur sa robe. Pas de tenue de veuve noire pour toi ?

Elle répondit par un petit sourire, mais son regard était teinté de tristesse.

— Pas depuis un certain temps. Cela fait presque six mois.

Son mari était décédé plusieurs semaines après que Lionel avait quitté Londres.

— Nous allons bien. Harold nous manque, bien sûr, mais je suis tellement heureuse qu'il ne souffre plus.

Son mari avait été confronté à des problèmes de santé pendant la plus grande partie de leur union qui avait duré six ans. Ce n'était pas un mariage d'amour, mais ils avaient appris à s'apprécier.

— Je suis content aussi. Est-ce que je peux faire quelque chose pour toi ?

Elle secoua la tête.

— Pas pour le moment. Tu as été plus que merveilleux. Si tu n'étais pas intervenu avec Lord Townsend, je ne sais pas ce qui se serait passé. Je ne pouvais pas payer ce qu'il exigeait. Pas sans qu'Harold le découvre. Je suis juste vraiment désolée que les choses aient tourné ainsi, dit-elle, tordant ses mains sur ses genoux. La mort de Townsend te pèse, j'en suis sûre.

Lionel se crispa. Il détestait aborder ce sujet. Mais Marianne le connaissait depuis longtemps, et elle avait été aux premières loges pour constater à quel point le dernier duel l'avait affecté.

— Je ne voulais pas que cela arrive, dit-il.

Le duel avec Townsend lui revint en mémoire, comme il l'avait fait des milliers de fois, mais il ne lui en parla pas. S'il le faisait, il aurait plus de mal à reléguer ce souvenir dans les recoins de son esprit. S'il y parvenait jamais.

L'expression de Marianne refléta sa sympathie.

— Bien sûr que non. Mais comment diable as-tu fini par épouser sa veuve ?

— C'est un mariage de convenance.

Puis, voyant la surprise dans ses yeux, il ajouta :

— À sa demande.

Il lui semblait injuste pour Emmaline d'entrer dans les détails. En fait, il n'aurait même rien dû dire du tout. Ils n'avaient pas évoqué la manière dont leur mariage devait être présenté. Mais il ne pouvait pas s'imaginer donner le change pour la haute société, surtout qu'elle avait du mal à supporter d'être dans la même pièce que lui.

— S'il te plaît, j'aimerais que cela reste entre nous.

— Évidemment. Donc c'est un mariage de convenance secret ?

— Le terme de « secret » est peut-être un peu fort. Pour l'instant, nous essayons juste de nous adapter.

— Y a-t-il la moindre chance que cela devienne plus ? s'enquit-elle. Cela arrive dans beaucoup de mariages de convenance.

Il résista à l'envie de rire, non pas de joie, mais d'incrédulité.

— Absolument pas.

— Je dois admettre que cela m'attriste de l'entendre. Tu mérites le bonheur… et l'amour, lui dit-elle en lui touchant la main. Tu as été un si bon ami pour moi. Si je peux faire quoi que ce soit pour t'aider, j'espère que tu me le demanderas.

Il lui serra la main.

— C'est promis.

— Maman !

Un petit garçon aux cheveux blonds et aux yeux bleu clair se précipita dans le salon. Il s'arrêta à côté de sa mère, s'accrochant à sa jupe, et fixant Lionel de ses grands yeux.

— Qui es-tu ?

— Je suis un ami de ta mère.

Lionel plongea la main dans sa poche pour en ressortir un petit soldat. Il le tendit au petit garçon sur sa paume ouverte.

— J'ai entendu dire que tu avais une armée. Aimerais-tu l'y ajouter ?

La bouche du garçon forma un « O ».

— Il est splendide !

Il prit le soldat de la main de Lionel et le rapprocha de son visage, étudiant les détails complexes.

La gouvernante du garçon, une jeune femme aux cheveux noirs et au nez crochu assez prononcé, entra dans le salon, le front plissé par l'inquiétude.

— Mes excuses, ma dame. Je crains qu'il se soit encore enfui de la nursery.

Marianne gloussa.

— Ce n'est rien. Il se trouve que Lord Axbridge lui a apporté un soldat, alors son arrivée est fortuite, et bienvenue.

La gouvernante sembla soulagée, et ses épaules s'affaissèrent un peu. Elle fit une révérence à Lionel.

— Monseigneur.

Elle s'avança ensuite pour prendre le jeune Lord Richland par la main.

— Venez, jeune homme, nous retournons à la nursery.

Le petit planta les talons dans le tapis et refusa de bouger.

— Maman, quand est-ce que tu montes ?

Marianne ébouriffa ses cheveux blonds et déposa un baiser sur son front.

— Bientôt, mon amour. Suis Deborah, maintenant.

Elle lui sourit d'un air encourageant, et le garçon partit avec sa gouvernante, mais pas sans pousser un grand soupir accablé. Oh, être à nouveau un enfant avec des préoccupations si simples !

— Est-ce que cela te tracasse qu'il ait les cheveux blonds

et des yeux bleus ? demanda Marianne doucement. Comme toi.

— Non. En dehors de cela, il n'y a aucune ressemblance.

Mais cela avait suffi à Lord Townsend pour menacer de raconter à tout le monde que Lionel était le père du garçon. Ils auraient pu en rire si Axbridge et Marianne n'avaient pas eu une liaison des années auparavant. Et si le garçon avait en réalité été le fils de Richland… ce qu'il n'était pas.

— Jamais je n'oublierai que tu m'as protégée. Tu n'avais aucune raison de m'aider. Mais je n'avais personne d'autre vers qui me tourner. Tu es un homme incroyablement honorable.

Oui, il l'était, et un jour, cela pourrait bien causer sa perte.

～

*E*mmaline jeta un coup d'œil au ciel gris en se dirigeant vers Stanhope Gate. Les nuages ne semblaient pas assez sombres pour donner naissance à un orage, et elle espérait que cela resterait ainsi. Après avoir rencontré M. Mullens, elle prévoyait d'aller se promener avec Aquilla.

Elle arriva à la grille et regarda autour d'elle pour repérer le gentleman qu'elle cherchait. Elle l'avait rencontré à quelques occasions après la mort de Geoffrey, mais n'était pas certaine de le reconnaître.

Un homme impeccablement vêtu d'un gilet violet se présenta.

— Lady Axbridge, je suis ravi de vous revoir.

Emmaline se détendit, car elle reconnaissait effectivement l'homme.

— Bonjour, monsieur Mullens.

Ils se postèrent sur le côté de la grille.

Il sourit, réchauffant son visage mince, semblable à celui d'un faucon.

— Merci beaucoup d'accepter de me voir. J'apprécie votre réponse rapide, plus que je ne saurais le dire.

Elle lui avait écrit un mot le matin même, disant qu'elle le retrouverait ici à seize heures trente.

— C'est normal. Je suis désolée que vous ayez eu à attendre si longtemps pour ce qui vous est dû.

Les questions d'Axbridge résonnaient dans sa tête.

— Je dois vous demander pourquoi il n'y avait pas de facture. Le secrétaire de mon défunt mari a listé en détail toutes celles qu'il avait reçues, mais la vôtre n'en faisait pas partie.

— Je crains que votre mari et moi n'ayons eu une relation professionnelle plus informelle, dit-il avec une grimace. Comme je l'ai expliqué dans ma missive, nous étions amis, et jamais je n'aurais imaginé qu'il ne pourrait pas me payer. J'étais incroyablement stupide. Il m'a toujours promis qu'il réglerait ma facture en premier et je le croyais. J'ai cru comprendre qu'il n'en a réglé aucune ?

— Apparemment.

Elle n'avait aucune idée de la gravité des problèmes financiers de Geoffrey. Avait-il toujours été à court d'argent ? Elle ne le croyait pas, mais elle devait admettre qu'elle ne le saurait probablement jamais.

— Je savais qu'il avait perdu un peu aux tables de jeu, dit-il. Je suppose que c'était bien plus qu'il ne le disait, même à moi.

*Même à moi.* Comme s'il avait été plus au fait de la situation que la propre femme de Geoffrey. Elle se hérissa, parce qu'il était *effectivement* plus au fait. Emmaline n'avait appris les pertes de Geoffrey qu'après sa mort.

Le tailleur semblait effaré. Il posa la main sur sa poitrine.

— Pardonnez-moi, je ne voulais pas outrepasser les

limites. Votre mari était très gentil avec moi. Quand j'ai débuté il y a quelques années, il fut l'un de mes premiers clients, et le plus important. J'ai une dette de gratitude envers lui. C'est pour cela que je n'ai pas trop insisté.

— Mais aujourd'hui, vous vous trouvez dans une situation financière difficile ?

Il y avait fait allusion dans la lettre qu'il lui avait adressée.

Il hocha la tête, et ses joues rosirent.

— Je me suis montré un peu trop complaisant avec le recouvrement des paiements, comme vous pouvez le voir. En réalité, j'étais terrifié à l'idée de vous demander. Mais Lord Townsend parlait toujours de vous en termes si élogieux... Et maintenant que vous êtes remariée... Bref, j'ai pensé que vous seriez en mesure de m'aider.

— J'en ai l'intention, dit-elle en sortant le billet de banque qu'Axbridge avait laissé pour elle ce matin-là. Mon mari, le marquis, exige une facture, vous devrez donc lui en faire parvenir une dès que possible.

— Oh ! oui, bien sûr. Je le ferai immédiatement.

Il accepta le billet et le regarda. Ses yeux s'emplirent de larmes.

— Merci, ma dame.

Elle voyait qu'il était bouleversé, et était heureuse d'avoir pu l'aider.

— J'espère que vous allez pouvoir vous en sortir.

Cinquante livres, c'était une somme importante, mais elle ignorait s'il allait devoir s'en servir pour régler ses propres dettes.

— Je devrais pouvoir, merci, dit-il, passant une main sur ses yeux avant de ciller. Votre gentillesse me fait perdre mes moyens.

— Je vous en prie. Je vous souhaite le meilleur.

Elle lui sourit, puis prit congé, entrant dans le parc où elle allait retrouver Aquilla pour une promenade.

Emmaline prit la direction du chemin piétonnier où son amie l'attendait. Le sourire qui s'était formé sur ses lèvres mourut rapidement en voyant la grave inquiétude dans les yeux d'Aquilla.

— On dirait que quelque chose ne va pas, lui dit-elle.

Son amie passa son bras sous celui d'Emmaline et se mit à marcher.

— Je suppose que tu n'as pas lu le *Post* aujourd'hui ?

— Non.

Emmaline avait parcouru un autre journal ce matin-là. Ses tripes se déchaînèrent en réaction à la détresse évidente d'Aquilla.

— Dis-moi.

Aquilla déglutit et inspira fort.

— Il y avait un article disant qu'Axbridge a été vu rendant visite à Lady Richland. Il affirmait que votre union était un mariage de convenance, et qu'elle et lui entretiennent une liaison, dans la continuité de celle qu'ils ont entamée il y a plusieurs années.

Une liaison ? Une vague de nausée submergea Emmaline. Elle n'aurait pas dû s'en soucier. Ce n'était pas comme si Axbridge et elle avaient un véritable mariage. Les personnes avec qui il avait des liaisons, *s'il en avait*, ne la regardaient pas. Non, cela n'aurait pas dû la déranger, et pourtant l'acide lui brûlait les entrailles.

Elle haussa les épaules, affichant un air de nonchalance qu'elle ne ressentait pas.

— Je me fiche de ce qu'il fait.

— Je suis vraiment désolée, lui dit Aquilla. Il pourrait au moins se montrer discret.

*Je m'en moque. Je m'en moque. Je m'en moque.*

Elles marchèrent quelques instants en silence. Aquilla la regardait avec incertitude.

— Es-tu sûre que ça va ?

Non, mais le dire aurait signifié admettre une chose qu'elle ne voulait même pas s'avouer à elle-même : penser à Axbridge avec une autre femme lui tapait sur les nerfs. Ce n'était pas dû à lui, se dit-elle. C'était parce qu'*elle* voulait une relation intime pour elle, mais *pas* avec lui.

Au lieu d'exprimer ses sentiments, elle dit :

— Je crois que je commence à me rendre compte que ce mariage était une erreur. J'aurais dû trouver une autre solution.

Aquilla posa sur elle un regard interrogateur.

— Tu as dit toi-même qu'il n'y en avait pas. Tu n'avais pas de temps.

Il était aisé d'oublier à quel point elle s'était sentie désespérée à ce moment-là en comparaison avec ce qu'elle ressentait maintenant. Et que ressentait-elle ? Une fois encore, elle n'avait pas envie de répondre à cette question.

— C'est vrai. Cela ne change rien au fait que ce mariage est un désastre.

Elle regarda Aquilla. Elle avait le cœur serré.

— Nous ne sommes pas tombés follement amoureux, et cela ne nous arrivera jamais.

Aquilla posa la main sur celle d'Emmaline.

— Je suis désolée. Que puis-je faire ?

— Distrais-moi.

Emmaline les fit accélérer sur le chemin pour pouvoir tourner à droite et laisser la Serpentine derrière elles.

— Parle-moi de Peregrine. Quelles bêtises fait-il maintenant qu'il marche ?

Aquilla semblait toujours préoccupée, mais la régala néanmoins d'histoires sur son fils. Emmaline était reconnaissante de cette diversion, même si elle n'était que temporaire. Plus tard, elle allait réfléchir à ce qu'elle ferait ensuite, car les choses ne pouvaient pas continuer ainsi.

# CHAPITRE 8

e club Brooks semblait plus bondé que la normale. Ce qui était ironique, car aucun des amis de Lionel n'était présent. Bien, c'était quand même préférable à n'importe quel autre endroit où il aurait pu aller, à commencer par chez lui.

Il termina son premier verre de whisky, fit claquer le récipient vide sur la table et adressa un signe au valet de pied pour qu'il lui en apporte un autre. Il était possible qu'il termine saoul ce soir. Une fois encore. Il s'était enivré la veille au soir après avoir réfléchi à son différend avec Emmaline le matin même.

Différend ? Quelle description terriblement inadéquate. Ils existaient sur des plans totalement différents.

Sa colère et sa déception étaient de son fait à lui. Il avait commencé à ressentir des choses pour elle et avait apparemment espéré qu'elle y viendrait aussi. Oh, comme il avait eu tort ! Et il ne pouvait s'en prendre à personne d'autre qu'à lui-même. Elle s'était montrée aussi claire qu'un ciel d'été en Cornouailles depuis le début : il lui donnait tout ce qu'elle voulait, et elle ne lui donnait rien.

C'était le marché, et aussi ce qu'il méritait pour avoir tué son mari.

Le deuxième whisky arriva, et il dut se mettre en garde pour ne pas le boire d'un trait.

— Axbridge ! Je peux me joindre à toi ?

Lord Sandwell, avec qui Lionel était allé à Oxford, s'assit sans attendre de réponse.

D'un côté, Lionel avait envie de noyer son malheur dans la solitude, mais il voulait aussi se distraire, d'où la raison de sa venue ici, dans la salle des abonnés, et non dans l'un des salons privés de l'étage.

— Que racontes-tu ce soir, Sandwell ?

— Je rassemble mon courage pour rejoindre ma femme à une soirée musicale, répondit celui-ci avec un frisson. Ça pourrait me prendre quelques verres.

Lionel fit signe au valet de pied, et lui demanda d'apporter un verre de whisky à Sandwell.

— Je suis ravi de t'aider.

Sandwell rit.

— Tu as toujours été serviable.

Le valet de pied apporta le whisky, et Sandwell leva son verre.

— À la manière d'apaiser nos femmes !

Lionel se retint de rire. Il n'était pas certain que *quoi que ce soit* puisse apaiser sa femme. Quoi qu'il en soit, il allait boire à cela, car cela allait dans le sens de son projet de boire à l'excès.

Sandwell avala, puis déposa son verre sur la table.

— En parlant d'épouses, j'ai vu Lady Axbridge à Hyde Park aujourd'hui. Alors que j'entrais, elle se tenait sur le côté, à discuter avec un gentleman. Je n'ai aucune idée de qui il était, mais il était plutôt bien habillé. Ensuite, je l'aperçue en compagnie de Lady Sutton.

Qui diable était ce gentleman ?

— Axbridge, puis-je vous dire un mot ?

Lionel releva les yeux sur le nouveau venu. Il ne savait pas vraiment qui était cet homme. Il lui semblait vaguement familier, mais il ne le reconnaissait pas.

— Je vous prie de me pardonner, mais je n'arrive pas à vous situer.

L'homme, qui devait avoir vingt ans de plus que Lionel, se raidit. Le rouge lui monta aux joues, et sa bouche se réduisit à une fine ligne pincée.

— Je suis Sir Duncan Thayer. Je devais épouser Lady Townsend jusqu'à ce que vous me la voliez.

*Bon sang !* C'était la seule chose qui manquait à sa soirée.

Lionel esquissa un sourire poli.

— Vous faites erreur, mais je comprends votre déception. Lady Axbridge est charmante.

*Et aussi une véritable plaie. Vous devriez me remercier.*

Visiblement, le whisky se frayait un chemin dans son esprit. Parfait. Il préférait de loin être en colère contre elle que de la plaindre. Ou pire, la désirer.

Sir Duncan fléchit la main avant de former un point. Lionel se redressa sur sa chaise, soudain en alerte. Que voulait cet homme ?

— J'ai une question pour vous, Axbridge. Est-elle heureuse ?

Il n'aurait pas pu poser de question plus ironique. Lionel décida de répondre la vérité.

— Plus heureuse que si elle était mariée avec vous.

Plusieurs personnes s'étaient rassemblées pour écouter la conversation, et quelques-unes haletèrent à cet instant.

Sir Duncan plissa ses yeux sombres.

— J'ai entendu dire que votre union n'a de mariage que le nom. Pourquoi vous aurait-elle épousé alors qu'elle avait une offre de ma part ? Que lui avez-vous fait pour la mener devant l'autel ?

Lionel voyait bien que cette histoire allait tourner au désastre s'il ne prenait pas garde aux mots qu'il employait. L'homme était très agité, et ils avaient un public. Il ne voulait pas insulter Sir Duncan, alors il tenta de détendre l'atmosphère.

— En réalité, il n'y avait pas d'autel. Nous nous sommes mariés dans le salon de ses parents. J'avais une licence spéciale.

La lèvre de Sir Duncan se retroussa.

— Je sais ce que vous aviez, espèce de réprouvé. Je ne peux que présumer que vous vous êtes imposé à elle, rendant le mariage nécessaire.

— Qu'avez-vous dit ?

Lionel parla si doucement qu'il entendit à peine sa propre question. Du moins, ce fut l'impression qu'il en eut. Ses oreilles commencèrent à siffler de colère.

— Je crois que vous m'avez entendu.

— Oui, je le crois bien, dit Lionel en se levant lentement de table. Vous avez entaché mon honneur.

D'autres halètements suivirent cette déclaration. Quelqu'un attrapa le bras de Sir Duncan.

— Faites attention, mon gars, ou il va vous provoquer en duel.

Lionel faillit retomber sur sa chaise. En plus de la promesse qu'il avait faite à Emmaline, et apparemment il prenait les promesses qu'il lui faisait très au sérieux, même maintenant, il ne pouvait pas recommencer. Il ne le ferait pas.

Et pourtant, l'homme insinuait que Lionel avait souillé Emmaline pour la contraindre au mariage.

Sir Duncan plissa les yeux en plongeant dans ceux de Lionel.

— Vous ne m'effrayez pas. Vous n'avez pas encore affronté quelqu'un d'aussi talentueux que vous, voire *plus*.

Il contracta ses épaules. Il s'étira pour atteindre une plus grande hauteur.

— Je suis plutôt habile avec un pistolet, et encore meilleur avec une épée.

L'homme qui retenait le bras de Sir Duncan le tira en arrière, sifflant :

— Ne soyez pas idiot !

West se fraya un chemin à travers la foule rassemblée, et se posta à côté de Lionel.

— Allons-y.

Axbridge resta là un moment, incapable de bouger.

— Je devrais peut-être vous défier, lança froidement Sir Duncan. Je suis certain que Lady Axbridge apprécierait. D'abord vous tuez son mari, puis vous la contraignez au mariage, et maintenant vous l'humiliez en sortant avec Lady Richland. Vous me dégoûtez.

Lionel était certain qu'il était sur le point de le défier. Mais alors West l'attrapa par le bras et l'éloigna de la table. Le volume des conversations décupla derrière eux alors qu'ils se dirigeaient vers la sortie du club.

West fit signe à un taxi et poussa pratiquement Lionel à l'intérieur. Après avoir indiqué au chauffeur l'adresse de Lionel, West s'étala sur la banquette faisant face à l'arrière.

— Que diable s'est-il passé là-dedans ?

— Sir Duncan avait prévu d'épouser Emmaline. En essayant de comprendre pourquoi elle m'aurait épousé, il a conclu que j'avais dû faire quelque chose, comme la compromettre, expliqua Lionel, tremblant de colère. De force.

West jura à mi-voix.

— Il essayait de te provoquer. Ne mords pas à l'hameçon.

Et s'il l'avait *vraiment* provoqué en duel ? Un frisson secoua le corps de Lionel. Il ne voulait pas y penser. Il ne pouvait pas se résoudre à affronter cela à nouveau. Et pourtant, comment pourrait-il tolérer que Sir Duncan mette en doute sa moralité ?

West se pencha en avant et posa brièvement la main sur le genou de Lionel en signe de soutien.

— Essaie de ne pas ruminer ce qui s'est passé. Je suis certain que Sir Duncan va se remettre de sa perte.

— Il m'a demandé si Emmaline était heureuse, continua Lionel en regardant son ami. Je ne crois pas qu'elle le soit. Je ne suis pas sûre qu'elle puisse jamais l'être. Pas avec moi.

West fronça les sourcils.

— Il me semblait que les choses s'amélioraient ?

L'épaule de Lionel tressaillit.

— Peut-être en apparence, mais au fond elle est toujours en colère contre moi. Elle m'a interrogé sur le duel, et la raison pour laquelle j'ai défié Townsend.

— Le lui as-tu dit ?

— Ce n'est pas à moi de divulguer cette information. Tu le sais.

— Et tu n'es rien si ce n'est un homme d'honneur, répondit West au moment où la berline s'arrêtait devant chez son ami. Fais-moi une faveur, Ax. Ne laisse pas ton sens de l'honneur entraver ton bonheur.

L'honneur devenait une satanée plaie.

Lionel ouvrit la portière et descendit du taxi.

— Je vais demander au chauffeur de te ramener chez toi.

Puis il fit volte-face, regardant de nouveau à l'intérieur du véhicule.

— Et West... merci.

Après avoir refermé le taxi et donné au chauffeur l'adresse de West, Lionel gravit les marches menant à sa porte d'entrée. Elle s'ouvrit, et il fit un signe de tête au valet de pied en se rendant directement à son bureau. Il n'avait pas pu mener à bien son projet de se saouler, et il avait l'intention de le faire maintenant.

Il tira sur sa cravate pour desserrer le tissu alors qu'il franchissait le seuil. Il retira sa veste et la jeta sur la chaise derrière son bureau. Pivotant vers le buffet, il attrapa la première bouteille de whisky qu'il trouva, et versa le liquide ambré dans le verre.

— Tu veux bien m'en servir un ?

Il se retourna, manquant de faire tomber son verre sous le coup de la surprise. Emmaline se tenait à quelques mètres de là. Habillée de ses vêtements de nuit. Et elle lui demandait du whisky. Quel genre de torture était-ce ?

Il lui tendit le verre qu'il avait versé. Leurs doigts s'effleurèrent, et il ressentit le choc de son toucher dans chaque recoin de son corps. De la torture, en effet.

— Je ne me rendais pas compte que tu buvais du whisky, dit-il.

— Je n'en bois pas.

— Sois prudente, alors.

Elle porta le verre à ses lèvres et but une bonne gorgée au lieu de simplement goûter. Il aurait dû savoir qu'elle ferait tout l'opposé de ce qu'il lui avait conseillé.

Les paroles de West lui revinrent en mémoire :

*Ne laisse pas ton sens de l'honneur entraver ton bonheur.*

*Cesse d'essayer de la protéger, de la conquérir, ou quoi que tu tentes de faire avec elle.*

Elle ne laissa paraître qu'une minuscule réaction au liquide puissant qu'elle venait d'avaler : un léger plissement des yeux. Penchant la tête sur le côté, elle le dévisagea avec intérêt.

— Tu sembles contrarié. S'est-il passé quelque chose ?

Il la fixa un moment. Puis il éclata de rire, à sa grande surprise.

— S'est-il passé quelque chose ? J'ai épousé la femme du dernier homme que j'ai tué, le dernier en date, remarquez, parce qu'il y en a plus d'un. Elle me méprise, et je suis condamné à un mariage sans amour. Oui, je dirais que quelque chose s'est passé, et que je sois damné si je peux y faire quoi que ce soit.

— En es-tu certain ? Il a été porté à mon attention que tu en faisais beaucoup. Avec Lady Richland.

Les paroles de Sir Duncan lui revinrent en tête. Elles étaient quelque peu passées à la trappe après la menace d'un duel.

— Je ne fais rien avec Lady Richland.

Ce n'était pas totalement vrai, mais il ne pouvait pas lui parler du duel avec Townsend, pas sans révéler le secret de Marianne.

— Alors pourquoi une rumeur court-elle selon laquelle vous auriez une liaison ?

Le froid qu'il avait maintenu à distance dans la berline se répandit à nouveau en lui. Tremblant, il s'appuya sur le bord de son bureau, posant la paume à plat sur le bois.

— Je suppose que c'est parce que ce fut le cas autrefois.

~

*E*mmaline en eut le souffle coupé. Une pointe d'inquiétude se heurta à sa colère. Elle n'avait jamais vu Axbridge comme ça. Il était pâle et débraillé.

Il avait parlé au passé. Cela signifiait-il qu'il n'entretenait pas de liaison avec Lady Richland aujourd'hui ?

— Tu nies qu'elle est ta maîtresse ?

— Effectivement.

Soudain, le rouge monta sur le cou de Lionel. Il avait toujours l'air débraillé, mais de manière séduisante. Ses cheveux étaient ébouriffés comme s'il y avait passé la main. Il avait détaché sa cravate qui pendait à son cou, laissant sa chemise béante. Il avait retiré sa veste en entrant dans la pièce. Le fait qu'il soit dévêtu n'aurait rien signifié dans le contexte d'un vrai mariage. Mais ce n'était pas un vrai mariage.

Elle but le whisky, prenant une plus petite gorgée que la première fois. Le liquide brûlant lui avait enflammé la gorge, mais elle n'avait pas bronché. Pas devant lui.

Oui, d'un coup, il semblait un peu dangereux. Elle se tourna vers la porte.

— Je devrais y aller.

— Non.

Ses yeux étaient sombres et tourmentés. Une émotion à peine contrôlée émanait de lui en vagues inquiétantes.

— Qui était l'homme que tu as retrouvé au parc aujourd'hui ?

Son apparence et son humeur lui portaient sur les nerfs, mais sa question la fit basculer.

— Je n'ai pas à te répondre.

— Les femmes répondent à leur mari.

Elle lui jeta un regard noir.

— Sauf que nous ne faisons pas ça. Sinon, tu me dirais pourquoi tu as défié mon mari.

Il sembla grandir un peu.

— *Je* suis ton mari.

— Seulement de nom.

Il sourit, mais dans ses yeux, la tempête faisait rage.

— Comment pourrais-je l'oublier ? Surtout maintenant que tout le monde en parle.

Elle serra le verre dans sa main. Elle détestait le fait que leur mariage soit une source perpétuelle de ragots, tout en comprenant bien que c'était inévitable. Elle avait fait l'inconcevable en épousant le meurtrier de son mari.

— Tout le monde ?

— Sir Duncan m'a approché au club ce soir. Il savait que notre mariage était faux et se demandait pourquoi tu me choisirais au lieu d'opter pour son offre tout à fait correcte. Il en a conclu que j'avais dû te contraindre à cette union en usant de méthodes peu recommandables.

Elle commençait à comprendre pourquoi il était si bouleversé.

— Mais ce n'est pas le cas.

— Je le sais, évidemment. Toutefois, je ne peux raconter la vérité à personne maintenant, n'est-ce pas ? Ou peut-être que je peux. S'il devient de notoriété publique que notre mariage n'est pas réel, pourquoi s'embêter avec les faux-semblants ? Donc je suppose que cela n'aura pas non plus d'importance si tu retrouves des hommes dans le parc, ou même si tu couches avec eux.

Elle haleta, et ses mains se mirent à trembler. Elle passa devant lui et déposa son verre sur le bureau, avant de se remettre face à lui.

— Tu oses m'interroger au sujet d'une rencontre innocente avec le tailleur de Geoffrey, dont tu étais au courant, alors que tout le monde pense que tu fréquentes Lady Richland ?

Calé contre le bord de son bureau, les bras croisés, il posa sur elle un regard supérieur.

— J'ai déjà dit que ce n'était pas le cas, mais qu'est-ce que cela peut faire ? Est-ce que ça t'intéresse vraiment ? Tu as clairement indiqué que ce mariage sera dépourvu de sexe. Tu ne peux pas vraiment t'attendre à ce que je passe toute ma vie à m'abstenir.

Son pouls battait dans ses oreilles, et elle répéta ce qu'Aquilla avait dit dans l'après-midi.

— Tu pourrais au moins être discret !

— Je n'ai pas de liaison avec Marianne ni avec personne d'autre, dit-il en commençant à sourire. Mais clairement, je devrais.

— Peut-être le devrais-je aussi. Une vie entière d'abstinence paraît monotone, surtout après avoir tant aimé partager le lit de mon mari.

Les narines de Lionel se dilatèrent, et il décroisa les bras.

— Alors je t'en prie, prends un amant.

Il s'écarta du bureau et s'avança vers elle, jusqu'à ce que seulement quelques centimètres les séparent.

— Je vais même te faciliter la tâche, si tu es intéressée. Je suis là, je suis prêt, et disposé. Je suis aussi ton mari légitime, et oserais-je le dire, je suis *à portée de main*.

Il était si proche qu'elle pouvait sentir sa chaleur et respirer son parfum. Il sentait le pin et le bois de santal, et soudain, elle se rendit compte du temps écoulé depuis que Geoffrey l'avait touchée.

— Es-tu en train de me demander de changer les règles ?

Elle le fixait, et son corps passa de la colère à quelque chose de bien plus dangereux. Elle ne pouvait pas le contredire. Il *était* à portée de main. Et elle voulait… quelque chose.

Non, elle le voulait, *lui*.

Le regard de Lionel s'assombrit, et pendant un instant il sembla osciller vers elle. Mais alors, il se retourna et commença à se diriger vers la sortie.

Elle se précipita devant lui, referma la porte et appuya son dos sur le bois. Elle leva les yeux vers lui, souriant presque devant la stupeur dans son regard. Mais elle était trop bouleversée. Trop désespérée.

— Il se trouve que tu *es* à portée de main.

Elle s'écarta de la porte pour se tenir devant lui. Sans rompre le contact visuel, elle posa la main sur sa poitrine. La chaleur s'infiltra à travers sa chemise et son gilet, la réchauffant jusqu'à la détresse.

Elle enroula sa main autour du bord du gilet, et l'attira vers elle en se collant contre lui. De l'autre main, elle agrippa le côté de son cou, abaissant sa tête pour plaquer ses lèvres contre celles de Lionel.

Ce contact la secoua comme jamais auparavant. Son corps tout entier frémit de désir. Elle donna tout ce qu'elle avait dans ce baiser, ouvrant la bouche sous la sienne pour le lécher. Il ne fit rien, se contentant de rester dans ses bras alors que la douleur enflait en elle.

Elle s'écarta, sa main retomba sur l'épaule d'Axbridge, et elle leva les yeux vers lui.

Son regard l'effraya. Il était sombre et dévasté, mais dangereux en même temps.

— N'as-tu pas envie de m'embrasser ?

Avec un grognement primitif, il se défit de sa retenue, si c'était ce qui le freinait. Elle n'en savait rien, et pour le moment elle s'en moquait. Il l'entoura de ses bras, la soulevant contre lui tandis que sa bouche s'abaissa presque sauvagement sur la sienne.

La langue de Lionel se mêla à celle d'Emmaline, envoyant des vagues de plaisir au creux de son ventre. Elle se cramponna à son cou, déplaçant ses deux mains vers sa nuque, où elle s'accrocha à lui comme si une tempête faisait rage autour d'eux.

Son baiser était intense, sombre et différent de tous les baisers qu'elle avait connus auparavant. Il était empreint d'une faim primitive et d'un désir ardent. Et elle allait fondre sous l'assaut.

Ses pieds touchaient à peine le sol, car il la tenait serrée contre sa poitrine. Il était dur et chaud, et elle ne s'en lassait pas. Elle passa sa main dans ses cheveux et s'agrippa à son col alors qu'elle se prélassait dans une brume de délire sensuel. Elle n'avait pas à réfléchir, juste à ressentir, et c'était plus que merveilleux. Le poids des derniers mois s'allégea, remplacé par une passion qui dépassait de loin son imagination.

Il déplaça ses mains vers sa taille et détacha la ceinture qui maintenait son peignoir fermé. L'ouvrant, il enroula ses doigts autour de ses hanches et l'attira. Elle sentit son érection contre son ventre, et se plaqua contre lui. Elle voulait tout de lui.

Elle porta les mains à son gilet et tripota frénétiquement les boutons pour enlever le vêtement. Il prit le relais, l'expédiant au sol avec empressement. Elle lui retira sa cravate, puis sortit sa chemise de son pantalon. Pendant tout ce temps, il l'embrassait. De courtes sensations mordantes et de longues explorations veloutées.

Puis sa bouche quitta la sienne, longeant sa mâchoire, usant de ses lèvres et de sa langue avec une habile précision. Il descendit le long de son cou, tandis qu'elle tenait sa tête, le guidant plus bas. Elle ferma les yeux sous l'effet de l'extase, arquant le cou tandis qu'elle se perdait dans le ravissement le plus total.

Lionel remonta sa main et entoura son sein à travers sa chemise de nuit. Réveillée de sa transe, elle haleta tout en se cambrant contre sa main. Il repoussa son peignoir sur ses épaules, laissant la soie retomber au sol. Ses lèvres et sa langue poursuivirent leur course de séduction ravageuse, culminant avec sa poitrine. Il la lécha à travers le tissu et prit son mamelon dans sa bouche, le suçant durement.

Emmaline enfonça les doigts dans les cheveux de Lionel, le poussant à poursuivre son assaut. Jamais elle n'avait eu autant envie de cela ni ressenti un tel besoin d'être touchée et satisfaite.

Ou de toucher et donner du plaisir en retour.

Elle tendit la main vers le bas de son dos et tira sur sa chemise, la faisait remonter par-dessus sa tête. Il dut rompre le contact avec elle, et elle gémit quand il ne revint pas immédiatement.

Ouvrant les yeux, elle vit qu'il s'était agenouillé devant elle. L'air frais frappa sa chair enflammée lorsqu'il souleva l'ourlet de sa chemise de nuit, dévoilant ses mollets, ses genoux et ses cuisses. Il retint le vêtement à sa taille, et la regarda. Elle observa sa tête blonde tandis qu'il se penchait en avant et l'embrassait, juste au-dessus de son monticule, avec une douceur infinie.

Elle faillit s'écrouler au sol.

— Emmaline.

Le son de son prénom sur ses lèvres, sa voix rauque et profondément sensuelle, ne fit qu'accroître son excitation.

— Emmaline.

Il releva la tête vers elle, les yeux aussi torturés que lorsqu'ils avaient commencé.

Lui posait-il une question ? Elle était complètement déroutée. Elle ne voulait pas qu'il s'arrête. Ni qu'il parle. Ni qu'il fasse autre chose que ce qu'il faisait. Incapable de former des mots cohérents, elle se cramponna à sa tête et tira ses cheveux dans une supplique silencieuse.

Lionel baissa les yeux sur son sexe. Il lui caressa la cuisse d'une main tendre. Presque révérencieuse. Il expira, et son souffle effleura sa chair surchauffée. Il était si proche. Geoffrey l'avait embrassée là une fois, mais une seule, et très brièvement. Elle avait senti qu'il y avait beaucoup plus à découvrir. Elle n'avait jamais songé à percer ces mystères, mais maintenant…

— Touche-moi, murmura-t-elle, même si sa voix semblait forte à ses oreilles. Je t'en prie.

Il déplaça sa main entre ses jambes, et le contact fut encore d'une légèreté exaspérante. Elle en voulait plus. Elle voulait ce qu'il lui avait donné. Elle voulait se consumer.

Le bout de ses doigts effleura ses replis intimes, éveillant un désir qu'elle ne pouvait contrôler. Elle se laissa tomber à genoux en face de lui. Elle agrippa sa tête, tenant son visage entre ses mains.

— Pourquoi hésites-tu ?

Il la regarda droit dans les yeux.

— Je ne... Es-tu certaine que c'est ce que tu veux ? Si tu changes les règles, je ne pense pas pouvoir revenir en arrière.

Ce qui signifiait que s'ils s'engageaient là-dedans maintenant, ils ne pourraient prétendre que c'était un faux mariage. Du moins pas au sens physique du terme.

Mais il marquait un point. Pourquoi se condamner tous les deux à une vie de célibat s'ils pouvaient partager *cela* ? Et pourtant, elle ne pouvait pas lui donner plus que cela.

— Je ne peux pas te faire de promesses, admit-elle. Je te veux. De cela, je suis certaine. Je t'en prie, ne me demande rien d'autre.

Il la dévisagea, et quelque chose changea dans son regard. La pointe de désespoir avait disparu, totalement remplacée par une chaleur séduisante. Il la repoussa en arrière tout en guidant ses jambes pour qu'elle s'allonge sur le sol.

Il ne la quitta jamais des yeux alors qu'il venait sur elle, baissant la tête pour l'embrasser fougueusement et rapidement, sa langue balayant la sienne et ses dents tirant sur sa lèvre inférieure alors qu'il se retirait. Il déplaça ses mains vers le haut de sa chemise de nuit.

— Pardonne-moi, dit-il en déchirant le tissu en deux sur le devant du vêtement, du col à l'ourlet. Je t'en achèterai cent autres.

Sa bouche descendit jusqu'à sa poitrine et se régala de sa chair douloureuse. Elle se cambra, rejetant sa tête en arrière, et ferma les yeux, s'abandonnant à une sensation folle.

Il entoura son autre sein de sa main, le pressa, avant de trouver son mamelon. Alternant les doux frottements et les brusques pincements, il fit monter la fièvre en elle. C'était ce qu'elle voulait. Ce n'était pas doux ni tendre. C'était intense, féroce et très, très émouvant.

Elle glissa les mains sur son dos, savourant les plans durs de ses muscles. Il était plus grand que Geoffrey et incroyablement masculin. Et cela la faisait se sentir terriblement féminine.

Sa bouche descendit plus bas, léchant son abdomen, tandis que sa main massait sa cuisse. Il souleva sa jambe et la repoussa, l'ouvrant en même temps qu'elle le sentait s'installer entre ses genoux. Il remonta sa jambe sur son épaule, et ses doigts se posèrent sur son sexe.

Alors qu'il s'était montré hésitant auparavant, il était à présent rapide et sûr de ses gestes, la caressant et trouvant ce point sensible qui fit danser des lumières derrière ses paupières.

Il écarta largement son autre jambe, l'ouvrant davantage avant que son doigt ne la pénètre. Elle cria en s'agrippant à sa tête et à ses épaules. Il glissa son doigt en elle à plusieurs reprises, accélérant le rythme. Sa bouche fondit sur elle, et elle oublia toutes ses inhibitions.

Il tenait fermement sa jambe, ses doigts s'enfonçant dans la chair de sa cuisse alors que ses muscles se contractaient autour de lui. L'extase palpitait au creux de son ventre alors qu'elle était submergée de sensations. Elle haletait, ses doigts se cramponnant à lui pendant qu'il dévorait sa chair avec ses lèvres et sa langue.

Ce n'était pas un baiser, mais une possession. Il revendiquait son corps, et elle se rendait de bon gré. Il releva légèrement la tête, juste le temps pour lui de glisser une fois encore ses doigts en elle. Il caressa de son pouce le point le plus sensible, et elle se brisa en deux. Mais il n'en avait pas fini avec elle. Il la recouvrit de sa bouche une fois encore, la poussant au-delà des limites de la raison, dans une obscurité béate qui menaçait de l'engloutir.

Et elle s'en moquait.

Il continua jusqu'à ce qu'elle ne soit plus qu'une loque épuisée. Quand elle ouvrit finalement les yeux, il était en train de se retirer. Il se mit à genoux et la contempla d'un regard sombre et énigmatique.

Puis il détourna les yeux, et elle eut le sentiment qu'il allait la quitter.

*Hors de question !*

— Eh bien, c'était un bon début, dit-elle, sa chemise de nuit tombant en ruine sur ses épaules.

Elle la fit glisser sur ses bras, et tendit la main vers sa ceinture.

— Il est temps de finir.

# CHAPITRE 9

*L*a sensation satinée de sa cuisse serait à jamais imprimée sur sa main. Il lui avait fallu une volonté sans pareille pour la retirer et s'éloigner d'elle. Mais maintenant, elle se tenait assise et le foudroyait pratiquement du regard, ses yeux flamboyants, son corps splendidement nu, si clair et éclatant à la lumière des bougies.

Elle était l'incarnation du tumulte en lui. À la fois belle et furieuse, et totalement captivante. Il ne pouvait pas la quitter maintenant.

Il resta immobile pendant qu'elle ouvrait les boutons de sa braguette. Le tissu s'ouvrit, et comme il ne portait pas de sous-vêtements, il fut complètement exposé. Elle enroula les doigts autour de son membre. Il ferma les yeux pour savourer sa caresse. Elle bougea lentement, mais fermement, sa main glissant sur lui de la base à la pointe.

Elle accéléra son mouvement, et le sang se mit à palpiter dans son sexe. Il poussait dans sa main, ses hanches remuant de leur propre chef.

— Emmaline, si tu veux finir…

Sa main s'arrêta, et il ouvrit les yeux. Le regard d'Emmaline était marqué par le désir, et le besoin se déchaîna à nouveau dans le corps d'Axbridge.

Il la prit dans ses bras et se releva, puis la porta jusqu'au canapé, où il la déposa sur les coussins. Elle était si belle, de ses orteils délicats à ses cuisses galbées, de la courbe douce de ses seins au blond doré de ses cheveux. Mais il avait envie de les voir détachés, et ils étaient prisonniers d'une tresse.

Il s'agenouilla à côté du canapé et tira dessus. Elle leva la main et desserra la tresse. Il libéra les mèches, glissant les doigts dans les boucles soyeuses. Quand ils tombèrent juste au niveau de ses seins, il contempla tout son content. Puis il les écarta de son visage et l'embrassa, plongeant sa langue dans sa bouche.

Elle s'ouvrit à lui, passant ses bras autour de son cou et lui rendant son baiser avec une férocité qui lui fit courber les orteils et rougir la peau. Elle lui rendit caresse pour caresse, et il en fut si émerveillé qu'il en trembla presque.

Après une longue minute à batailler avec elle, il quitta sa bouche pour retrouver ses seins. Ils remplissaient sa main, et elle était merveilleusement réceptive lorsqu'il leur prodiguait son attention. Il tordit un mamelon entre ses doigts pendant qu'il suçait l'autre. Elle gémit, et il eut soudain hâte de sentir la moiteur qui avait certainement inondé son intimité.

Effleurant de sa main le plan lisse de son ventre, il trouva la houppe de boucles qui protégeait la perfection la plus douce qu'il ait jamais goûtée. Il la toucha, et oui, elle était mouillée. Elle gémit alors qu'il caressait sa chair, et enfonça les doigts dans son dos.

— S'il te plaît.

Elle le tira.

Il s'installa sur le canapé entre ses jambes, mais il était heureux, pour le moment, de continuer de lui prodiguer ses attentions. Son sexe palpitait de désir, et bientôt il s'enfonce- rait en elle. Mais une voix dans sa tête s'étonnait encore de la tournure des événements. Elle avait de toute évidence envie de lui, mais le regretterait-elle ?

— Emmaline.

Elle ouvrit les yeux et le regarda. Son expression resta dans le vague pendant un moment jusqu'à ce qu'elle cligne des yeux.

— Je sais que tu as envie de cela maintenant, mais auras-tu des regrets demain ?

Elle ne répondit pas immédiatement. Il vit passer une dizaine d'émotions indéfinissables dans ses yeux.

— Je n'en aurais pas. Je t'en prie... J'ai besoin de ça.

Elle remua sous lui, ses hanches poussant contre sa main, qu'il avait immobilisée entre ses cuisses.

Ça. Pas de lui, mais de ça. Mais non, elle avait déjà dit plus tôt qu'elle le voulait. Il avait besoin d'être sûr.

— Dis mon nom.

Sa langue caressa sa lèvre inférieure, et le sexe de Lionel frémit.

— Axbridge.

— Non. Mon nom. Mon nom de *naissance*. Dis-le.

Elle le fixa de son regard assombri par le désir.

— Lionel.

— Dis-moi que tu as envie de moi.

— J'ai envie de toi, Lionel, répéta-t-elle en touchant son membre une fois encore, refermant sa main autour avec une douceur et une chaleur délicieuses. *Lionel.*

Il poussa en avant, enroulant sa main par-dessus celle d'Emmaline alors qu'il se guidait vers son fourreau humide. Elle l'attira à elle et il se glissa à l'intérieur, fermant les yeux alors qu'un plaisir frôlant la douleur le transperçait.

La main de la jeune femme retomba, et elle enroula ses jambes autour de ses hanches, l'attirant plus profondément en elle. Il s'arrêta un léger instant, savourant la sensation de sa chaleur étroite qui l'enveloppait. Puis elle planta ses talons dans son derrière, et il céda à son instinct primitif.

Il s'enfonça en elle, presque aveuglé par le désir. Ses halètements et ses cris envahirent ses sens, tout comme son parfum et la sensation excitante de son corps enlacé avec le sien.

Elle lui fit baisser la tête pour prendre sa bouche et ajouter le goût à son festin sensuel. Leur baiser fut sauvage et chaud, mais rapide, car ils étaient tous les deux à bout de souffle. Il accéléra le rythme, faisant claquer ses hanches contre celles d'Emmaline. Lionel observa son corps alors qu'elle se soulevait à la rencontre de ses coups de reins. Il se pencha pour saisir l'un de ses mamelons dans sa bouche, avide de chaque partie d'elle, incapable de se rassasier.

Elle inspira vivement en réponse, ses mains s'enfonçant dans ses cheveux, le retenant contre sa poitrine. Ses muscles intimes se resserrèrent autour de son membre, signe annonciateur de son orgasme. Elle cria, l'agrippa fort, et il bascula.

Il jouit dans une bouffée de plaisir aveuglante, et son corps se raidit momentanément tandis que son extase se répandait. Il rejeta la tête en arrière et laissa échapper un gémissement guttural, incapable de contenir le ravissement qui commandait son corps. Puis il continua de bouger, s'enfonçant en elle et se délectant de sa réaction.

Petit à petit, ils ralentirent, le bruit de leurs respirations emplissant la pièce. Il ne voulait pas l'écraser de son poids, alors il se retira et se leva du canapé.

Il alla chercher sa cravate, et quand il revint, elle était en train de s'asseoir. Il lui tendit le vêtement.

— Ce n'est pas le plus pratique, mais je me suis dit que tu voudrais te nettoyer.

— Merci.

Il lui tourna le dos pour lui offrir un minimum d'intimité et reboutonna sa braguette avant de se retourner.

Elle se leva du canapé et s'avança. Son corps nu était plus que magnifique. Il se pencha pour attraper son peignoir qu'il lui tendit.

— Mes excuses pour ta chemise de nuit.

Elle haussa un sourcil en le regardant.

— Tu as dit que tu m'en achèterais cent autres.

Ses lèvres se courbèrent en un léger sourire, et il se rendit compte qu'elle plaisantait.

Elle plaisantait ?

Les choses pouvaient-elles vraiment être différentes entre eux ?

Elle prit le vêtement qu'elle enroula autour d'elle, se protégeant ainsi de lui. La déception le transperça comme une flèche en plein ventre.

Son regard dériva vers son épaule gauche. Elle se rapprocha et tendit la main, ses doigts effleurant sa chair.

— Qu'est-ce c'est ?

*Bonté divine !* Il baissa les yeux à l'endroit où elle le touchait, mais bien sûr il savait déjà à quoi elle faisait référence.

— C'est une cicatrice.

Elle fit la moue, posant sur lui un regard frustré.

— Je le vois bien. D'où vient-elle ? On dirait qu'on t'a tiré dessus.

Il s'éloigna d'elle pour chercher sa chemise.

— Oui.

— Quand ? demanda-t-elle en le suivant. Elle a l'air relativement récente.

Il se pencha pour ramasser sa chemise sur le sol et la passer par-dessus sa tête, dos à elle.

Comme il ne répondait pas, elle saisit son biceps et l'obligea à se tourner face à elle.

— Est-ce que c'est Geoffrey qui a fait ça ?

Il garda une expression impassible.

— Oui.

— Pourquoi ne me l'as-tu pas dit ?

Il détourna le regard pour ne pas voir ses yeux insistants.

— Je ne voyais aucune raison de le faire.

Elle s'avança vers lui et tira sur l'ouverture de sa chemise, la repoussant sur le côté pour voir à nouveau la cicatrice.

— C'est important. Il t'a tiré dessus. J'aurais aimé le savoir.

— Pourquoi ? Cela changerait-il quelque chose ? Je l'ai quand même tué.

Elle tressaillit et laissa retomber sa main. Mais elle ne s'éloigna pas.

Il le fit pour elle, faisant un pas de côté.

— Il m'a tiré dessus, je lui ai tiré dessus. Il est mort. Pas moi.

Il priait pour qu'elle n'en demande pas plus. Il ne voulait pas lui dévoiler la vérité, que son bien aimé Geoffrey avait tiré en avance. Il ne voulait pas gâcher le souvenir qu'elle avait de lui. Il n'avait pas non plus envie d'améliorer son propre sort en le lui disant. Il n'imaginait pas quoi que ce soit de plus méprisable, surtout quand cela n'avait pas vraiment d'importance. Alors quoi, Townsend avait tiré en premier ? Cela ne pardonnait en rien le fait que Lionel l'avait tué.

Elle se détourna de lui et ramassa sa chemise de nuit fichue.

— J'en commanderai d'autres demain… mais pas cent.

— Emmaline.

Elle fit volte-face, mais sans croiser son regard. La femme fougueuse qui avait exigé son attention n'était plus là.

— Que se passera-t-il d'autre demain ? l'interrogea-t-il.

— Je n'en suis pas certaine, répondit-elle en levant les yeux vers lui. Mais il n'y aura pas de regrets.

Elle quitta la pièce en refermant la porte derrière elle.

Il prit le verre de whisky qu'elle avait posé sur le bureau, et le but d'un trait. Son corps était encore chaud de leurs ébats, et vibrait encore de plaisir. Il peinait à croire ce qui venait de se passer, et l'entendre dire qu'elle ne le regretterait pas... L'espoir emplit sa poitrine, mais fut rapidement remplacé par un puits de glace.

Tant de choses les séparaient encore. Le plaisir physique n'était qu'une partie d'un vrai mariage. Il l'avait vu de ses propres yeux, il avait ressenti l'amour et l'admiration qui coulaient librement et sans retenue entre ses parents.

Était-ce ce qu'il voulait ? Évidemment.

Voulait-il cela avec Emmaline ?

C'était sa femme. S'il ne trouvait pas cela avec elle, il ne le ferait jamais. Car il s'était engagé envers elle pour toujours.

Elle était son unique chance d'avoir la vie qu'il voulait, même s'il ne la méritait peut-être pas.

～

*L*ark acheva d'épingler les cheveux d'Emmaline et recula.

— Tout est prêt.

Emmaline se regarda dans le miroir. Pour la première fois depuis des mois, elle avait l'air bien reposée. En fait, elle avait peut-être même l'air... heureuse ? Satisfaite, au moins. Oh ! oui, *sans le moindre doute*, satisfaite.

Les événements de la nuit dernière dans le bureau de Lionel n'étaient pas du tout prévus, et pourtant c'était exactement ce dont elle avait besoin. La question était de savoir s'ils le feraient à nouveau.

Lark alla chercher une paire de gants et les tendit à Emmaline. Son regard était hésitant, mais inquisiteur.

— Auriez-vous quelque chose à me demander ? s'enquit Emmaline.

— J'ai trouvé votre chemise de nuit ce matin.

Emmaline lutta pour ne pas rougir. Elle l'avait apportée à l'étage avec elle, et jetée sur une chaise avant de s'effondrer dans son lit, épuisée.

— Oh ! Je vais en commander quelques nouvelles.

La bouche de Lark dessina un petit sourire.

— Oserais-je espérer que les circonstances de votre mariage ont changé ?

— Espérer ? Je ne m'étais pas rendu compte que vous aviez une opinion à ce sujet.

Après la surprise initiale d'apprendre qu'elle allait épouser l'homme qui avait tué Geoffrey, Lark avait soutenu Emmaline. Elle comprenait pourquoi elle avait voulu un mariage de convenance plutôt qu'une union forcée avec Sir Duncan.

— Je n'ai pas passé de temps avec Sa Seigneurie, bien sûr, mais tous les propos que j'ai entendus à son sujet louent son caractère, dit Lark. Son personnel lui est très dévoué.

Oui, Emmaline l'avait aussi remarqué.

— Je suppose que les choses ont... progressé. Mais nous sommes bien loin d'un mariage heureux.

Elle n'était même pas sûre que ce soit envisageable.

— Voilà qui plaira au personnel, surtout à M^me Wells. Elle était de plus en plus affligée par le fait que vous et Sa Seigneurie ne preniez même pas vos repas ensemble.

Emmaline enfila ses gants.

— J'espère qu'ils ne font pas trop de commérages à notre propos.

Lark prit la coiffe d'Emmaline et la déposa sur sa tête.

— Je n'appellerais pas cela des commérages. Ils se soucient vraiment de Sa Seigneurie, et de vous, et ils veulent simplement vous voir heureux.

Elle noua les rubans sous le menton d'Emmaline.

— M^me Wells est impatiente qu'il y ait des enfants.

Et c'était maintenant une possibilité. Emmaline n'y avait

pas réfléchi hier soir. Elle n'avait pas réfléchi à grand-chose en dehors du fait qu'il l'avait fait se sentir merveilleusement bien et que cela avait été une sensation incroyable de simplement *se laisser aller*.

— Oui, dit Lark alors qu'elle terminait avec la coiffe et reculait. Et vous ?

Non, elle essayait encore de se faire à l'idée de ce qui s'était passé la nuit dernière. Les choses *avaient* changé. Seulement elle ne savait pas à quel point. S'il y avait un enfant... Eh bien, elle voulait des enfants, alors il pouvait sûrement lui arriver bien pire. Elle savait aussi qu'il avait le même désir. Il avait posé des questions à ce sujet quand elle lui avait proposé cet arrangement. Il serait probablement ravi.

Y avait-il la moindre chance qu'il ait orchestré les activités de la nuit précédente dans ce but ? Elle se moqua d'elle-même. C'était absurde. C'était *elle* qui avait dû le convaincre d'aller jusqu'au bout. La soirée avait pris une tournure surprenante pour tous les deux.

— Je pense qu'il est un peu prématuré de parler d'enfants, répondit Emmaline, prête à en finir avec cette conversation.

Lark hocha la tête alors qu'elle quittait la chambre. En bas, Tulk lui ouvrit la porte comme il le faisait habituellement. S'attendait-elle à quelque chose de différent ? Ce n'était pas parce qu'elle se sentait différente que les autres le remarqueraient. Lark avait eu l'avantage de découvrir la chemise de nuit en lambeaux. Sans cette preuve, aurait-elle détecté le léger flottement dans la démarche d'Emmaline ?

Celle-ci monta dans la berline qui l'attendait. Il fallut un certain temps pour rejoindre l'orphelinat, ce qui lui laissa beaucoup de temps pour revivre chaque instant de la nuit précédente. À l'arrivée, elle était ravie de quitter les confins chauds du véhicule.

Elle entra et retrouva Ivy qui l'attendait dans le hall d'entrée. Elles s'étreignirent brièvement.

— Je suis tellement heureuse que tu sois venue aujourd'hui ! s'exclama Ivy.

Emmaline sourit en retour.

— Je suis très heureuse que tu m'aies invitée. Que devons-nous faire ?

— Je vais d'abord te présenter à la directrice, ensuite nous irons à la rencontre de certains des enfants. Je vais travailler la lecture avec quelques-uns. Je me disais que tu pourrais peut-être lire quelques histoires aux plus petits ?

— Cela me plairait beaucoup.

Ivy la conduisit dans une grande pièce avec des tables et des sièges où de petits enfants lisaient, dessinaient, ou même écrivaient. Ils étaient âgés de peut-être deux à huit ans. Il y en avait tellement, quelques dizaines, et de penser qu'ils n'avaient pas de parents, personne pour s'occuper d'eux... La gorge d'Emmaline brûla sous le coup d'une émotion soudaine.

— Bonjour, je suis M<sup>me</sup> Templeton, les salua la directrice avec un grand sourire à l'attention d'Emmaline. Nous sommes toujours ravies quand Lady Clare amène un ami ou deux pour nous aider.

Emmaline regrettait de ne pas être venue plus tôt.

— Je suis ravie d'être ici.

— Venez, je vais vous présenter aux enfants.

M<sup>me</sup> Templeton leur fit visiter la pièce, et Emmaline posa le pied sur quelque chose de petit et de rond.

Elle se pencha pour récupérer une bille d'argile.

Avec un soupir, M<sup>me</sup> Templeton se tourna vers l'une des tables où était assis un garçon.

— Cecil, une de tes billes s'est encore échappée.

Cecil, un garçon aux grands yeux qui devait avoir six ans, s'approcha.

— Mes excuses, madame Templeton.

— Tu dois faire plus attention. Tu ne voudrais pas que quelqu'un trébuche.

Il hocha la tête et ses épaules s'affaissèrent.

Emmaline s'approcha de lui.

— Voilà ta bille.

Elle avait envie de lui en apporter de vraies, faites de marbre, et prit note de le faire lors de sa prochaine visite. Car elle avait la ferme intention de revenir.

— Peut-être pourrons-nous jouer plus tard.

Elle jeta un œil à Ivy et M^me Templeton, espérant ne pas avoir parlé à tort et à travers.

— Bien sûr, confirma Ivy. Ils ont des temps de jeu.

Emmaline rencontra le reste des enfants, puis s'installa dans une chaise avec une poignée de livres à raconter aux plus jeunes, qui se rassemblèrent en demi-cercle sur le sol autour d'elle. Pendant qu'elle lisait, les enfants se rapprochèrent, et elle décida d'abandonner sa chaise pour s'asseoir avec eux. Bientôt, ils se blottirent tous autour d'elle, le plus jeune sur ses genoux.

Oui, des enfants, ce serait bien.

Rapidement, les enfants furent envoyés jouer. Emmaline retrouva Cecil, et il entreprit de la battre aux billes à plusieurs reprises.

— Tu t'es bien amusée aujourd'hui, dit Ivy qui la rejoignait alors que les enfants partaient prendre le thé au réfectoire.

Emmaline se releva du sol, brossant la jupe de sa robe.

— Oui. Plus que je ne m'y attendais. J'ai hâte de revenir.

Ivy rayonna.

— Je suis tellement ravie que cela t'ait plu ! Cecil s'est vraiment pris d'affection pour toi. Il peut se montrer difficile parfois.

— Je lui apporterai de vraies billes la prochaine fois.

Ivy gloussa.

— Tu vas probablement le conquérir pour la vie.

Emmaline ressentit une pointe de tristesse.

— L'idée qu'une chose aussi simple puisse signifier autant… C'est une véritable leçon d'humilité.

— Effectivement. Ta compassion est adorable. Merci.

Ivy pencha la tête sur le côté, et la dévisagea un moment.

— Tu sembles différente, aujourd'hui… Plus sereine. Il s'est passé quelque chose, ou sont-ce seulement les enfants qui te font rayonner ?

Rayonner ? Emmaline porta d'instinct la main à son visage. Elle envisagea de répondre que ce n'était qu'à cause des enfants, mais elle avait envie de le raconter à quelqu'un d'autre qu'à sa femme de chambre.

— Lionel et moi, euh… nous avons eu des rapports sexuels la nuit dernière.

Ivy la dévisagea.

— C'est inattendu. En es-tu heureuse ?

Les mots qu'elle avait employés avec Lionel hier soir lui revinrent en mémoire.

— En tout cas, je ne le regrette pas.

Ivy lui sourit.

— Eh bien, c'est bon à entendre.

— Je suis très partagée. Cela ne me dérangerait pas de le refaire… et je suis certaine qu'il pense comme moi, du moins à ce sujet. Mais quelque chose de plus… je ne crois pas pouvoir l'envisager pour le moment.

Enfin, elle *pouvait* l'envisager. Mais elle n'était pas certaine de vouloir plus. Et peut-être ne serait-ce jamais le cas.

— Alors peut-être devrais-tu simplement prendre les choses très lentement. Vous avez toute une vie pour que cela fonctionne.

Emmaline laissa échapper un rire doux et ironique.

— Oui, effectivement.

— C'est bon de t'entendre rire. Et de te voir sourire. Tu sembles plus à l'aise, et c'est forcément une bonne chose, non ?

Ivy glissa son bras sous celui d'Emmaline et la guida vers la table où elles avaient déposé leur chapeau et leurs gants plus tôt.

— Je crois que oui.

Elle entendait le doute dans sa voix.

— Si tu ne vois pas d'inconvénient à recevoir un conseil de la part de quelqu'un qui a vécu avec le regret, la colère, et le dégoût de soi pendant un certain temps, je te dirais d'essayer de laisser le passé derrière toi. Si c'est l'unique chose qui t'empêche d'avoir un avenir heureux avec Axbridge, il est peut-être préférable de l'oublier et de passer à autre chose.

Emmaline laissa les mots de son amie l'imprégner.

— Merci. Je vais y réfléchir.

Plus tard, alors qu'elle retournait chez elle, elle repensa au conseil d'Ivy. Quand elle avait évoqué le dégoût de soi, quelque chose s'était déclenché dans l'esprit d'Emmaline. Elle avait ressenti tellement de colère envers Lionel, envers Geoffrey, et oui, même envers elle-même. Si elle ne s'était pas jetée à corps perdu dans ce mariage avec Geoffrey au départ, elle n'aurait jamais vécu tout ce chaos. Sans parler de la culpabilité qu'elle ressentait à cause de son propre rôle dans la mort de Geoffrey. Elle repoussa ces pensées et s'accrocha à cette sérénité qu'Ivy avait remarquée.

Qui savait combien de temps cela durerait ?

# CHAPITRE 10

— **B**onjour, Tulk, le salua Lionel en entrant dans la maison après une réunion. Ma femme est-elle à la maison ?

— Non, my lord. Elle est à l'orphelinat avec Lady Clare.

Lionel n'avait pas fait attention qu'elles avaient planifié cette excursion, mais pourquoi l'aurait-il su ? Ce n'était pas parce qu'ils avaient fait l'amour qu'ils partageaient maintenant des informations sur le déroulement de leurs journées.

Tulk referma la porte et regarda Lionel.

— Pourrais-je vous dire un mot ?

— Certainement. Venez dans mon bureau.

Il traversa le salon et alla se poster derrière sa table de travail.

— Votre courrier est ici, précisa Tulk avec un signe de tête. Je ne souhaite pas outrepasser les limites, bien sûr, mais puisque vous m'avez confié la vérité sur votre mariage, j'ai pensé que je pouvais vous demander si les choses avaient changé ?

Lionel avait baissé les yeux sur les missives empilées sur le bureau. Il releva brusquement la tête.

— Que voulez-vous dire ?

— Je, euh… je n'ai pas pu m'empêcher de remarquer que Lady Axbridge et vous étiez ensemble ici la nuit dernière. Je ne veux pas être indiscret…

Lionel ricana.

— Et pourtant, vous l'êtes.

Tulk haussa un sourcil, paraissant dûment châtié.

— Oui. Serait-ce prématuré de vous présenter mes félicitations ?

— Oui, mais j'apprécie l'intention.

Tulk acquiesça, puis se retira de la pièce.

Lionel l'observa un moment avant de secouer la tête. Il n'était pas le seul à avoir remarqué le changement. Hennings lui avait dit quelque chose ce matin-là. L'humeur ridiculement joviale de Lionel lui avait servi de preuve. Comme l'avait dit Hennings : « Il n'est pas très difficile de voir quand vous avez partagé du temps avec une femme, surtout quand la dernière fois remonte à si longtemps. »

Lionel l'avait remercié de le lui rappeler, puis avait demandé comment il avait su qu'il s'agissait d'Emmaline. Cela aurait pu être quelqu'un d'autre.

Hennings l'avait regardé droit dans les yeux et avait dit qu'il le connaissait mieux que quiconque, et que la seule personne avec qui il coucherait, ce serait son épouse.

Il avait, bien entendu, parfaitement raison.

Et Lionel avait hâte de recommencer. Mais cela arriverait-il ? Elle lui avait dit ne pas pouvoir faire de promesses, tout comme elle avait juré qu'elle n'aurait aucun regret quant à ce qu'ils avaient fait. Il espérait qu'elle ressentait encore la même chose aujourd'hui.

Il s'assit et parcourut son courrier, qui incluait la facture du tailleur de Townsend, Mullens. Lionel l'examina avec intérêt. Apparemment, Townsend aimait les vêtements. Les vêtements *coûteux*. Les tarifs de Mullens étaient concurrentiels, mais les tissus utilisés étaient de première qualité.

Qu'était-il advenu de tous ceux de Townsend ? Lionel n'était pas certain d'avoir le courage de poser la question à Emmaline. Cela avait-il vraiment de l'importance ? Pourquoi évoquer un tel sujet alors que cela pourrait lui rappeler pourquoi et à quel point elle détestait Lionel ?

*Bon sang !* Était-il condamné à remettre en question tout ce qu'il faisait avec elle de peur qu'ils n'en reviennent au point de départ ?

*C'est bien plus que ce que tu mérites*, dit la voix hautaine du dégoût de soi dans un coin de sa tête.

Il se concentra à nouveau sur la facture, curieux de connaître les compétences du tailleur et de savoir s'il possédait et utilisait réellement des matériaux aussi coûteux. Il allait rendre visite à Mullens et lui commanderait peut-être un nouveau costume.

Tulk apparut dans l'embrasure de la porte une fois encore.

— M. Forth-Hodges est ici pour vous voir.

Lionel se hérissa instantanément. Il ne voyait aucune raison de parler à l'homme.

— Faites-le entrer.

Une minute plus tard, son beau-père entra avec un large sourire. C'était un homme corpulent avec des cheveux clairsemés. Emmaline avait entièrement hérité sa beauté de sa mère.

— Bonjour, Axbridge. Comment cela se passe-t-il avec ma fille ? Elle s'est faite plutôt rare depuis votre mariage. Ma femme ne l'a vue qu'une fois, et moi pas du tout.

Lionel était heureux de l'entendre. Tout comme il se demandait ce qu'Emmaline aurait pu avoir à dire à sa mère. Une fois encore, c'était l'intimité qui viendrait du fait de *connaître* sa femme, de lui parler, de partager des choses avec elle qui lui manquait.

— Je ne peux pas dire que je suis surpris, répondit Lionel.

— Oh ! bien. Vous avez sans doute raison, dit Forth-Hodges qui semblait légèrement mal à l'aise. Puis-je m'asseoir ?

Lionel fit un geste vers la chaise de l'autre côté du bureau, près du coin.

Le père d'Emmaline s'assit, puis ajusta son gilet. Lionel joignit les doigts devant son menton en attendant que l'homme se décide.

— Nous sommes tout à fait ravis de votre mariage, bien sûr. En fait, je dirais que vous lui avez rendu un énorme service en éliminant Townsend.

— Je m'étais dit que peut-être vous plaisantiez lorsque vous avez fait une remarque similaire le jour de notre mariage, répliqua Lionel, luttant contre une vague de nausée. Vous n'êtes pas *réellement* heureux que je l'aie tué ?

Forth-Hodges cligna des yeux.

— Heureux ? Non, non. Soulagé est peut-être une meilleure façon de dire les choses.

Lionel le regarda fixement. Avant qu'il ne puisse exprimer son dégoût, son beau-père continua.

— Nous apprécions aussi sincèrement votre aide financière. Nous avons eu quelques... difficultés là-bas à repousser les créanciers de Townsend.

— Je suis au courant.

Ils avaient été ravis de recevoir le paiement de Lionel.

— En fait, les affaires que nous avons réglées nous ont quelque peu mis en difficulté, commença Forth-Hodges, le cou rougissant, détournant le regard. M^{me} Forth-Hodges et moi espérions que vous accepteriez de nous rembourser ces paiements.

Il posa enfin sur son beau-fils un regard plein d'appréhension. Des gouttelettes de sueur parsemaient le front de l'homme.

Lionel voulait être certain d'avoir compris.

— Vous souhaitez que je vous rembourse toutes les dettes de Townsend que vous avez réglées ? Et combien cela représente-t-il ?

— Plusieurs centaines de livres. Je peux envoyer une liste détaillée.

Forth-Hodges passa un mouchoir sur son front.

— J'en aurai besoin, affirma Lionel. Ce qui ne veut pas dire que je suis d'accord.

Il prenait plaisir à regarder l'homme transpirer. Littéralement.

— Vous vous retrouvez donc sans le sou ?

— Oh ! non, non. Mais j'ai… d'autres projets pour lesquels je comptais dépenser cet argent.

Évidemment.

— Et vous pensez que ce n'est pas mon cas ?

Lionel ne prit pas la peine d'attendre une réponse : il n'en voulait pas vraiment. Il enchaîna.

— Sir Duncan était-il prêt à faire cela ?

Forth-Hodges en resta bouche bée.

— Euh, non.

— Et lui auriez-vous posé la question ?

Il essuya à nouveau son front dégoulinant.

— Peut-être ?

Il couina le mot.

— Ah ! alors il est vraiment heureux qu'Emmaline m'ait épousé.

Il lui décocha un sourire faussement serein. Intérieurement, l'indignation le faisait bouillir.

— Vous devez comprendre, monsieur Forth-Hodges, que je suis un homme d'honneur. J'estime aussi votre fille plus que vous ne l'avez jamais fait. Pour ces raisons, et uniquement pour cela, je vous rembourserai. Après avoir reçu un décompte.

Il se leva et fit le tour du bureau, s'arrêtant alors qu'il surplombait la chaise de l'homme, qui regardait Lionel avec une peur croissante.

— N'imaginez pas un seul instant que je me soucie de ce qui vous arrive à vous ou à M^me Forth-Hodges. D'après ce que je vois, vous vous êtes montrés moins que responsables dans vos devoirs parentaux.

— Je vous demande pardon, bafouilla son beau-père en basculant la tête en arrière pour regarder Lionel. Nous aimons Emmaline. Nous avons travaillé dur pour qu'elle s'installe. Elle a commis une erreur colossale, et nous avons fait de notre mieux pour la réparer.

— Votre mieux n'est pas suffisant. Être parent va au-delà de l'organisation d'un mariage qui vous profite *à vous*. Vous pouvez penser que c'est de l'amour, mais ce n'en est pas.

Lionel ne put s'empêcher de penser à sa propre mère et à son père, et aux rêves qu'ils avaient faits de le voir grandir heureux et aimé par eux. Et un jour, par sa propre femme.

— Envoyez-moi le décompte.

Forth-Hodges glissa jusqu'au bord de la chaise et se leva, puis recula rapidement d'un pas. Deux pas.

— Je le ferai. Merci.

— Vous pouvez me remercier en montrant à votre fille un peu d'attention. Dites-lui peut-être que vous l'aimez et que vous êtes heureux de l'avoir comme fille. Oui, faites ça. De plus, Emmaline ne doit rien apprendre de tout cela.

Elle n'avait pas besoin de savoir que son père n'avait aucune honte.

— Vous comprenez ?

Forth-Hodges hocha la tête. Lionel voyait qu'il était un peu effrayé, ce qui signifiait que sa tactique d'intimidation fonctionnait. Ou y avait-il plus que cela ? Après tout, il était le duc Dangereux, et la plupart des gentlemen veillaient à le traiter avec déférence.

La détresse tenaillait les entrailles de Lionel. Jamais il n'avait voulu être quelqu'un qui inspirait la peur.

— Pourquoi êtes-vous encore là ? lui demanda Lionel.

Forth-Hodges secoua la tête.

— Je vais envoyer la comptabilité.

Il se précipita vers la porte, mais s'arrêta avant de sortir. Il jeta un regard par-dessus son épaule.

— J'aime vraiment ma fille. Et je constate qu'elle a très bien choisi cette fois-ci. Ce jugement n'a rien à voir avec votre titre ou votre richesse. Elle mérite un homme comme vous.

Il dévisagea Lionel un moment avant de baisser le regard. Puis il partit.

Il n'avait pas envie de se soucier de l'opinion qu'avait son beau-père de lui, mais il ne put s'empêcher d'apprécier ses paroles. Un homme comme lui.

Plus exactement, un homme comme il *voulait* l'être. Le regard de Lionel se posa sur le portrait de son père. *J'essaie.*

Et aujourd'hui, il avait une raison tangible : Emmaline. Au minimum, elle méritait quelqu'un qui l'aimerait. Il commençait à se dire qu'il pourrait bien être cet homme.

~

Quand Emmaline entra dans la salle à manger ce soir-là, Lionel l'attendait. Il se tenait à côté de la table, vêtu d'une queue de pie marron impeccable et d'un gilet de couleur or foncé. Ses larges épaules remplissaient bien le vêtement, et son pantalon épousait parfaitement ses jambes. Elle se rendit compte qu'elle le regardait différemment maintenant qu'elle l'avait vu nu. Ou presque nu. Elle se souvint qu'il n'avait en fait pas retiré son pantalon la nuit précédente.

— Bonsoir, ma dame.

Son ton séducteur fit son effet, lui donnant la chair de poule dans le cou et les bras.

— Tu es une pure vision de beauté.

Il la scruta minutieusement, son regard brillant de désir.

Peut-être que dîner ensemble n'était pas une si bonne idée. Elle voulait y aller progressivement, mais les activités de la nuit dernière n'avaient rien fait pour apaiser son attirance pour lui. Au contraire, elle avait même encore plus envie de lui maintenant.

— Bonsoir.

Elle s'avança vers sa chaise, qu'il tira pour elle.

— J'ai été ravi de recevoir ta note à propos du dîner. Oserais-je espérer que cela devienne un événement régulier ?

Il prit sa chaise et fit signe au valet de pied pour qu'il commence à servir le premier plat.

— Pourrions-nous en discuter après le repas ? demanda-t-elle avec un regard en direction du domestique.

Elle vit dans les yeux de Lionel un éclat indiquant qu'il avait compris.

— Bien sûr, dit-il, puis il attendit que le valet serve le vin avant de lever son verre pour porter un toast. À la joie de profiter de notre soirée.

Que voulait-il dire ? Espérait-il répéter les événements de la nuit dernière ?

Elle se morigéna en silence d'imaginer n'importe quoi à partir d'un commentaire anodin. Elle leva son verre et but.

— J'ai cru comprendre que tu as visité l'orphelinat avec Ivy aujourd'hui ?

Il coupa un morceau de canard qu'il mangea.

Emmaline prit ses couverts.

— Oui. C'était très instructif. Les enfants sont charmants,

répondit-elle, songeant à Cecil et à plusieurs autres. Ils sont si petits et sans défense. J'ai l'intention d'y retourner. J'y emmènerai des jouets et des livres.

— C'est merveilleux. Peut-être pourrais-je t'accompagner ?

Avait-il réellement envie de faire cela ?

— Si tu le souhaites.

— J'aimerais beaucoup. Cela me brise le cœur de penser qu'ils n'ont pas de véritable famille.

Son front se plissa, et elle sut que ce n'était pas qu'une simple politesse de sa part.

Elle avala un morceau de canard.

— La famille, c'est important pour toi, n'est-ce pas ?

— C'est vrai. Je donnerais tout pour retrouver mon père et ma mère.

— J'échangerais bien les miens contre les tiens, dit-elle sans vraiment y réfléchir. Cela semblait plutôt froid. Je ne souhaite pas la mort de mes parents. Je voulais seulement dire que j'aurais aimé que tu aies encore les tiens.

Elle referma la bouche avant de continuer à s'exprimer comme une fille sans cœur.

Il afficha un léger sourire.

— Ce n'était pas froid, et tu n'as pas besoin de t'en vouloir. J'apprécie plus que je ne peux le dire.

Puisqu'ils en étaient à parler de famille, elle voulait l'interroger au sujet des enfants. Mais elle ne voulait pas le faire devant le valet de pied. À la place, elle changea de sujet. Ils discutèrent du temps chaud du printemps, de sa jument et de l'équitation en général. Ils se demandèrent s'ils aimaient aller au théâtre, ce qui était leur cas à tous les deux, et Lionel promit de l'y emmener pendant qu'ils terminaient le plat.

Quand le valet de pied eut débarrassé les assiettes et servi le second, Lionel le congédia de la salle à manger. Il la regarda.

— Maintenant, nous pouvons parler librement. Cependant, je me dois de te dire que mon personnel est à la fois discret et digne de confiance.

— Je n'en doute pas. Toutefois, je sais qu'ils spéculent à notre sujet. Apparemment, M^me Wells s'inquiète beaucoup du fait que nous ne dînions pas ensemble.

— Oui, je l'ai entendu aussi. Mais maintenant, nous dînons effectivement ensemble, au moins ce soir, donc M^me Wells devrait s'en trouver plutôt heureuse.

Emmaline prit une bouchée de pommes de terre bouillies et la fit descendre avec une gorgée de vin.

— Je me suis dit que nous devrions parler de ce qui s'est passé hier soir.

Une étincelle dansa dans l'œil de Lionel.

— J'ai énormément apprécié. J'espère que toi aussi.

— Oui.

*Énormément.* Elle n'avait pas aussi bien dormi depuis bien avant la mort de Geoffrey.

— Plus précisément, je voulais discuter de la perspective… d'enfants. Je n'ai pas pu m'empêcher d'y penser aujourd'hui à l'orphelinat. Et au fait que je puisse être enceinte.

Il reposa ses couverts.

— Cela me rendrait incroyablement heureux, dit-il doucement.

Ses entrailles se réchauffèrent. Elle était presque certaine qu'il dirait cela, mais elle était quand même ravie de l'entendre.

— Il y a toutes les chances que ce ne soit pas le cas. J'ai été mariée à Geoffrey pendant près d'un an et je n'ai jamais conçu.

— Je suis certain qu'il y avait une bonne raison.

Au cours des derniers mois, effectivement, il avait cessé de partager son lit. Il avait pris l'habitude de dormir sur le canapé de son bureau. Mais pendant les six premiers mois, ils avaient eu des relations sexuelles. Elle avait commencé à s'inquiéter de ne pas *pouvoir* concevoir et s'en était ouverte à Ivy, qui lui avait assuré que cela prenait parfois du temps.

— Nous partagions un lit, dit-elle.

— Oui, je me souviens que tu m'as dit que tu aimais cela, dit-il d'un ton sec.

Elle l'avait dit, *effectivement*. Mais maintenant qu'elle avait fait l'expérience des attentions de Lionel... Eh bien, cela n'avait rien de comparable.

— Toute cette discussion à propos des enfants et du sexe... Tu accrois mes espoirs, lança-t-il avec un regard très provocateur. Il y a beaucoup de choses que j'aimerais faire.

La chaleur envahit Emmaline.

— Je vois. Comme je te l'ai dit, je préfère prendre les choses lentement.

— Je comprends. Je suis très patient.

Il se tourna vers elle, son regard parcourant ce qu'il pouvait voir d'elle, la table lui bloquant la vue à partir de la taille.

— Cependant, si tu étais encline à... aller plus vite, je pourrais profiter de notre intimité actuelle.

Sa voix se mua en un son rauque séduisant.

— Et que ferais-tu ?

Elle n'aurait pas dû demander. Sa détermination vacillait. Pourquoi se retenait-elle ?

Il but une gorgée de vin, mais ne répondit pas immédiatement. Il semblait réfléchir à la formulation de sa réponse.

— J'ai plutôt apprécié de t'embrasser, alors je commencerais probablement par là, expliqua-t-il, avant de plisser les yeux un instant. En fait, peut-être que non. Je crois que j'aimerais simplement te toucher et... regarder.

Sa respiration se bloqua.

— Qu'est-ce que cela veut dire ?

Elle voulait qu'il le lui décrive dans les moindres détails.

— Cela veut dire que je déplacerais un peu ma chaise. Comme ceci.

Il fit glisser sa chaise vers elle. Soudain, il fronça les sourcils.

— Ce serait difficile. Tu n'es pas du tout dans la bonne position. Ou alors c'est moi.

Il se leva, et s'installa sur la chaise à la droite d'Emmaline. Il s'assit face à elle, de sorte que le dossier de la chaise se trouve sur sa gauche à lui.

Elle commença à se tourner vers lui.

— Non, reste où tu es. Je suis en train de tout mettre en place dans ma tête.

Il toucha son genou. Légèrement. Elle le sentait à peine à travers les couches de sa jupe et de son jupon, mais c'était suffisant pour que sa température crève le plafond. Depuis le jour où il était entré chez elle pour lui proposer son aide, il avait éveillé quelque chose en elle : de la colère, du désespoir, du désir.

Elle repoussa les souvenirs de cette journée-là. Elle ne voulait pas songer à leurs débuts. Ni à quoi que ce soit en rapport avec Geoffrey. Pas maintenant.

— Voyons voir, je crois que je soulèverais ta jupe.

Il descendit le long de sa jambe et remonta la soie jusqu'à trouver l'ourlet. Avec une précision minutieuse, il dévoila sa jambe centimètre par centimètre.

Le cœur d'Emmaline martelait impitoyablement sa poitrine tandis que sa respiration s'accélérait. La main de Lionel effleura sa cuisse.

— Ensuite, je repousserais ces pénibles jupons jusqu'à atteindre ces boucles douces comme des plumes.

Il ne joignit pas le geste à la parole, mais continua de caresser sa chair.

— Et ?

Elle avait la bouche si sèche qu'elle avait du mal à former des mots.

— Je te toucherais, je ferais glisser mes doigts le long de tes doux replis.

Il frotta sa main contre elle, et elle haleta doucement.

— Mais tu dois me regarder. Je veux voir tes yeux s'assombrir jusqu'à devenir presque cobalt quand je glisserai mon doigt en toi.

Elle s'avança légèrement, en quête de ce qu'il décrivait. Mais il ne lui donna pas ce qu'elle voulait. Son toucher était incroyablement doux et... insuffisant. La frustration se logea au creux de ses tripes, juste à côté du désir ardent.

— Lionel.

Il avait les yeux voilés de désir.

— Comme j'aime entendre mon nom sur tes lèvres.

— Lionel, répéta-t-elle. As-tu l'intention de faire une démonstration ?

Il la regarda en cillant, les yeux écarquillés.

— Oh, tu veux que je fasse ce que je dis ? Je croyais que tu voulais t'abstenir.

— J'ai parlé d'y aller doucement. Je n'ai jamais évoqué l'abstinence.

— Mes excuses. Je pensais que c'était implicite. C'est ma faute, dit-il, immobilisant sa main. Es-tu en train de me demander de te donner du plaisir ?

Jamais elle n'aurait imaginé que des mots puissent être aussi émoustillants. Oui, il la touchait, mais c'était sans précipitation ni ardeur. Son excitation tout entière n'était due qu'aux choses qu'il disait. Et sa manière de les dire. Il la regardait comme si elle était quelque chose à vénérer.

*Avec mon corps, je te vénère.*

Il avait prononcé ces mots le jour de leur mariage. Apparemment, il les pensait. Et soudain, elle se sentit très humble.

Et incertaine. Encore une fois, il lui avait tant donné, tandis qu'elle…

Elle se leva brusquement, bousculant la nappe et donc son assiette.

— Je vais me coucher.

Il se redressa, lentement, et son regard se posa sur le contour rigide de son sexe en érection. Elle envisagea de déboutonner sa braguette et de se livrer à sa propre séduction sans paroles, mais n'y parvint finalement pas.

Elle voulait vraiment faire les choses lentement, l'impulsivité n'avait jamais été son amie.

— Bonne nuit.

Elle se détourna de lui et quitta la salle à manger à grands pas avant de changer d'avis.

# CHAPITRE 11

*D*eux jours plus tard, Lionel emprunta Savile Row jusqu'à la petite boutique de M. Mullens, tailleur. C'était un endroit sans prétention, mais la vitrine faisait plus que compenser la simplicité. Lionel entra et étudia plus attentivement les vêtements dans la vitrine. M. Mullens avait en effet du talent.

— Bonjour, puis-je vous être utile ?

Lionel se retourna au son de la voix de celui qui semblait être le tailleur lui-même.

— Bonjour.

Les yeux de Mullens s'écarquillèrent brièvement.

— Monseigneur. C'est un honneur de vous avoir dans ma boutique.

— Après avoir reçu votre facture l'autre jour, je me devais de venir voir votre travail par moi-même.

Lionel examina le costume de l'homme : une queue de pie bleu foncé, un gilet couleur or vif, une cravate impeccablement nouée et un pantalon de couleur terre d'ombre si bien coupé que Lionel se demanda comment l'homme l'avait enfilé.

— Puis-je vous aider en quoi que ce soit ?

Axbridge se rapprocha d'un étalage de tissus. Il retira son gant droit pour caresser la laine gris foncé.

— Vous avez l'œil pour les tissus. Votre costume est assez frappant.

Mullens baissa les yeux sur son habit, rougissant légèrement.

— Je vous remercie.

— Je ne peux qu'imaginer combien les vêtements de Townsend devaient être splendides. Avez-vous une idée de ce qu'il en est advenu ?

— Non.

— Quel dommage ! Mais écoutez-moi donc en train de parler des vêtements d'un homme mort.

Lionel grimaça intérieurement.

Mullens lui adressa un sourire prévenant, mais il n'atteignit pas tout à fait ses yeux.

— Je me suis posé la même question. C'était une telle joie de confectionner les vêtements de Lord Townsend. C'était un bon ami.

— Ah oui ? s'enquit Lionel, qui se souvint qu'Emmaline avait évoqué l'amitié de Townsend avec cet homme. Et comment cela se fait-il ?

Mullens afficha un sourire ironique.

— L'histoire est un peu douteuse, j'en ai peur. Je venais d'ouvrir mon magasin et je n'avais pas beaucoup de clients. Je rôdais devant les boutiques des autres tailleurs et j'écoutais les clients mécontents, expliqua-t-il avec un sourire penaud. C'est ainsi que j'ai rencontré Lord Townsend.

— En quoi est-ce douteux ? Je dirais que vous aviez l'esprit d'entreprise.

Mullens sembla se redresser.

— Je lui ai proposé de lui fabriquer un costume gratuitement, en échange de quoi il dirait à tout le monde où il l'avait eu, s'il était satisfait du résultat, évidemment.

Lionel passa à un autre tissu, une riche soie bleue qui était incroyablement douce au bout de ses doigts.

— Je n'arrive pas à imaginer que vous ayez eu des tissus aussi fins à cette époque.

— Oh non ! J'ai travaillé très dur pour avoir les moyens de m'en procurer. Townsend ne se souciait pas tellement de l'étoffe. En fait, il ne présentait pas tellement d'intérêt pour la mode à l'époque de notre rencontre. Je trouve que c'est le cas de beaucoup d'hommes, jusqu'à ce qu'ils trouvent le vêtement idéal. Une fois que vous avez porté une chemise fabriquée dans le tissu le plus fin, avec le plus grand soin... tout devient limpide.

Le ton de Mullens était devenu mélancolique. Il était évident qu'il aimait son travail.

Lionel devait bien admettre qu'il ne se souciait pas tellement de ses vêtements, mais c'était pour cela qu'il avait Hennings. Son valet avait un excellent œil pour la coupe et la couleur.

— Eh bien, je suppose que je devrais vous demander de me faire une chemise, à tout le moins.

— J'en serais honoré, monsieur. Si vous voulez bien me suivre dans la zone d'habillage, je vais prendre vos mesures.

Mullens se retourna et se dirigea vers l'arrière du magasin tandis que Lionel le suivait.

— Vous dites que Townsend et vous étiez amis. Se confiait-il à vous ?

Lionel était curieux de savoir si Mullens était au courant de l'étendue de la dette de Townsend ainsi que de sa tentative d'extorsion.

— Il ne me confiait pas de secrets, si c'est ce que vous voulez dire, répondit le tailleur.

Lionel retira son autre gant, et les posa sur une chaise. Il fit de même avec sa veste et son gilet. Puis il défit sa cravate et ôta sa chemise, restant nu à partir de la taille.

— Il avait de très importantes dettes. Il est probable que quelqu'un se soit rendu compte de la situation et ait cessé de lui accorder du crédit.

Mullens griffonna des chiffres sur un morceau de papier.

— Je le savais endetté, mais je ne connaissais pas l'ampleur de ses pertes. Il aimait jouer.

Il prit plusieurs mesures.

— Oui, j'en ai entendu parler.

Avant de le provoquer en duel, il avait tenté de collecter le maximum de renseignements au sujet de Townsend.

— Je sais également qu'il était coléreux.

Il en avait été lui-même témoin à la fête d'où Townsend s'était enfui avec Emmaline.

Lionel tenta de l'imaginer amoureuse de cet autre homme, ses yeux bleu ciel tournés vers lui avec désir. Son estomac se retourna.

Elle avait gardé ses distances avec lui hier, et aujourd'hui, il avait été dehors presque toute la journée. Il lui serait facile de penser que c'était lui qui l'avait fait fuir l'autre soir. Mais comment ? Parce qu'il avait tenté la séduction verbale et avait échoué ? Non, elle était en proie à un conflit, et il n'était pas certain de pouvoir l'aider à le résoudre.

— Je ne voyais pas cet aspect de lui, affirma Mullens. Il était toujours d'humeur égale avec moi. C'était un fervent et généreux soutien. Généreux dans la mesure où il m'a recommandé à de nombreux clients. C'est à lui que je dois mon succès.

Son regard se perdit dans le vague, on sentait la tristesse dans son ton.

Lionel commença à se sentir mal à l'aise. Il enfila sa chemise et la glissa dans son pantalon.

— Pardonnez-moi, my lord. J'espère que vous ne me trouverez pas trop effronté. Est-il bien mort ?

Oh ! bon sang ! Lionel terminait de nouer sa cravate au moment où ses mains se mirent à trembler. Il enfila rapidement son gilet et s'écarta un peu de Mullens pour que le tailleur ne remarque pas le tressaillement de ses doigts pendant qu'il attachait les boutons.

— Je n'étais pas avec lui quand il est mort.

Lionel batailla avec le dernier bouton, mais finit par l'accrocher. Il récupéra sa queue de pie et l'enfila. Tout son corps fut pris de tremblements.

Mullens hocha la tête.

— J'imagine que oui. C'était un homme bon, confia-t-il, avant de poser sur Lionel un regard empli de pitié. Vous devez vous sentir mal de l'avoir tué.

Oh ! mon Dieu ! La pièce bascula et Axbridge lutta pour conserver son équilibre. Il fallait qu'il s'en aille. Tout de suite.

— C'était une honte. *Et je le regrette. Vraiment beaucoup.*

Townsend était un con et un menteur, mais il ne méritait pas de mourir. Pourtant, s'il était encore là, Axbridge ne serait pas marié à Emmaline, n'aurait pas connu le ravissement d'être dans ses bras, et ne lutterait pas contre l'envie de tomber amoureux d'elle.

Et il ne parvenait pas à imaginer une vie sans toutes ces choses. Ils étaient déjà essentiels à chacune de ses respirations.

— Il faut que je m'en aille. Envoyez la chemise et votre facture quand ce sera prêt.

Le corps de Lionel était comme de la glace, et sa voix lui donnait l'impression d'appartenir à quelqu'un d'autre.

— J'en serai heureux, my lord.

Mullens afficha un sourire éclatant, semblant ne pas se rendre compte de la tourmente qui frappait Lionel de l'intérieur.

*Très bien.*

Il fit volte-face et quitta la boutique aussi vite qu'il le put. Il avançait si rapidement qu'il faillit heurter une femme qui franchissait le seuil.

— Mon Dieu !

Elle faillit tomber à la renverse, mais Lionel la rattrapa.

Son regard se concentra sur son visage, notant le côté pointu de son nez. Elle lui paraissait vaguement familière, mais pour le moment il ne pouvait pas faire confiance à son esprit.

— Veuillez m'excuser.

Il veilla à ce qu'elle soit bien stable sur ses pieds avant de passer précipitamment devant elle et de continuer son chemin. Il marcha rapidement, ses longues enjambées avalant les pâtés de maisons jusqu'à Brook Street. Moins de dix minutes plus tard, Tulk lui ouvrit la porte.

Le majordome remarqua aussitôt que quelque chose n'allait pas.

— Monterez-vous directement à l'étage, my lord ?

— Oui. Si Hennings n'est pas là-haut, envoyez-le.

Tulk acquiesça, et Lionel monta les escaliers, désireux de prendre un bain chaud et de boire le grog spécial de Hennings qui bannirait les fantômes qui hantaient son esprit. Il avait débuté ces soins après le second duel de Lionel, lorsqu'il avait tué Addison. Dévasté par ce qu'il avait fait, Lionel était presque inconsolable. Sans les attentions constantes de Hennings, et plus tard le réconfort de Deirdre MacBride, Lionel serait peut-être encore dans ce sombre brouillard. La douloureuse ironie résidant dans le fait que si cela avait été le cas, il n'aurait jamais commis le même crime une seconde fois.

En arrivant en haut de l'escalier, Lionel se retrouva face à Emmaline. En la voyant maintenant, comme cela, sa poitrine se comprima jusqu'à ce qu'il puisse à peine respirer.

Elle le fixa d'un regard plein d'inquiétude.

— Lionel, est-ce que tu vas bien ?

— En fait, je me sens un peu malade. Je te prie de m'excuser.

Ses tremblements s'intensifièrent, et une sueur froide commença à perler sur son cou. Il pria pour qu'elle ne le remarque pas.

Il parvint finalement à sa chambre. Il était presque déshabillé lorsque Hennings arriva.

— L'eau de votre bain est en train de couler. Voulez-vous un grog ?

Lionel acquiesça, reconnaissant de l'aide pratique de Hennings. Il voyait le problème et commençait à le régler sans poser de questions. Comme un parent, ce qu'il était en quelque sorte devenu après la mort soudaine du père de Lionel. Il avait beau être adulte, il avait ressenti très vivement cette perte, et Hennings s'en était rendu compte. Tout comme il voyait à cet instant que Lionel était sur le point de succomber à ses démons.

— Je reviens tout de suite.

Hennings s'en alla, et Axbridge tenta de se concentrer sur autre chose que l'obscurité de son esprit.

*Emmaline. Pense à elle.*

Pendant un moment, il s'apaisa. Fermant les yeux, il l'imagina sous lui, les lèvres entrouvertes dans l'extase. Mais son expression changea ensuite. Son regard crachait du feu tandis que sa lèvre se courbait avec mépris.

*Je ne te donnerai rien, sauf ma haine éternelle.*

Il aurait presque pu oublier qu'elle le lui avait dit une fois. Mais il ne fallait pas. Même si elle parvenait à lui pardonner, jamais il ne pourrait effacer ce qu'il avait fait.

Il songea à la colère qu'il avait ressentie après la mort de son père, à la rage qui l'avait poussé à défier et à tirer sur Babcock. Il avait privé l'homme de l'usage de son bras, mais

Lionel aurait souhaité le tuer. Cela semblait juste, étant donné qu'il avait provoqué la mort de son père.

Lionel se demandait souvent s'il avait emporté cette fureur avec lui, et si c'était pour cela qu'il avait tué Addison puis Townsend. Il était un monstre de son propre fait.

Les tremblements reprirent, et il se demanda s'ils cesseraient un jour.

*~*

*E*mmaline monta dans la berline et s'installa sur le coussin, arrangeant ses jupes pour qu'elles ne se froissent pas trop. Un moment plus tard, Lionel s'asseyait auprès d'elle. Elle ne l'avait pas vu depuis deux jours, pas depuis qu'il était tombé malade. Il n'était pas sorti de sa chambre avant ce matin-là, d'après M^me^ Wells, et il avait été absent presque toute la journée.

Le véhicule se mit en mouvement alors qu'ils se rendaient à la maison de ville des Clare pour la soirée musicale au profit de l'orphelinat.

Emmaline avait exprimé son inquiétude à la gouvernante, mais elle lui avait dit de ne pas s'inquiéter, que Sa Seigneurie souffrait de temps en temps de petites crises comme celle-ci. Cela avait surpris Emmaline. Lionel semblait être une personne robuste et en bonne santé. Elle avait envie de lui poser la question, mais il régnait une certaine gêne entre eux, due à la nouveauté de leur relation.

Relation ? Était-elle prête à ce que leur mariage soit autre chose qu'un arrangement formel ?

— Je suis heureuse de voir que tu te sens mieux, dit-elle, parce qu'elle ne pouvait pas *ne rien dire*.

— C'est le cas, je te remercie.

Un moment passa, et Emmaline décida qu'elle ne voulait pas ignorer ce que la gouvernante lui avait révélé.

— M^me Wells m'a dit que cela t'arrivait de temps en temps. Souffres-tu d'une maladie dont je devrais être au courant ?

Il jeta un œil vers elle, mais son regard ne s'attarda pas. Ce qui était étrange. En général, il profitait de la moindre occasion pour la regarder.

— Non.

Était-ce tout ? Emmaline était surprise de ressentir une telle frustration. Quand avait-elle commencé à se soucier autant de lui ?

Elle tenta une nouvelle approche.

— T'ai-je offensé l'autre soir au dîner ?

Il inclina une nouvelle fois la tête vers elle, mais cette fois, sans détourner le regard.

— Non. Tu t'es montrée claire sur ton désir d'avancer lentement, et je le respecte, dit-il alors que son regard se réchauffait. Vraiment.

Elle se sentit un peu mieux alors qu'ils arrivaient chez les Clare. Mais une vague d'appréhension la traversa alors. C'était la première fois qu'elle et Lionel arrivaient ensemble à un événement. Y aurait-il une réaction, ou l'excitation consécutive à leur mariage s'était-elle estompée après quinze jours ?

Ivy se tenait dans le hall d'entrée pour accueillir les gens à leur arriver, et récupérer leur donation. Lionel lui tendit un billet de banque et déposa un baiser sur sa joue.

— Deux cents livres ? haleta Ivy, levant les yeux vers Lionel avec un large sourire. Merci beaucoup.

Alors que Lionel allait discuter avec West, Emmaline rejoignit son amie.

— Veux-tu toujours que je vienne à l'orphelinat demain pour t'aider à répartir les fonds de ce soir ?

— Oui, s'il te plaît. Je sais à quel point la visite de l'orphelinat t'a affectée, et je suis ravie que tu veuilles aider.

— J'en suis très heureuse. Il faut encore que j'aille acheter les jouets et les livres que je veux apporter. Axbridge veut venir avec moi pour les livrer.

Ivy haussa les sourcils.

— Vraiment ? Alors je suppose que cela ne devrait pas me surprendre qu'il ait donné autant. Étais-tu au courant ?

— Non.

Son regard dériva vers lui. Il était de profil, et elle ne voyait que partiellement ses beaux traits, mais il n'en était pas moins magnifique. Elle était fière d'être mariée à un homme de cette qualité, et cela n'avait rien à voir avec son apparence.

N'était-ce pas elle qui le considérait comme une personne horrible il y a seulement quelques semaines ? Mais c'était avant qu'elle apprenne à le connaître. Au moins un peu. Elle avait encore tant de choses à apprendre. Elle se rendit compte qu'elle en avait envie.

— Il est vraiment merveilleux, dit Ivy d'un ton doux.

Emmaline ne put lui répondre, car la file d'attente derrière elle s'allongeait. Elle alla saluer West, puis prit le bras de son mari alors qu'ils se rendaient à l'étage où se déroulerait la soirée musicale.

— Tu t'es montré très généreux, dit-elle alors qu'ils gravissaient les marches.

Elle était intensément consciente des endroits où elle le touchait. Et du fait que c'était bien loin d'apaiser le besoin qu'il suscitait en elle.

— Ta description passionnée de ta visite l'autre jour a eu un impact considérable sur moi, expliqua-t-il, puis il baissa les yeux vers elle une fois atteint le haut de l'escalier. Tu as un cœur aimant.

Vraiment ? De son côté, elle aurait décrit son cœur comme une coquille noircie, malmenée et détruite par un amour et une affection non réciproques. D'abord au sein de sa famille, puis avec Geoffrey. Elle n'avait pas compris jusqu'à cet instant qu'il ne l'avait pas vraiment aimée. Plus d'une fois, il avait répété qu'il aurait dû se marier pour la richesse plutôt que pour la beauté. Ces déclarations s'accompagnaient à chaque fois d'excuses, et il la suppliait de lui pardonner. Rétrospectivement, entre ses paroles et ses actes, elle comprenait ce qu'il avait vraiment ressenti.

— Qu'est-ce qui ne va pas ?

La subite question de Lionel signifiait qu'elle avait fait quelque chose qui traduisait son trouble intérieur.

Elle s'obligea à sourire. Apparemment, ils n'en étaient pas encore au point de partager des choses personnelles, comme ce qui avait tourmenté son époux. De plus, ce n'était pas l'endroit.

— Rien. On y va ?

Il la guida dans le grand salon, qui occupait une bonne partie de l'étage. Des chaises avaient été installées devant une estrade, où la chanteuse d'opéra les divertirait. Deux douzaines de personnes étaient déjà présentes, et elles remarquèrent les nouveaux venus. Ce n'était pas la même réaction que lors du bal des Colne, mais elle était notable malgré tout.

Aquilla et son mari, Lord Sutton, tout comme Lucy et son époux, Lord Dartford, se précipitèrent pour les accueillir.

— Je suis si heureuse que vous soyez là ! s'exclama Aquilla.

Dartford regarda Emmaline.

— Cela vous dérange-t-il si nous vous volons votre mari ? Il nous faut un peu de fortifiant sous forme de whisky si nous voulons survivre à la soirée.

Lucy lui donna une tape sur le bras.

— C'est une chanteuse charmante.

Dartford fit la grimace.

— Tu sais ce que je pense de l'opéra.

Lucy leva les yeux au ciel.

— Effectivement, je suis au courant. Soyez sages.

Avec un petit rire, Dartford conduisit les hommes on ne sait où.

— Comment cela se passe-t-il ? s'enquit Lucy à voix basse alors qu'elles gravitaient vers le bord de la salle, où elles pourraient discuter en privé.

— C'est... en progrès.

Les yeux de Lucy s'illuminèrent.

— Vraiment ? C'est formidable.

Aquilla hocha la tête.

— J'ai bon espoir que vous trouviez un moyen d'être heureux avec Axbridge. Je sais que les choses n'ont pas débuté de la meilleure des manières..., commença-t-elle avant de grimacer. Oublie ça.

Emmaline s'apprêtait à rassurer son amie lorsque la vicomtesse Dunn, une petite femme d'une soixantaine d'années aux vifs yeux bruns, s'avança vers elle en boitillant.

Lady Dunn, s'appuyant sur sa canne, s'arrêta devant elles.

— Ah ! Je savais bien que je vous trouverais ici, mesdames. C'est pourquoi j'ai donné congé à ma dame de compagnie pour la soirée.

Lucy et Aquilla l'accueillirent chaleureusement.

— Vous connaissez Lady Axbridge, n'est-ce pas ? l'interrogea Lucy.

— Je la connaissais sous le nom de M$^{lle}$ Forth-Hodges, confirma Lady Dunn qui regarda Emmaline et lui fit un signe de tête approbateur. Je n'ai pas encore fait la connaissance de Lady Axbridge.

Son regard pétillait de légèreté.

— Je suis ravie de vous rencontrer.

Emmaline tenta de se souvenir de la dernière fois où elle avait parlé avec Lady Dunn et en vint à la conclusion que cela faisait un bout de temps. Effectivement, à l'époque, elle était

M^lle Forth-Hodges. C'était à la fête où elle avait rencontré Geoffrey.

— Bonsoir, Lady Dunn. Je suis ravie de vous revoir.

— J'ai été désolée d'apprendre pour votre perte, mais ravie de voir que vous avez retrouvé le bonheur. Du moins, j'espère que vous êtes vraiment heureuse.

Elle se rapprocha d'Emmaline qu'elle dévisagea d'un air déterminé.

— Les rumeurs racontent qu'il s'agit d'un mariage de convenance, ce qui n'a aucun sens pour moi. Qui pourrait même lancer une telle rumeur ?

Emmaline regarda ses amies, dont les visages exprimaient un mélange de choc et d'assentiment. En effet, qui avait lancé cette rumeur ? Emmaline s'était seulement confiée à ses amies, et elles n'auraient jamais rien dit. Lionel avait-il partagé quelque chose ? Elle en doutait également. Il aurait sûrement voulu dès le départ d'un véritable mariage, il n'aurait jamais dit le contraire aux gens.

Lady Dunn poursuivit :

— Pourquoi diable épouseriez-vous Axbridge en particulier, étant donné ce qu'il a fait ? dit-elle, secouant la tête. Je préfère de loin le ragot original, celui qui raconte que vous êtes tombés follement amoureux en dépit de ce qui s'est passé entre Axbridge et Townsend.

Emmaline ne savait pas trop comment répondre. La vicomtesse n'ayant pas vraiment posé de question, elle pouvait peut-être juste se contenter de hocher la tête et sourire.

— Alors, où se situe la vérité, ma belle ? insista Lady Dunn.

Emmaline cligna des yeux, submergée de panique. Que diable pouvait-elle répondre à cette question ?

Lady Dunn éclata de rire.

— Je vous taquine, ma chère. Mes excuses si je vous ai

mise mal à l'aise. Comme je l'ai dit, j'espère que c'est une union heureuse. Vous le méritez tous les deux. Je connaissais assez bien les parents d'Axbridge, et ils étaient tous deux charmants. C'est un bon garçon.

Soufflant de soulagement, Emmaline lui dit :

— Merci de vos bons sentiments. C'est bien d'entendre parler de ses parents. Je sais qu'il était très proche d'eux.

— La mort de son père a été une telle tragédie !

Emmaline hocha la tête.

— Oui, être emporté si soudainement...

— Et de manière si dramatique ! lança Lady Dunn avant de faire claquer sa langue. C'est ce qui a engendré la réputation qui a valu à votre mari le nom de duc Dangereux. Cependant, il est important de reconnaître à Axbridge le mérite d'être un homme excessivement honorable, même s'il s'est trouvé impliqué dans des événements malheureux.

L'intérêt d'Emmaline fut piqué au vif. Elle se tourna droit vers Lady Dunn.

— Comment cela a-t-il engendré sa réputation ?

— Parce qu'il a défié cet homme horrible. Quel était son nom, déjà ?

Lady Dunn tourna le regard vers le côté, la bouche légèrement pincée.

— Oh, je ne m'en souviens pas ! Mais il a accusé Lord Axbridge, le père de votre mari, de tricher aux cartes. Le pauvre marquis a eu une crise d'apoplexie et il est mort. Axbridge, votre mari, a provoqué l'homme en duel.

Le cœur battant à tout rompre, Emmaline essaya de ne pas laisser transparaître qu'elle ignorait tout cela. Soudain, elle avait envie que tout le monde pense que son mariage était sincère et qu'elle connaissait son mari bien mieux qu'en réalité.

— C'est un surnom ridicule. On devrait l'appeler le duc Honorable.

Aquilla et Lucy échangèrent un regard lourd de sens. Puis les deux semblèrent grimacer.

Lady Dunn dévisagea Emmaline d'un air approbateur.

— Vous avez peut-être raison. Je suis très heureuse qu'il vous ait trouvée, ma chère. Je suis sûre que cela a sauvé sa réputation. En dépit de son sens de l'honneur, beaucoup de gens lui reprochent ce qu'il a fait. Je pense sincèrement qu'il aurait été ostracisé si vous n'aviez pas été là.

Emmaline scruta la foule grandissante à la recherche de son mari, mais ne le vit pas. Son cœur souffrait pour l'homme dont le père était mort de cette façon. Il avait dû être dévasté. Et maintenant, elle savait pourquoi il n'en parlait pas.

— Est-ce vrai ? demanda Aquilla. Je ne peux imaginer que quelqu'un puisse ostraciser un Insaisissable...

— Oh, cela arrive, ma chère, répondit Lady Dunn. Vous êtes peut-être trop jeune pour vous souvenir du duc de Rockcliffe. Il s'est retrouvé exilé de la société, car... eh bien, cela a peu d'importance maintenant. Sachez simplement que cela peut arriver, et que cela arrive. Je suis heureuse que vous ayez sauvé Axbridge d'un sort similaire. J'ose penser qu'il évitera tout nouveau duel à l'avenir.

Ses yeux s'égarèrent.

— Oh, je vois Lady Meacham. Veuillez m'excuser.

Elle leur adressa un sourire éclatant, comme si elle ne venait pas de dire que Lionel n'était plus qu'à un duel de devenir un paria.

Emmaline se tourna vers Aquilla et Lucy tandis que la vicomtesse s'éloignait en boitant.

— Ce qu'elle a dit est-il vrai ? Ai-je sauvé la réputation d'Axbridge ?

Lucy haussa une épaule.

— Ne me pose pas la question. Je ne prête pas beaucoup d'attention aux ragots. Aquilla est bien plus douée pour cela.

Celle-ci pinça les lèvres.

— Je ne le fais pas exprès. Les gens me parlent. Ils me trouvent plus sympathique que toi.

Lucy éclata de rire.

— C'est *parfaitement* vrai !

Emmaline regarda Aquilla.

— Si tu as entendu quelque chose, j'aimerais le savoir.

Une ombre de malaise passa dans les yeux de la jeune femme.

— Ce ne sont que des ragots. Tu ne devrais pas y prêter attention.

— Je veux quand même savoir.

Elle en avait besoin. Comment pouvait-elle le protéger si elle ne savait pas ce que les gens disaient ?

Maintenant, elle voulait le protéger ? Oui, parce qu'il lui avait dit qu'il se souciait de ce que les gens pensent. Il serait blessé de savoir qu'il était près de se faire rejeter totalement. Surtout quand la seule chose qu'il n'avait jamais voulu faire était de vivre selon un code d'honneur strict. Elle avait envie de savoir ce que cela signifiait pour lui. Qu'est-ce qui l'avait poussé à se battre en duel, et plus d'une fois ? Pour le premier, tout semblait limpide. Il s'était battu pour défendre l'honneur de son père quand celui-ci ne le pouvait pas. Une fois encore, son cœur se serra.

— J'ai seulement entendu quelqu'un conseiller de trouver un moyen de s'attirer ses faveurs. Et dire que s'opposer à lui, c'était s'exposer à un danger. En référence à son surnom, ajouta-t-elle rapidement, baissant la voix.

Emmaline toucha le bras de son amie.

— Je suis désolée, Aquilla. Je ne voulais pas te mettre dans une position délicate. Je ne t'en veux pas d'avoir entendu des ragots.

Lucy se rapprocha, baissant la voix.

— Et nous te devons d'énormes excuses. J'ai bien peur que

nous soyons responsables de son surnom. C'est nous qui avons commencé à attribuer des surnoms aux Insaisissables.

Emmaline lui fit un petit sourire.

— Ah oui, je me souviens qu'Ivy m'en a parlé.

Quand elles s'étaient rencontrées à cette fête. La même où elle avait rencontré Geoffrey.

— Vous n'avez pas à vous en vouloir. Et tout n'est pas si mal. Axbridge m'a dit que certains trouvent son qualificatif séduisant.

Leur conversation fut interrompue par les personnes qui commençaient à prendre place. Apparemment, la soirée musicale était sur le point de commencer.

Emmaline scruta la foule et, cette fois, elle repéra son mari. Il était plus grand que la plupart des gens, et avec ses cheveux blond brillant, il était facile à trouver. Il fonça droit sur elle, flanqué de Dartford et Sutton.

Il lui offrit son bras.

— Allons-nous prendre place ?

Elle s'accrocha à lui, désireuse de le toucher, de lui montrer qu'elle était là pour lui, qu'elle le protégerait.

— Oui, s'il te plaît.

Elle se rapprocha de lui, plus près qu'elle ne l'avait jamais été quand ils étaient ensemble à l'extérieur.

Il baissa les yeux sur elle, le regard empreint de surprise.

Oui, elle était là pour lui, et plus tard, elle lui montrerait à quel point.

# CHAPITRE 12

*C*omptant parmi les principaux donateurs de l'orphelinat, Lionel et Emmaline se virent attribuer des sièges au premier rang. Ce qui signifiait que la plupart des personnes présentes dans la pièce pouvaient les voir, au moins partiellement.

Il avait choisi de s'asseoir à l'extrémité du rang, et Emmaline occupait le siège à côté de lui. Elle était si près qu'il sentait sa chaleur à travers ses vêtements, et sa main était toujours enroulée autour de son bras, ce qui le poussait à se demander *pourquoi ?*

Deux nuits plus tôt, elle avait brusquement quitté la salle à manger avant qu'ils ne se laissent emporter. Il était convaincu de l'avoir effrayée, mais sans savoir comment. Il n'avait rien fait ou dit qui aurait pu la choquer. Et elle l'avait *encouragé.* Jusqu'à ce qu'elle s'en aille.

Il était terriblement confus. Ce qui ne voulait pas dire qu'il n'était pas également ravi. Si elle avait envie de s'asseoir tout près de lui et de toucher son bras, il n'allait pas s'en plaindre.

La voix de la soprano était belle, éthérée et émouvante, mais Lionel avait du mal à se concentrer. Pas seulement parce qu'elle chantait en italien, mais la proximité de sa femme le distrayait. Il n'arrêtait pas d'essayer de comprendre pourquoi elle lui prêtait une telle attention.

À la fin du concert, Lionel était plus que prêt à bondir de sa chaise. Au lieu de cela, il applaudit avec le reste des spectateurs et attendit patiemment pendant que les gens se promenaient et louaient la performance avec enthousiasme.

Il baissa les yeux sur Emmaline, qui s'accrochait toujours à son bras.

— Aurais-tu envie de rencontrer M$^{me}$ Pascale ?

— Peut-être plus tard, lui dit-elle. Il y a une sacrée foule autour d'elle. Allons plutôt faire un tour.

Elle voulait aller faire un tour ? La dernière fois qu'il le lui avait proposé, au bal des Colne, sa réponse lui avait donné l'impression qu'il l'emmenait sur le sentier de la guerre.

Mais il n'avait aucune envie de protester contre le changement.

— Allons-y.

Il la guida pour contourner les chaises et à travers la foule. Les gens inclinaient la tête et souriaient en guise de salutations, et ils échangèrent quelques mots ici et là. Lionel reconnaissait presque tout le monde, même s'il ne se souvenait pas de leur nom. Jusqu'à ce qu'ils rencontrent une femme près de la porte du patio. Elle avait un sourire charmant, et un nez plutôt long. Quelque chose chez elle titilla la mémoire d'Axbridge.

Alors qu'ils sortaient dans l'air doux de la nuit, il se souvint. Elle ressemblait à la femme qu'il avait croisée au magasin de Mullens l'autre jour. Seulement ce n'était pas elle. Et à présent, il réalisait qui était cette femme : la gouvernante du fils de Marianne. Elle lui avait paru familière, et maintenant il se demandait pourquoi elle se trouvait à la boutique de Mullens en particulier. Cela devait être une coïncidence, comment aurait-il pu en être autrement ? C'était tout de même étrange que deux personnes qu'il connaissait de loin fassent affaire ensemble. Et que ferait une gouvernante chez un tailleur ?

— Cette femme m'a rappelé quelqu'un, dit Emmaline à sa grande surprise.

— Qui ?

Elle s'arrêta alors qu'ils atteignaient le bord du patio.

— Le tailleur de Geoffrey, M. Mullens. C'est le nez, je crois, expliqua-t-elle, puis elle se retourna et releva la tête pour le regarder. Tu ne l'as pas rencontré, mais il a le nez un peu crochu. Je dirais qu'elle pourrait bien être sa sœur, mais c'est absurde, étant donné qu'elle est ici et qu'il est tailleur.

Le pouls de Lionel s'accéléra.

— En fait, je l'ai rencontré. Et tu as raison.

Son esprit s'emballa. Mullens et la gouvernante de Marianne pourraient-ils être liés ?

— Tu l'as rencontré ? l'interrogea Emmaline avec intérêt.

— Je me suis rendu à sa boutique l'autre jour. J'étais curieux de voir ses talents après avoir reçu sa facture. Townsend a dépensé pas mal d'argent auprès de M. Mullens.

— Tu voulais voir s'il le valait.

— Oui.

Au lieu de cela, il avait sombré dans l'abîme du désespoir après l'évocation du maudit duel par Mullens. Il repoussa cette pensée, et se concentra sur le visage d'Emmaline, relevé vers lui. La lumière des lanternes sur le patio projetait une lueur qui réchauffait sa peau et faisait danser ses yeux.

— Tu es très… attentive, ce soir.

Elle haussa les épaules sans rien dire.

— Que me vaut ce plaisir ?

Elle pencha la tête sur le côté, et prit un moment pour répondre.

— J'étais en train de discuter avec Lady Dunn, et... eh bien, il y a trop de rumeurs à notre sujet. À propos de notre mariage. Je ne veux pas que les gens pensent qu'il est faux. Je ne sais même pas comment cela a commencé. Les seules personnes qui étaient au courant étaient mes amies les plus proches, et elles n'auraient rien dit.

Lionel n'en savait rien non plus. Les seules personnes de sa connaissance qui étaient au courant de ce fait étaient son majordome, son valet, et West. Et Sir Duncan, qui y avait fait allusion au club. Avait-il entendu cela de quelqu'un, ou y avait-il la moindre chance qu'il soit à l'origine de la rumeur ? Cela n'aurait pas étonné Lionel.

— Je pense que les gens se contentent de faire des suppositions, ils veulent donner un sens à notre union.

Sauf dans le cas d'un ancien prétendant mécontent.

— Et tu dois bien admettre que ça n'a pas beaucoup de sens.

Pour Lionel, toutefois, cette union commençait à en avoir beaucoup, quand il songeait à toutes ces émotions qu'elle commençait à remuer en lui.

— Non, effectivement, dit-elle d'un ton sobre, calmant un peu l'esprit de Lionel. Quand bien même, cela ne regarde personne, et je préférerais qu'ils ne pensent pas que ce mariage, c'est du vent.

Elle se rapprocha de lui jusqu'à ce que leurs poitrines se touchent presque. Le bras d'Emmaline était toujours enroulé autour de celui d'Axbridge, et son regard était clair et intense.

— Et vraiment, il ne l'est plus. Du moins pas entièrement.

La déception momentanée qu'il avait ressentie disparut sous un élan d'ardeur. Le pensait-elle vraiment ?

*Prends garde, mon gars.* Elle a dit « pas entièrement ». *Ne t'emballe pas.*

— Qu'est-ce que cela veut dire ?

— Cela veut dire que j'aime être près de toi, répondit-elle, joignant le geste à la parole en retirant sa main de son bras pour la plaquer sur son torse. Et je ne vois aucune raison de le cacher.

Elle se hissa sur les orteils et posa sa bouche contre celle de Lionel. C'était un baiser très léger, rien qu'un effleurement de ses lèvres contre les siennes, puis elle s'écarta. Il voulait désespérément en avoir plus, mais ils étaient vraisemblablement à portée de vue de tous ceux qui voulaient bien regarder.

Il jeta un œil à la porte où deux femmes les fixaient. Un rire enfla au creux de sa poitrine tandis qu'il entourait la taille d'Emmaline de sa main gauche.

— Parfait, parce que je crois qu'il n'y a plus moyen de le cacher maintenant.

Elle tourna la tête et soupira, avant de lever une fois encore la tête vers lui.

— Pourrions-nous nous en aller ?

Bon sang, oui, ils pouvaient partir !

— Je suis ravi que tu me le demandes.

Il pivota et lui offrit son bras, qu'elle agrippa avec empressement. Son pouls s'emballa, et son membre tressaillit.

Il leur fallut plusieurs minutes pour repérer Ivy et West afin de les saluer, et plusieurs autres le temps que la berline arrive devant la maison. Quand ils montèrent dans le véhicule, il était tendu de désir. Mais il n'allait pas se jeter sur elle comme une sorte de bête.

Comme il ne se faisait pas confiance, il s'assit en face d'elle. La berline avança en grondant, puis s'immobilisa. Ils faisaient la queue pour s'en aller, et il leur faudrait encore plusieurs minutes avant de se mettre en route. La frustration lui donnait envie de pleurer.

Il regarda Emmaline. Elle était en train de retirer ses gants. Après les avoir déposés sur le siège à côté d'elle, elle tira les rideaux des fenêtres. Que faisait-elle ?

Elle quitta son siège, et le cœur d'Axbridge s'emballa. Emmaline s'agenouilla sur le sol du véhicule devant lui, et lui écarta les jambes. Sa respiration s'accéléra, sa poitrine se soulevant et s'abaissant de plus en plus rapidement. S'avançant, elle leva les yeux vers lui tandis que ses doigts déboutonnaient sa braguette.

— Emmaline.

Son nom lui échappa dans un grognement.

Elle haussa un sourcil, mais ne dit mot. L'air frais se déversa sur son sexe, mais sans faire baisser sa température le moins du monde. Il brûlait pour elle.

Le regard rivé sur le sien, elle entoura sa chair de sa main, puis le caressa lentement, tendrement, à le rendre fou, sur toute sa longueur. Le sang afflua dans son corps et le désir se concentra dans ses tripes. Il ferma à moitié les yeux, la regardant toujours, mais se délectant de ses caresses.

Elle accéléra légèrement le rythme de sa main. Le corps d'Axbridge se crispa, et il inspira brusquement. Il agrippa les bords du coussin du siège.

Elle fit tourner son pouce autour de l'extrémité, répandant l'humidité qu'elle y trouva et s'en servant pour travailler son membre. Soudain, elle posa son autre main sur ses testicules pour les masser. Il gémit, fermant les yeux, tout en rejetant la tête en arrière contre le dossier du siège.

Puis il sentit sa bouche se refermer autour de lui. Elle était douce, chaude et délicieusement humide, et elle le suça brièvement avant d'utiliser ses lèvres et sa langue pour le prendre profondément en elle.

Il inclina la tête vers l'avant et ouvrit légèrement les yeux pour pouvoir la regarder. Il ne voyait que sa tête blonde qui remuait.

Abandonnant, il se laissa retomber une nouvelle fois, et accueillit l'obscurité. Tout ce qui comptait, c'était elle, ses mains, sa bouche, sa langue, sa passion incroyable.

Il commença à remuer les hanches, se soulevant du siège. Il ne pouvait s'en empêcher. Il voulait s'enfoncer en elle et s'y perdre totalement.

Relâchant la banquette, il posa la main à l'arrière de la tête d'Emmaline. Elle alla plus vite, plus loin, le poussant jusqu'à un niveau de ravissement incroyable. Il allait exploser.

Il tira doucement sur ses cheveux.

— Emmaline.

Elle le suça fort.

— S'il te plaît. *Arrête.*

Elle enroula une main autour de sa cuisse, ses doigts s'enfonçant dans sa chair.

— Pourquoi ? lui demanda-t-elle d'une voix rauque.

Il ouvrit les yeux et tendit la main vers elle.

— Parce que j'ai besoin de m'enfouir en toi.

Elle haussa un sourcil et lui adressa un sourire coquin.

— Mais tu *l'es.*

Oh ! Comme il adorait sa femme !

— Relève tes jupes et chevauche-moi.

Elle trouva l'ourlet de sa robe et le remonta, dénudant ses cuisses délicieuses. Il l'aida à se relever, mais elle dut se baisser à cause de la hauteur de la berline. Il saisit sa nuque et l'embrassa, sa langue pénétrant profondément dans sa bouche et balayant sa douceur veloutée. Il ne se souvenait pas de la dernière fois où il s'était senti si incroyablement excité, si désespérément en manque d'une autre personne.

Il sentit ses genoux contre ses cuisses quand elle se mit à cheval sur lui. Ses jupes étaient amples et gênantes, et il s'efforça de les écarter de son chemin avec son autre main. Il caressa sa cuisse nue alors qu'elle se positionnait au-dessus de lui.

Elle se cramponna à ses épaules pendant qu'il trouvait son sexe. Elle était si chaude et si humide, il enfonça son doigt en elle avec facilité. Son halètement emplit sa bouche.

Par un mouvement de ses hanches, elle chercha à en obtenir davantage. Et il le lui donna. Il saisit son sexe et le guida jusqu'à son ouverture. Quand elle le sentit, elle descendit, enveloppant son érection dans son doux canal.

Elle arracha sa bouche à la sienne et prit une profonde inspiration. Il ôta sa main de sous ses jupes et se servit des deux pour empoigner sa taille.

Sa bouche libre, il embrassa son cou, utilisant ses lèvres et sa langue pour taquiner sa chair. Il descendit plus bas jusqu'à ce que le bord de son corsage l'empêche d'aller plus loin.

Elle fit exactement ce qu'il avait demandé, le chevauchant de plus en plus vite. Déjà au bord du précipice, à cause de ses attentions précédentes, il était presque prêt à se répandre complètement. Mais il ne voulait pas la laisser en reste.

Enfonçant ses doigts dans ses hanches, il la tint avec force et rapidité tandis qu'il la soulevait et la pénétrait. Elle cria quand il la remplit. Encore et encore, il s'enfonça et se retira, leurs corps travaillant à l'unisson pour trouver la libération. Il était si proche...

Il plongea une nouvelle fois la main sous ses jupes et trouva son clitoris qu'il caressa jusqu'à ce que ses muscles intimes se resserrent de manière presque insupportable autour de lui. Il ne pouvait plus se retenir. Son orgasme l'envahit, manquant de lui tirer un cri.

Elle continua à remuer au-dessus de lui pendant qu'elle jouissait. Ses cris résonnèrent dans la berline jusqu'à ce qu'il l'embrasse à nouveau, prenant son extase en lui pour qu'ils puissent la partager.

Alors que le monde reprenait sa place, Lionel redevint conscient de leur environnement. Il tendit la main pour écarter le bord du rideau afin de voir où ils étaient.

— Nous sommes presque à la maison.

Elle s'écarta de lui, s'écroulant à moitié sur son siège.

Il se précipita en avant pour l'aider, refermant les mains sur les cuisses d'Emmaline.

— Est-ce que tu vas bien ?

Elle répondit par un sourire doux et parfaitement satisfait.

— Parfaitement bien, merci.

Une fierté toute masculine enfla au creux de sa poitrine.

— Bien.

Il se cala contre la banquette et referma ses boutons. Il était un peu en vrac, mais il s'en fichait. Jamais il n'avait vécu de moment aussi érotique et satisfaisant. Et elle était sa maudite femme !

Il ne s'était jamais senti aussi chanceux.

Cette sensation s'accompagnait d'un sentiment de malaise. Il ne méritait pas de telles richesses. À moins qu'il ne perde la mémoire ? Avait-il déjà oublié les crimes qu'il avait commis ?

La berline s'arrêta, et il s'obligea à repousser ces ténèbres. Peut-être avait-il payé assez cher pour ses crimes. Si Emmaline voulait un vrai mariage, pourquoi devrait-il se réfréner ? Si elle ne désirait pas le punir, pourquoi se punirait-il tout seul ?

*Elle veut coucher avec toi. Cela ne veut pas dire qu'elle t'aimera un jour.*

La portière s'ouvrit, et Lionel sauta dehors. Il se retourna pour l'aider, lui offrant sa main. Elle la saisit et descendit, la bouche toujours courbée sur ce sourire délicieusement merveilleux.

Mon Dieu ! Il aurait pu se régaler de cela pendant toute une vie.

Ils entrèrent ensemble dans la maison, où Tulk les accueillit.

Elle retira son bras et leva les yeux vers Lionel.

— Je vais me coucher.

— Je vais t'accompagner, proposa-t-il, espérant qu'ils pourraient partager un lit même si cette voix angoissante dans sa tête lui disait que cela n'arriverait jamais.

— Ce n'est pas nécessaire, ajouta-t-elle, avec toujours ce sourire auquel il pourrait s'habituer. Je retrouve Ivy demain à l'orphelinat, pour voir comment répartir au mieux les fonds qu'elle a récoltés ce soir. Je serai absente presque toute la journée, je pense.

La déception envahit Axbridge.

— J'ai moi aussi des rendez-vous, et des affaires à la Chambre des Lords qui pourraient nous mener jusque dans la nuit.

Sa déception se mua en frustration.

Elle acquiesça.

— Merci de me l'avoir dit. Bonne nuit.

Elle posa son regard sur lui, faisant vibrer son corps une fois de plus, puis elle se retourna et monta les escaliers.

— Avez-vous passé une bonne soirée, my lord ? s'enquit Tulk d'un air un peu suffisant.

— Oui. Et maintenant, je vais aussi me coucher.

Avant que son majordome ne puisse lui poser des questions gênantes.

— Dormez bien. Mais je me doute que ce ne sera pas un problème.

Lionel ignora le rictus dans le timbre de Tulk, même s'il ressentait du plaisir à savoir que ce dernier avait raison. Il gravit les escaliers et décida que la soirée avait été un succès. Leur couple n'avait sans doute pas fait un mariage d'amour, mais s'ils pouvaient apprécier la compagnie de l'autre, et partager leur vie, il se considérerait comme plus que chanceux.

Et au diable les voix dans sa tête !

~

*L*a journée d'hier à l'orphelinat s'était déroulée dans le flou, alors qu'Emmaline et Ivy avaient fait des plans avec la directrice pour dépenser les fonds. À long terme, ils allaient construire un nouvel orphelinat, mais pour l'instant ils devaient effectuer plusieurs réparations.

Épuisée, Emmaline s'était endormie en attendant l'arrivée de Lionel. Mais il n'était jamais venu. Au lieu de cela, elle avait dû se contenter de rêver de lui. Ses songes, bien qu'excitants, n'étaient rien comparés à son mari en chair et en os ?

Elle acheva d'attacher sa robe du matin et se regarda dans le miroir. Que faisait-elle ? Elle était devenue une véritable dévergondée. Pour quelle autre raison s'abandonnerait-elle complètement à Lionel ?

Et alors quoi ? Il n'y avait rien de mal à profiter du lit conjugal. Ses amies l'avaient encouragée à le faire, et après tout ce qu'elle avait enduré avec Geoffrey, elle ne pouvait se résoudre à arrêter.

— Lark, je vais prendre mon petit-déjeuner dans le salon.

Sa femme de chambre, qui rangeait les vêtements de nuit d'Emmaline, leva les yeux.

— Je vous y apporterai votre plateau dans quelques minutes.

— Merci.

Emmaline entra dans le salon, les nerfs soudain à vif. Lionel serait-il là, ou était-il déjà parti faire sa promenade ce matin ? Elle savait qu'il se levait assez tôt, mais elle aussi aujourd'hui.

La déception l'envahit quand elle se rendit compte que la pièce était vide. Avec un soupir, elle alla à la fenêtre, curieuse de voir s'il quittait la maison.

Le bruit d'une porte la poussa à se retourner. Lionel entra dans le salon, et son corps se retrouva dans un état de conscience totale. Vêtu d'une tenue d'équitation, il s'approcha d'elle, son regard reflétant un mélange de surprise et de satisfaction.

— Bonjour, la salua-t-il de sa voix profonde de baryton qui titilla sa chair. Quel merveilleux coup de chance !

— Je me suis dit que je pourrais prendre le petit-déjeuner ici puisque je ne t'ai pas vu hier.

La porte du couloir s'ouvrit, et le valet de Lionel entra en portant un plateau. Son regard laissa transparaître une légère surprise aussi, mais il la dissimula rapidement avec un hochement de tête.

— Bonjour, ma dame. Dois-je aller chercher un plateau pour vous ?

— Ma femme de chambre s'en charge, merci.

Le valet déposa le plateau sur une table ronde avec deux chaises et disposa les plats pour Lionel. Il y plaça également une pile de journaux avant de s'en aller.

— Je t'en prie, asseyons-nous, proposa Emmaline. N'attends pas pour manger que le mien arrive.

Il eut l'air incertain et lui tint la chaise pendant qu'elle s'asseyait.

— Si tu insistes.

— J'insiste.

Elle prit l'un des journaux, le *Post*, pour le parcourir en attendant que Lark arrive avec son chocolat et ses toasts. L'odeur de ses haricots et de ses œufs lui donnait faim.

— Qu'as-tu prévu pour aujourd'hui, lui demanda-t-il.

— J'ai l'intention de monter cet après-midi, lui dit-elle, et son regard s'arrêta quand elle aperçut le mot « marquis » dans le journal. Elle lut la courte entrée :

*Il se pourrait après tout que le couple formé par un certain marquis et sa nouvelle femme soit bien assorti. Il paraît peu probable qu'ils tombent amoureux puisqu'il a assassiné son précédent mari. Cependant, la rumeur prétend qu'ils sont amoureux depuis un certain temps et qu'ils ont comploté la mort de son mari. Une révélation, bien sûr, mais bien menée par le marquis sous couvert d'honneur...*

— Qu'y a-t-il ?

La question vive de Lionel lui fit lever la tête.

Il la fixait d'un air inquiet, et elle se rendit compte qu'elle avait hoqueté.

— C'est...

Elle lutta pour trouver les mots et n'y parvint pas, alors elle lui tendit le papier.

Il posa les yeux sur le journal. Elle vit la bouche de Lionel se pincer, et la couleur déserter son visage.

Lark arriva à ce moment-là, et ils gardèrent le silence pendant qu'elle livrait le petit-déjeuner d'Emmaline, avant de prendre congé.

— Qui pourrait écrire une telle chose ? chuchota Emmaline.

Il rejeta le papier sur la table avec dégoût.

— Une espèce de commère, vulgaire et offensante. Et j'aurai sa tête.

— Que veux-tu dire ?

Il la dévisagea, puis sursauta, remuant sur sa chaise.

— Je voulais dire que je vais m'assurer que plus jamais cette personne ne puisse s'exprimer dans ce journal.

Il baissa les yeux sur son assiette et prit sa fourchette, avec des gestes lents et mesurés.

Il semblait bouleversé, et l'esprit d'Emmaline travaillait, réfléchissant à ce qu'il avait dit et à sa réaction, et à celle de son mari.

— As-tu pensé..., dit-elle avant d'inspirer. Je n'ai pas cru que tu pensais à quelque chose de menaçant. Je n'ai pas pensé que tu allais le provoquer en duel. Tu en as fini avec ça.

Il prit une bouchée de haricots, puis but du café. Quand il plongea à nouveau son regard dans le sien, il y avait de la distance au fond de ses yeux.

— Effectivement. Ces ragots sont affligeants, mais ce ne sont que des ragots.

— Cela signifie-t-il que tu ne vas pas aller au journal ?

— Non, je vais le faire, la rassura-t-il alors que ses yeux retrouvaient un peu de chaleur. Simplement, je ne veux pas que tu sois affectée.

C'était difficile de ne pas l'être. Penser que les gens pourraient croire une chose pareille d'elle... et de lui ! Et pourtant, avec sa réputation, pouvait-elle vraiment être surprise ? Certes, c'étaient des ragots méchants, mais bien pires pour lui. Les gens avaient déjà une piètre opinion de Lionel, comme l'avait indiqué Lady Dunn l'autre soir.

Elle croisa les mains sur ses genoux.

— Peut-être devrions-nous expliquer ce qui s'est réellement passé, que je t'ai demandé de m'épouser pour me sauver d'un mariage dont je ne voulais pas.

Il laissa échapper un rire lugubre.

— Et tu crois que cela améliorerait ton image ?

— Ce serait bien mieux pour ta réputation, lui répondit-elle. Je sais que cela compte pour toi.

— Pas autant que la tienne, lui dit-il en se calant sur son siège. J'apprécie ta sollicitude. Je ne permettrai pas que l'on dénigre la mémoire de Townsend, ou ton mariage avec lui. Je sais que tu l'aimais.

Oui, c'était vrai. Du moins, elle le croyait. Elle n'en savait

vraiment plus rien. Elle avait commencé à remettre en question ses choix, ses sentiments, tout ce qui avait trait à Geoffrey. La pression exercée par ses parents pour qu'elle se
marie était très forte, surtout alors que ses fiançailles avec
Sutton ne s'étaient jamais concrétisées. Quand elle avait
rencontré Geoffrey, il était charmant et beau, et il lui donnait
l'impression d'être la personne la plus importante au monde.
Il lui accordait toutes les attentions, lui disait qu'elle était
belle et intelligente, et que celui qui aurait la chance de
l'épouser serait l'homme le plus riche du monde.

Cela lui avait suffi pour tomber éperdument amoureuse
de lui, et s'enfuir après le rejet de sa demande par son père.
Rétrospectivement, cela avait été une décision terriblement
impulsive, tout comme quand elle avait demandé à Lionel de
l'épouser.

Non pas qu'elle ressentait ce mariage comme une
erreur. Au début, oui. Mais chaque jour, elle voyait des
différences entre lui et Geoffrey. Lorsque leur fugue avait
fait la une des journaux pendant un certain temps, il avait ri
et savouré la notoriété, tandis qu'elle avait caché son
embarras.

De son côté, Lionel allait faire tout ce qu'il pourrait pour
s'assurer que personne ne dénigre son mariage avec Geoffrey. Elle pouvait le mettre sur le compte de sa culpabilité,
qu'elle entrevoyait de temps en temps, mais était-ce plus que
cela ?

Elle le regarda. Il se remit à manger pendant qu'elle se
laissait aller à sa rêverie.

— Tu es très gentil.

Il prit sa tasse de café, mais s'arrêta avant d'en boire.

— Je te dois beaucoup.

Il but une gorgée de café avant de le reposer sur la table.

C'était peut-être *vraiment* juste sa culpabilité. Elle voulait
connaître la raison de ce duel. Qu'avait fait Geoffrey de si

terrible pour provoquer cet homme incroyablement honorable ?

Elle croisa les mains sur ses genoux.

— Quand Geoffrey est rentré à la maison après le duel, il était plutôt livide. Il m'a dit que tu n'étais qu'un vil criminel, un meurtrier, car tu avais déjà tué un autre homme. Je lui ai dit qu'il n'allait pas mourir, que le médecin s'occuperait bien de lui. Celui-ci a recousu la plaie et m'a dit qu'il dormirait pendant un certain temps, et que lui reviendrait plus tard dans la soirée.

Ses souvenirs se déversaient en cascade. Elle n'en avait jamais parlé avec personne.

— Je suis allée voir Geoffrey pendant qu'il dormait. Il était encore pâle, puis je me suis retirée dans le salon. Quelques personnes sont passées nous voir, et quand le médecin a fait son retour, il est venu me dire que Geoffrey était mort.

Elle se concentra sur Lionel. Son visage était couleur de cendre.

— Pendant que j'étais assis dans une autre pièce, Geoffrey a simplement quitté ce monde. Peut-être que si j'étais restée avec lui… Mais j'étais tellement en colère contre lui pour ce qu'il avait fait.

Lionel contourna la table si rapidement qu'elle ne le vit même pas bouger. Il s'agenouilla à côté de sa chaise et prit ses mains dans les siennes. Elle se tourna pour lui faire face alors qu'il déposait un baiser sur ses jointures.

— Tu n'as rien à te reprocher. C'est *ma* faute. J'ai pris sa vie.

— Pourquoi ? Qu'a-t-il fait ?

L'émotion lui obstruait presque la gorge, et les mots sortaient de façon étouffée et crispée.

Étaient-ce des larmes qui s'accumulaient dans les yeux de Lionel ? Il cilla, et elle ne put en être certaine.

— Il a menacé de dénoncer un de mes amis. Je ne pouvais pas lui permettre de faire cela. J'ai voulu le convaincre de simplement s'excuser et d'y mettre un terme, mais il a refusé.

Il se leva prestement, et recula loin d'elle.

— Je suis tellement désolé.

Puis il partit.

Une larme roula sur sa joue, et elle ne fit rien pour endiguer le flot qui la suivit.

# CHAPITRE 13

*A*pparemment, le sentiment de culpabilité était chose commune dans leur couple. Lionel confia son cheval au palefrenier et se dirigea à grands pas vers la maison. Sa promenade l'avait aidé à repousser une partie des ténèbres que sa conversation avec Emmaline avait ravivées. Mais pas complètement.

D'un autre côté, il semblait que ces ténèbres, faites de regret, de culpabilité et de désespoir, l'accompagneraient toujours. Il lui fallait juste trouver un moyen de vivre avec. Il l'avait déjà fait, après le dernier duel avec Addison, mais cette fois-ci était tellement différente.

Désormais, il avait un rappel constant, sous la forme de sa femme, du mal qu'il avait procuré. Comment pouvait-on apprendre à vivre avec cela ?

Entrant dans la maison, il se rendit à l'étage pour se changer, avec l'intention d'aller rendre visite au rédacteur en chef du *Post*. Hennings l'attendait avec ses vêtements déjà préparés.

— Avez-vous fait une bonne promenade, my lord ?

Lionel retira sa veste qu'il tendit au valet.

— Oui.

Il déboutonna son gilet.

— Puis-je vous dire à quel point j'ai été ravi de vous voir déjeuner avec Lady Axbridge ce matin ?

Tendant le vêtement à Hennings, Lionel grogna.

— Cela ne s'est pas particulièrement bien terminé.

Il défit son nœud de cravate et libéra le tissu, avant de s'asseoir sur une chaise pour que Hennings puisse lui retirer ses bottes.

— Je suis navré de l'entendre. Souhaitez-vous en discuter ?

Hennings était toujours prêt à lui offrir une oreille et des conseils quand cela était justifié, que Lionel le veuille ou non. S'il acceptait de partager des informations, Lionel était aussi d'accord pour entendre l'opinion du valet. Jusqu'à présent, cela lui avait bien servi, même si l'homme était parfois frustrant. Mais c'était sûrement le cas des meilleurs parents, ou de leurs substituts.

— Elle m'a parlé de la mort de Townsend. Le médecin a recousu sa blessure, puis l'a laissé dormir. Elle n'est pas restée assise auprès de lui, et quand le médecin est revenu, il a découvert que Townsend était mort.

Hennings retira les chaussettes de Lionel avec une grimace.

— C'est terrible pour elle.

— Elle s'en veut.

— Je comprends pourquoi, mais c'est un chemin qui mène à la folie, dit-il, jetant un œil à Axbridge qui se levait et faisait passer sa chemise par-dessus sa tête. Je sais que vous êtes las de l'entendre, mais vous ne devez pas vous en vouloir pour Addison ou Townsend.

Lionel était *effectivement* las de l'entendre, mais seulement parce qu'il n'était pas d'accord. En voyant la culpabilité d'Emmaline, tout en sachant qu'elle n'était pas fondée, il se demandait s'il ne faisait pas erreur avec la sienne.

— C'est difficile de ne pas le faire.

— Certes, mais le fait que vous ne m'envoyiez pas au diable me donne de l'espoir.

Les yeux de Hennings pétillaient quand il prit une nouvelle chemise qu'il donna à Lionel.

Celui-ci tira le tissu blanc sur sa tête, puis retira son pantalon d'équitation. Il le donna à son valet en échange d'un autre.

— C'était un petit-déjeuner pénible pour une autre raison également, ajouta Axbridge. Elle a lu un article dans le journal suggérant que nous avions peut-être comploté la mort de Townsend pour pouvoir nous marier.

Hennings hoqueta.

— C'est méprisable !

— Tout à fait. J'ai l'intention d'aller rendre visite au rédacteur du journal tout de suite.

Il rentra sa chemise dans sa ceinture et s'assit pour enfiler ses chaussettes et ses bottes.

— Ce n'était pas le *Post*, si ? s'enquit Hennings.

— Si, ça l'était. Pourquoi ?

Lionel acheva de mettre sa chaussette et prit une botte que lui tendait le valet.

Celui-ci grimaça.

— Le rédacteur est assez peu scrupuleux. Il paie pour des informations, certaines vraies, d'autres non. Je crois qu'il se livre également à des extorsions de temps à autre si les informations sont particulièrement salaces et portent sur quelqu'un qui pourrait avoir des fonds.

Lionel songea immédiatement à Marianne et Townsend. Townsend s'était-il compromis avec ce rédacteur en chef ? Cela semblait peu probable. Il était plus plausible qu'il use simplement de tactiques similaires. Pourtant, Lionel ne pouvait s'empêcher de trouver la similitude troublante.

— Comment le savez-vous ? l'interrogea Lionel en enfilant la seconde botte.

— Les domestiques parlent mon seigneur, répondit-il d'un ton ironique. Vous le savez.

Axbridge se leva.

— Oui, mais pas *les miens*. Est-ce toujours le cas ?

Hennings se redressa, écarquillant les yeux, offensé.

— Pas vous, Hennings, le rassura Lionel. Ni Tulk. Je vous fais implicitement confiance à tous les deux.

Les épaules du valet se détendirent.

— Je ne crois pas que quelqu'un de cette maison soit capable de cela.

Non, évidemment que non ! La plupart d'entre eux étaient sous contrat avant la mort de son père. Ils étaient très loyaux.

Lionel alla chercher sa cravate et la noua autour de son cou. Hennings lui tendit ensuite son gilet, qu'il passa sur ses épaules avant de se mettre à le boutonner.

— Alors je devrais donc me méfier de ce rédacteur en chef parce qu'il est véreux.

— C'est exact. Je doute aussi qu'il révèle ses sources. D'autres ont essayé, d'après ce que j'ai entendu. Cependant, vous êtes le duc Dangereux. Peut-être aurez-vous plus de chance, dit-il, avant de s'excuser devant la grimace de Lionel. Je ne voulais pas vous offenser. Toutefois, vous jouissez d'une certaine réputation, et si elle peut vous apporter les résultats que vous escomptez, pourquoi vous en priver ?

Axbridge ajusta sa cravate autour de son col. Hennings se rapprocha et la fixa, créant un nœud artistique que Lionel n'aurait jamais pu réaliser.

— Je tiendrai compte de votre conseil, dit ce dernier.

Le valet inclina la tête et recula pour aller prendre son

manteau. Il le tint ouvert alors que le marquis se tournait, puis le remonta sur ses épaules, lissant le tissu.

Lionel se plaça devant le miroir pour faire quelques ajustements.

— Il m'est difficile d'utiliser ma notoriété alors que je préférerais l'enterrer. Ce matin, j'ai cru par erreur qu'Emmaline pensait que j'allais menacer le rédacteur. Il me semblait naturel qu'elle pense cela, étant donné ce qu'elle sait.

— Et que sait-elle ? demanda doucement le valet. Sait-elle que vous êtes un homme d'honneur ? Que vous avez combattu en duel pour défendre le nom de votre père, le secret d'une amie, et un enfant ? Est-elle consciente de la profondeur de votre générosité et de votre gentillesse ? Elle doit l'être. Vous avez retrouvé son cheval et le lui avez rendu. Vous avez réglé les dettes de son mari et lui avez donné votre nom. Vous avez été d'un grand soutien et vous vous êtes montré patient. Votre père serait extrêmement fier.

Lionel se détourna du miroir.

— Comment pouvez-vous en être si sûr ?

— Je le connaissais très bien, aussi bien que je vous connais. Vous êtes un homme d'honneur et d'une profonde bienveillance. Votre notion de la moralité est profondément ancrée et vous refusez de vous tenir en retrait alors que d'autres personnes souffrent, en particulier celles qui vous sont chères. Et je vois que vous tenez beaucoup à Lady Axbridge.

C'était le cas.

— Merci, Hennings.

Il se tourna et sortit, descendant pour rejoindre la berline qui l'attendait. Elle devait le mener aux bureaux du *Post* sur le Strand.

Peu de temps après, il franchit les portes. Il lui fallut quelques minutes pour trouver le rédacteur en chef, assis dans son bureau derrière une grande table, des papiers étalés devant lui. Il leva les yeux à l'arrivée de Lionel.

— Bonjour, le salua tranquillement celui-ci. Êtes-vous le rédacteur ?

L'homme se leva.

— C'est moi. Je m'appelle Hodge.

— Je suis Axbridge.

Les narines de l'homme se dilatèrent. Il continua.

— Bien évidemment, vous savez qui je suis, puisque vous avez imprimé cette absurdité répugnante dans votre journal ce matin.

— Je ne pense pas savoir à quoi vous faites référence, my lord.

À présent, il y avait bien trop de similitudes entre lui et Townsend. Le vicomte lui avait répondu quasiment la même chose.

— Je suis sûr que si, et je ne suis pas ici pour ergoter sur ce point. Je suis venu vous demander pour quelle raison vous publieriez quelque chose d'aussi méchant. Ma femme est plutôt bouleversée. Je n'aime pas la voir bouleversée.

Le regard de Hodge se fit méfiant.

— Je vous comprends. Nous publions des choses qui montrent un intérêt. Je m'excuse si vous avez été offensé.

— Peut-être pourrais-je vous poursuivre pour diffamation ?

Les yeux de Hodge s'écarquillèrent d'effroi.

— Je n'ai pas imprimé votre nom.

Lionel fronça le nez.

— C'est tout de même méchant. Avez-vous inventé cette absurdité de votre propre chef, ou cela vient-il de l'un de vos informateurs ?

Le rédacteur blêmit.

— Je ne sais pas de quoi vous parlez.

Soufflant, Lionel contourna lentement le bureau jusqu'à

l'endroit où se tenait l'homme. Hodge lui arrivait à peine à l'épaule.

— Je pense que vous avons établi que lorsque vous dites cela, c'est un mensonge. Du moins, *j'en* suis arrivé à cette conclusion, et je crois avoir raison. Je sais que vous payez des gens, comme des domestiques, pour des scandales et des secrets, déclara-t-il avant de se pencher légèrement vers l'avant, toisant le petit homme. Qui avez-vous payé pour celui-ci ?

— Une femme m'apporte assez régulièrement des potins, couina-t-il.

— Quel est son nom ?

— Je ne sais pas, répondit-il en passant une main sur son visage pour essuyer la sueur qui y perlait. C'est une gouvernante, je crois. Elle a la taille un peu épaisse, avec des cheveux foncés. Oh ! Et un nez comme un bec de corbeau.

Le cœur de Lionel manqua un battement. Il se détourna de l'homme et fit le tour du bureau.

— Si vous imprimez quoi que ce soit d'autre sur ma femme ou moi, quand bien même il n'y aurait pas nos noms, je vous poursuivrai pour diffamation.

— Vous ne pouvez pas si c'est vrai. Elle m'a assuré que cette partie au sujet de vous et votre femme était vraie.

Arborant un rictus glacial, Lionel fit volte-face.

— C'est faux, sans la moindre équivoque. Devrais-je reconsidérer mon intention de vous accuser de diffamation dans ce cas précis ?

Hodge ouvrit de grands yeux une fois encore, et il secoua la tête.

— Non, my lord.

— J'attends avec impatience de voir ce que vous publierez demain. Sûrement quelque chose racontant la chance que Lady Axbridge et moi avons de nous être trouvés au milieu de circonstances extraordinaires.

Il se dirigea vers le seuil de la porte, mais s'arrêta avant de sortir.

Il demanda :

— Vous avez dit que cette femme vous rendait visite régulièrement. Quelles autres informations vous a-t-elle données ?

Le visage de Hodge vira au gris.

— Que vous aviez une liaison avec Lady Richland.

— Et pourtant, j'étais si amoureux de ma femme que j'avais comploté un meurtre. Où se situe la vérité ? Bon sang, réfléchissez, quitte à publier des mensonges, faites en sorte qu'ils soient cohérents !

Lionel lui jeta un long regard meurtrier avant de prendre congé.

Il sortit du bâtiment et demanda à son palefrenier de le conduire chez Marianne. Il grimpa dans la berline et regarda par la fenêtre, morose. Lorsqu'il arriva à destination, les questions pullulaient dans son esprit.

Arnold, le majordome de Marianne, l'introduisit au salon. Il fit les cent pas pendant qu'il attendait, ce qui heureusement ne fut pas trop long.

Marianne entra dans la pièce, ses jupes lavande frôlant ses chevilles.

— Lionel, quel plaisir de te voir !

Il fronça les sourcils.

— J'aimerais être ici dans des circonstances plus heureuses.

Elle tressaillit.

— Oh ! non. Quel est le problème ?

— Asseyons-nous.

Il fit un geste vers le canapé. Puis il attendit qu'elle se laisse tomber sur le coussin avant de la rejoindre.

— J'ai appris que la gouvernante de Freddy vend des informations au *Post*. Je me suis dit que si elle faisait ce genre de choses, elle aurait peut-être pu donner ou vendre des informations à Townsend, qui lui auraient servi à t'extorquer de l'argent.

Marianne haleta et couvrit sa bouche de sa main.

— C'est... J'ai du mal à l'imaginer faire une chose pareille. Elle est si merveilleuse avec Freddy !

Elle laissa retomber sa main sur ses genoux. Et continua.

— Je ne sais pas comment elle aurait pu savoir pour lui. Elle n'a rejoint la maison qu'au printemps dernier, et je ne me suis jamais confiée à elle. Ma femme de chambre est la seule personne ici à savoir, et c'est parce qu'elle était avec moi à l'époque.

— Serait-il possible qu'elle l'ait dit à la gouvernante, lui demanda Lionel.

— J'en serais choquée, mais je crois que je dois lui poser la question. Je vais demander à Arnold d'aller la chercher.

Elle se leva et quitta le salon un moment. Quand elle revint, elle s'assit de nouveau sur le canapé.

— C'est un désastre.

Il lui toucha brièvement le bras.

— Nous irons au fond des choses.

Elle hocha la tête et sourit. Un instant plus tard, elle posa sur lui un regard inquiet.

— J'ai lu le *Post* ce matin.

— Je suppose que tu fais allusion à cet horrible article sur Emmaline et moi ?

— Personne ne le croira. Elle s'est enfuie avec son mari. Ils étaient très amoureux.

Ses mots le transpercèrent. Mais il ne pouvait pas effacer les faits, peu importait à quel point ils le rongeaient.

— J'ai eu une discussion avec le rédacteur. C'est ainsi que j'ai appris pour ta gouvernante. Elle lui a vendu cette information et lui a dit que c'était vrai.

La colère brilla dans les yeux de Marianne.

— Pourquoi ferait-elle cela ?

— Je dirais pour l'argent. Parfois, le motif le plus simple est le plus vrai.

La femme de chambre de Marianne entra alors. Elle fit une révérence.

— My lord.

Elle devait avoir une vingtaine d'années, et elle était plutôt attirante.

— Clarkson, avez-vous partagé le secret de la filiation de Freddy avec quiconque ?

Le visage de la femme de chambre vira au gris terne.

— Non, ma dame.

Elle répondit si doucement que Lionel dut faire des efforts pour l'entendre.

— Pardonnez-moi, Clarkson, lui dit Lionel, essayant de se montrer le plus chaleureux possible pour éviter de l'effrayer. J'ai l'impression que vous ne dites peut-être pas toute la vérité. S'il vous plaît, nous devons savoir.

Elle éclata en sanglots, et Marianne se leva d'un bond, se précipitant à ses côtés. Elle passa son bras autour de la jeune servante et la serra fort.

— C'est bon, Clarkson. Je ne suis pas en colère contre vous.

La femme de chambre prit une minute pour maîtriser ses émotions. Elle essuya ses joues, mais sa lèvre tremblait encore.

— Parfois, je bois avec Deborah, la gouvernante. Elle aime s'enivrer, et ensuite elle me demande des choses. Je crois que j'ai peut-être dit des choses que je n'aurais pas dû.

— Comme la question de la filiation de Freddy et la nature de mon mariage, conclut Lionel.

Les larmes de Clarkson se mirent à couler pour de bon. Ses joues rougirent alors que ses épaules se mettaient à trembler. Elle tenta de dire quelque chose, mais Lionel n'en comprit pas un mot.

Après avoir pris plusieurs respirations profondes, elle reprit contenance.

— Elle a posé des questions sur vous, my lord, et elle a demandé s'il y avait quelque chose entre vous et Lady Richland. J'ai répondu qu'il y a avait eu quelque chose autrefois, dit-elle en inclinant la tête vers Marianne. Elle tourna vers sa maîtresse des yeux pleins d'excuses et débordants de larmes.

— Je vous en prie, pardonnez-moi.

— Tout va bien, l'apaisa Marianne. Pourquoi ne pas descendre aux cuisines pour que Cook vous donne du lait chaud ? Cela vous calmera.

— Suis-je…, hoqueta Clarkson. Serai-je renvoyée de mon poste ?

— Non, répondit Marianne avec un sourire bienveillant en la raccompagnant vers la porte.

Les gémissements de Clarkson s'estompèrent alors qu'elle quittait la pièce.

— Tu es beaucoup trop gentille de la garder à ton service.

— Sais-tu à quel point il est difficile de trouver une bonne femme de chambre ? Elle a commis une erreur. J'ose penser qu'elle ne recommencera pas, et je m'en assurerai.

Les sourcils de Marianne formèrent un V. Elle plissa les yeux.

— Ce n'est pas elle la véritable méchante ici. Je vais faire venir la gouvernante.

Elle repartit, et Lionel se leva du canapé pour soulager l'agitation qui crispait tout son corps.

Il s'approcha de la fenêtre et regarda dehors. Marianne revint et lui offrit un whisky, mais il déclina. Elle répondit qu'elle prévoyait de boire un verre dès qu'ils en auraient terminé.

Quelques minutes plus tard, la gouvernante arriva. Lionel étudia ses traits pour déterminer si elle pouvait être une parente de Mullens, le tailleur. Ils avaient le même nez, mais c'était aussi le cas de cette femme à la soirée musicale l'autre soir.

La gouvernante fit une révérence à Lionel comme l'avait fait la femme de chambre. Elle était un peu plus âgée que Clarkson, et plus ordinaire. Elle avait des yeux gentils et une expression de douceur qui, aux yeux de Lionel, faisaient d'elle une gouvernante idéale. Elle n'avait pas l'air du genre de femme capable de vendre des secrets pour de l'argent. Non pas que Lionel ait eu la moindre idée de ce à quoi ce genre de femme devait ressembler.

Marianne fit face à Deborah.

— Il a été porté à mon attention que vous avez vendu des informations au sujet de moi et mon ami, commença-t-elle en jetant un regard à Lionel, au *Post*, pour qu'ils les publient. Je ne suis pas en train de vous demander si c'est vrai, car je sais que ça l'est. Avez-vous quelque chose à dire pour votre défense ?

La gouvernante se mit à trembler, mais sans sombrer dans une crise d'hystérie comme l'avait fait la femme de chambre.

— Il semble que vous soyez déjà arrivée à votre propre conclusion. Je peux seulement dire que je ne vous trahirais pas, ma dame.

— Et pourtant, vous l'avez fait, lança Lionel, s'avançant vers elle, mais s'arrêtant à quelques pas. Ne prenez pas la peine de le nier. Vous avez vendu des informations à propos de mon mariage, de fausses informations passibles de poursuites pour diffamation, à M. Hodge. Le seul moyen de vous sauver ici est de nous dire ce que vous avez divulgué d'autre et à qui.

Sa lèvre frémit, mais ses yeux restaient secs. Elle reporta son attention sur Marianne.

— Je suis vraiment désolée, ma dame. Je savais que M. Hodge achetait des informations, et j'avais besoin d'argent pour aider ma mère. Elle est très malade.

— Je ne savais pas que vous aviez une mère, répondit Marianne. J'aurais aimé que vous veniez me voir.

Lionel n'était pas convaincu.

— Alors vous avez inventé cela ?

Elle acquiesça.

— J'avais lu la veille que vous et la marquise sembliez très affectueux à la soirée musicale des Clare, dit-elle, baissant les yeux sur le tapis. J'avais également lu des spéculations au regard de vote mariage, et du fait qu'il était étrange qu'elle vous ait épousé, vous l'homme qui a tué son mari.

Elle le regarda alors, et il aurait pu jurer voir de la glace au fond de ses yeux.

— Vous êtes une sacrée conteuse, constata Marianne, l'air dégoûté. Avez-vous aussi vendu des informations sur mon fils ?

— Je ne l'ai pas fait, ma dame. Je le jure.

Elle regarda Marianne droit dans les yeux, et Lionel faillit la croire.

— Je vais devoir vous licencier de votre poste, et j'ai bien peur de ne pas pouvoir vous fournir de références.

La gouvernante en resta bouche bée.

— Vous ne feriez pas ça !

Marianne pinça les lèvres.

— Malheureusement, j'y suis obligée.

— Mais, ma mère…

— Je suis triste d'apprendre qu'elle a des problèmes, mais vous auriez dû m'en parler. Je ne peux pas vous recommander à quelqu'un d'autre dans ces circonstances.

Elle s'approcha de la porte et fit signe à Arnold de la rejoindre dans le salon.

— Veillez à ce que la gouvernante prépare ses affaires et soit partie dans l'heure. Et assurez-vous qu'elle n'adresse plus la parole à Freddy.

Deborah se tourna, ses épaules affaissées.

— Encore une chose, intervint Lionel.

Elle ne se retourna qu'à moitié, et ne dit rien. Son regard vide transperça Lionel, le mettant légèrement mal à l'aise.

— Je vous ai récemment vue entrer dans la boutique d'un tailleur à Savile Row. Quel genre d'affaires aviez-vous à y régler ?

Elle cilla.

— Vous vous trompez, my lord.

Elle tourna les talons et quitta la pièce, Arnold la suivant de près.

Lionel fronça les sourcils en la regardant partir. Il ne la croyait pas, et apparemment elle ne voulait pas lui dire la vérité. Mais si c'était *vraiment* elle ce jour-là, qu'elle avait un lien avec Mullens, qui lui-même avait une relation avec Townsend... Il y avait simplement trop de coïncidences pour les ignorer.

Pourtant, il ne voyait pas comment approfondir la question. D'ailleurs, pourquoi devrait-il le faire ?

Parce que cela serait une bonne chose de clore la question du duel. Pourquoi ? Pour qu'il puisse joyeusement continuer à vivre avec Emmaline comme s'il n'avait pas tué son mari ?

Marianne s'approcha de lui et le surprit en l'étreignant. Elle glissa les bras autour de sa taille, et posa la tête contre sa poitrine.

— Merci. Et dire que cette femme était si proche de mon fils...

Elle frissonna, et il lui passa une main dans le dos.

— J'espère que tu vas avoir une longue conversation avec ta femme de chambre, ou que tu envisageras de la remplacer.

— Promis, répondit-elle avant de basculer la tête en arrière et de lever les yeux vers lui. Tu es le plus gentil des hommes.

Elle leva la main pour lui caresser la mâchoire. Puis elle l'enroula autour de son cou et se hissa sur la pointe des pieds…

Il recula jusqu'à ce qu'ils ne se touchent plus.

— Marianne !

— Qu'est-ce qui ne va pas ?

Elle s'approcha de lui, les lèvres entrouvertes.

— Je suis un homme marié.

— J'étais une femme mariée quand nous avons eu notre liaison.

La vérité lui transperça les tripes, et il ressentit un regret foudroyant. À présent qu'il était marié, l'infidélité lui semblait une horrible transgression. Quel hypocrite il était devenu !

— Néanmoins, je prends mes vœux très au sérieux, et je resterai fidèle à ma femme.

La confusion assombrit les yeux de Marianne.

— Mais c'est une imposture !

Il secoua la tête.

— Cela ne l'est pas. Pas à mes yeux. Emmaline mérite mon entière dévotion.

— C'est ta culpabilité qui parle.

Peut-être, mais aussi ses sentiments. Il était en train de tomber amoureux de sa femme.

— Elle ne m'aimera peut-être jamais, mais je vais passer ma vie à essayer de la mériter. C'est peut-être ma pénitence. Aimer une femme qui ne m'aimera jamais en retour.

Marianne secoua la tête.

— Tu as changé.

C'était le genre de choses qui arrivaient quand on tuait deux hommes.

Il comprit alors que son amitié avec Marianne touchait à sa fin.

— Je t'aiderai toujours si tu en as besoin, mais je dois te dire au revoir.

Il s'avança vers elle et l'embrassa sur le front. Elle se blottit contre lui, et il la laissa se reposer un moment. Puis il s'en alla.

— Et je serai toujours là pour toi, Lionel. Toujours.

Il ne répondit pas, mais accéléra le pas en quittant sa maison, impatient d'entamer le prochain chapitre de sa vie.

~

*L*a porte de la boutique claqua, et Adam Mullens renversa son thé sur son gilet. Il jura. Rien ne le mettait plus en colère que la dégradation de ses vêtements. Enfin, en dehors des plans qui tournaient mal. Cela le rendait furieux.

Il posa sa tasse et entra dans la salle principale. Sa sœur aînée, Deborah, laissa tomber sa valise sur le sol. Ses yeux étaient sombres et furieux, ses lèvres pratiquement imperceptibles à cause de son agitation.

Prenant une profonde inspiration, il s'avança.

— Quel est le problème ?

Elle donna un coup de pied dans sa valise.

— N'est-ce pas évident ? On m'a laissée partir.

Eh bien, merde !

— Viens me raconter tout ça, lui proposa-t-il en prenant sa valise et en la menant à l'arrière. Je vais t'apporter du thé.

— Du thé ? s'écria-t-elle dans son dos. Comment peux-tu être aussi calme ?

Il franchit le rideau de l'arrière-boutique et déposa sa

valise près de l'escalier étroit qui menait à l'appartement qu'elle allait apparemment partager avec lui, du moins jusqu'à ce qu'elle trouve un nouvel emploi.

— Tu trouveras une autre place. Tu es une excellente nurse. Ou gouvernante. Quel que soit le nom.

Il alla vers le buffet lui verser une tasse de thé.

— En fait, c'est fortuit. Tu peux trouver une place dans une maison plus importante de la société, où tu auras accès à plus d'informations dont nous pourrons nous servir.

Elle lui prit la tasse de thé et lui adressa un sourire trop doux qui le fit grincer des dents.

— Tu ne comprends pas. Je n'ai pas de références. Je ne pourrai pas trouver d'autres postes, pas comme celui que j'avais chez Lady Richland.

*Pas de références.* La colère lui remua les tripes, mais il la repoussa. Pour le moment.

— Raconte-moi ce qui s'est passé.

Il lui fit signe de s'asseoir et prit sa propre chaise près du rideau donnant accès à la boutique.

— Lord Axbridge a d'une manière ou d'une autre appris que je vendais des informations à Hodge.

La lèvre d'Adam se retroussa. Il n'avait pas rencontré le rédacteur en chef du journal, mais tout ce que Deb lui avait raconté indiquait que c'était un faible d'esprit.

— Je suppose que c'est Hodge qui a révélé cette information au marquis ?

Deb acquiesça.

— Axbridge en a informé Madame, et ils en ont déduit que c'était sa femme de chambre qui me racontait des choses. Ils n'ont pas eu de mal à comprendre que c'est moi qui ai divulgué le secret au sujet de son fils.

Deb s'interrompit et se mordit la lèvre. Elle but une gorgée de thé, l'air songeur pendant un moment.

— Je me suis occupée de ce garçon.

— Comme si cela comptait ! répondit Adam, de plus en plus agacé par sa sœur.

Il se leva et arpenta la pièce de long en large plusieurs fois.

— Donc, ils étaient au courant que tu vendais des informations au *Post*.

Elle avait gagné une coquette somme en vendant des ragots sur le mariage d'Axbridge, qu'elle avait glanés grâce à son emploi. Ils avaient ensuite monté les rumeurs ensemble. D'abord, qu'Axbridge avait fait un mariage de convenance et entretenait une liaison avec Lady Richland. Ensuite, que son union était en réalité un mariage d'amour entre lui et Lady Townsend qui avait comploté pour faire tuer son mari. En fait, c'était même Adam qui en avait eu l'idée seul, et encore maintenant cela le faisait sourire.

— Pourquoi souris-tu ? lui demanda Deb d'un air maussade. Nous sommes ruinés.

— *Nous*, non. Mais toi, oui, apparemment. Jusqu'à ce que nous te trouvions un nouveau nom et que nous te fabriquions des références venant de très loin.

Deb sembla se détendre légèrement.

— Oui ! s'exclama-t-elle avant de boire une nouvelle gorgée de thé. Qu'as-tu l'intention de faire au sujet d'Axbridge ?

— Rien. Pour le moment.

Ce qui ne signifiait pas qu'il n'allait pas garder un œil sur lui. Adam était déjà très en colère contre lui pour avoir ruiné son plan avec Townsend. Mais Lady Axbridge avait été assez gentille pour lui verser l'argent qu'il aurait dû gagner grâce au chantage exercé par Townsend sur Lady Richland.

— Il continue de nous causer des problèmes, râla Deb. Je ne peux pas croire que tu n'aies pas de plan. Tu en as toujours un. Depuis que nous sommes enfants, tu manipules les gens et les situations à ton avantage.

— Je n'ai pas dit que je n'avais pas de plan. Simplement
que je n'ai pas encore besoin de le mettre à exécution.

Mais il était en marche. Sir Duncan Thayer était depuis
peu un client, grâce à une sollicitation judicieuse d'Adam, et
il détestait Axbridge encore plus que lui. Il avait déjà envisagé de provoquer Axbridge en duel. Adam savait qu'il
n'aurait pas de mal à l'y pousser. Et comme Sir Duncan
était un excellent épéiste, contrairement à Axbridge, il s'attendait à ce que le baronnet règle le problème une fois pour
toutes.

— Le marquis ne posera plus de problèmes très longtemps, ma chère sœur.

Elle lui sourit.

— Tu m'étonneras toujours Adam. Comme je l'ai dit
maintes fois, je suis ravie de ne pas être ton ennemie.

Adam en était heureux aussi, car si tel avait été le cas, il
n'aurait pas laissé leur lien de sang l'empêcher de la suppri-
mer, si nécessaire. Il était sur le point de s'établir à la fois en
termes de réputation et de richesse, et rien ne pourrait le
retenir d'atteindre le sommet.

~

*M*ême une longue promenade vivifiante avec
Pearl n'avait pas suffi à apaiser l'esprit d'Emmaline. La conversation qu'elle avait eue avec Lionel le matin
même lui pesait. La rumeur qu'elle avait lue dans le journal
l'avait rendue malade. Mais le désespoir qu'elle avait lu dans
ses yeux avant qu'il ne quitte le salon l'avait dévastée.

Elle n'avait pas eu l'intention de lui parler de la mort de
Geoffrey, mais les mots avaient jailli, et cela l'avait soulagée
de les prononcer. Cependant, sa réaction lui avait fait
regretter d'avoir mis son âme à nu.

Évidemment qu'il allait se sentir coupable. Ne l'avait-elle

pas rendu responsable de la mort de Geoffrey, tout en sachant qu'elle aurait pu l'empêcher ?

Ses entrailles bouillonnaient, et elle essaya de se concentrer sur la lettre qu'elle écrivait à sa sœur dans le Northumberland. Une fois par mois, elle écrivait consciencieusement des lettres à ses frère et sœurs, qui y répondaient tout aussi consciencieusement. Au fil des ans, ils avaient appris à se connaître, du moins en apparence, et Emmaline était reconnaissante de ce lien, même s'il était fragile.

— Ma dame, vous avez un visiteur.

La voix de Tulk l'interrompit alors qu'elle était sur le point de poser sa plume sur le parchemin.

Elle se tourna sur sa chaise.

— Qui est-ce ?

— Lady Richland. Elle est dans le salon. Dois-je lui dire que vous ne recevez pas de visites ?

L'ancienne maîtresse de Lionel. Que pouvait-elle bien faire ici ? Emmaline voulait le savoir.

— Non, je vais la voir, merci.

Elle se leva et lissa sa jupe.

Tulk se plaça sur le côté et la laissa le précéder. Tout en descendant les escaliers, elle endurcit son esprit, se demandant ce que cette femme pouvait bien vouloir.

Elle pénétra dans le salon en arborant un sourire pas tout à fait authentique.

— Bonjour, Lady Richland.

La femme se tourna devant la fenêtre d'où elle observait la rue. Elle était plutôt belle, avec des yeux marron doré et un sourire doux et serein. Ses cheveux foncés qui tiraient légèrement sur le roux étaient coiffés dans un style élégant. Elle tenait sa coiffe dans ses mains gantées.

— Bonjour, Lady Axbridge. Je suis une amie de votre mari.

Une pointe de jalousie agita Emmaline, quand bien même

elle se souvenait qu'elle et Lionel n'étaient pas amants. Mais ils l'avaient été. Cette pensée lui retournait l'estomac.

— Que me vaut le plaisir de votre visite ?

Elle ne s'assit pas, et n'invita pas non plus la femme à se mettre à l'aise. Elle ne voulait pas prolonger ce moment plus que nécessaire.

— Je préfère être directe, alors j'espère que vous me pardonnerez. Je suis une bonne amie de Lionel, dit-elle, et à l'entendre prononcer son nom de baptême, Emmaline serra les dents. Nous nous connaissons depuis un certain temps. Je comprends que les circonstances de votre mariage sont assez… étranges.

Il lui avait parlé de leur mariage ? La colère enfla dans sa poitrine, et elle laissa retomber ses mains sur les côtés.

— Ce n'est pas ainsi que je les qualifierais. En fait, je dirais que notre mariage progresse plutôt bien. Et j'irais même jusqu'à dire qu'il est mutuellement *satisfaisant*.

Elle insista sur le dernier mot dans l'espoir de faire passer son message : ils jouissaient des aspects physiques du mariage.

Lady Richland pinça les lèvres.

— Je suis ravie de l'entendre. Cependant, vous le torturez. Être marié à vous lui rappelle en permanence les duels qu'il a menés, et les vies qu'il a prises. Comprenez-vous ce que cela lui a fait, à quel point il lutte au quotidien ?

Au quotidien ? Ce matin-là, l'intensité de sa réaction l'avait effrayée.

— Peut-être ne le connaissez-vous pas depuis assez long-temps pour vous en rendre compte, lança-t-elle d'un ton condescendant qui brûla les entrailles d'Emmaline. Il a des accès de mélancolie et s'alite parfois.

Était-ce ce qui s'était passé l'autre jour quand il avait été « malade » ? Elle avait l'impression de crouler sous le poids de son ignorance.

— Pour une raison que j'ignore, il pense qu'il a une chance de réussir un mariage heureux avec vous. Je suis venue ici pour vous demander de lui dire la vérité. De le laisser partir pour qu'il puisse trouver l'amour.

Emmaline ravala la boule qui lui obstruait la gorge et articula :

— Avec vous, je suppose ?

— Oui. Je l'aime. Nous avons un passé commun, et je peux l'aider. Je l'ai aidé. Vers qui pensez-vous qu'il se soit tourné après Addison ?

Qui était Addison ? Emmaline ne put se résoudre à poser la question.

— Attendez-vous de moi que je divorce ?

Lady Richland haussa les épaules.

— Ce serait difficile, mais pas impossible. Libérez-le simplement de son devoir. Permettez-lui d'être libre.

— Comment puis-je savoir si c'est ce qu'il souhaite ?

Lady Richland pinça brièvement les lèvres, et ses joues rougirent d'un rose délicat.

— Parce qu'il tient à moi. Nous avons traversé beaucoup de choses ensemble. Il a provoqué votre mari en duel pour moi.

Rien de ce qu'elle aurait pu dire n'aurait pu lui faire plus mal. Emmaline aurait préféré être assise. Ses genoux se changèrent en gelée, et elle lutta pour garder son équilibre.

— Il ne vous l'a pas dit.

Son ton satisfait était comme de l'acide dans les blessures d'Emmaline.

— Effectivement, confirma-t-elle. Il voulait vous protéger. Son honneur est incroyablement important à ses yeux.

— Oui, c'est vrai, c'est pour cela qu'il ne pourra pas être vraiment heureux à moins que vous ne le délivriez du devoir conjugal, répliqua-t-elle, posant sur Emmaline un regard compatissant. Je suis vraiment désolée pour votre perte, et que votre mari ait été impliqué dans quelque chose d'aussi horrible. Oh, mais vous n'êtes pas au courant non plus, parce que Lionel ne vous a rien raconté. À cause de son sens de l'honneur. Votre mari a tenté de m'extorquer de l'argent, expliqua-t-elle avec un sourire placide. Il a menacé de rendre public le fait que mon mari n'était pas le père de mon fils, mais que c'était Lionel.

Emmaline avait tort. Elle pouvait lui faire plus mal encore.

— Est-ce vrai ?

Sa question était courte et tendue. On aurait dit qu'elle venait de quelqu'un d'autre.

L'hésitation de Lady Richland en disait long. Elle finit par détourner le regard et répondre :

— Non.

Emmaline expira brusquement quand elle se rendit compte qu'elle avait retenu sa respiration.

Lady Richland se concentra de nouveau sur elle, l'air triomphant.

— Mais cela ne l'a pas empêché de me venir en aide quand j'en ai eu besoin, et de faire en sorte que mon mari, qui était malade, n'apprenne jamais la vérité sur le garçon qu'il croyait être son fils.

Elle se tourna vers Emmaline. Ses yeux étaient immenses et emplis d'émotion.

— Vous comprenez pourquoi je l'aime ? Pourquoi je veux m'occuper de lui ?

Elle comprenait. Tellement.

— Je comprends. Cependant, c'est mon mari, et c'est moi qui vais prendre soin de lui. J'apprécie votre inquiétude. Bonne journée.

Emmaline se retourna et partit, passant devant Tulk dans le hall.

— Veuillez raccompagner Lady Richland.

Elle se dirigea vers les escaliers, les jambes tremblantes après cette rencontre.

Au lieu de retourner au salon, elle se rendit dans sa chambre. Assise sur le bord de son lit, elle regarda droit devant elle, mais sans rien voir.

Elle savait maintenant pourquoi Lionel avait défié Geoffrey. Et désormais, elle était au courant du comportement méprisable de son mari. Elle n'avait aucun doute sur le fait qu'il avait menacé Lady Richland. Entre son comportement erratique et le montant de ses dettes, dont elle connaissait à présent l'existence, il était assez désespéré pour le faire. Elle avait le cœur serré en songeant à quel point Lionel était torturé, pour reprendre le mot de Lady Richland.

Le reste des choses qu'elle avait dites tournait en boucle dans la tête d'Emmaline jusqu'à ce qu'elle ne puisse plus réfléchir. Voulait-il Marianne ? Il avait dit à Emmaline qu'il ne l'aimait pas, mais si elle était incapable de l'aimer, n'était-il pas plus gentil de le lui dire ?

*Si* elle était incapable de l'aimer.

Ses sentiments envers lui avaient changé, sans le moindre doute. Mais l'amour ? Elle était déjà passée par là, et cela s'était soldé par un immense échec. Elle n'était pas certaine de pouvoir se permettre de prendre à nouveau ce risque.

Alors il fallait qu'elle le lui dise, et le laisse décider si ce qu'elle pouvait lui offrir lui suffisait.

# CHAPITRE 14

*L*ionel se frotta le visage et arracha sa cravate en arrivant en haut de l'escalier. Sa réunion de ce soir s'était prolongée, et il était épuisé. Il jeta un œil vers la porte du salon. Était-ce seulement ce matin qu'il s'était assis là avec Emmaline ? Il avait l'impression que c'était dans une autre vie.

Il ouvrit la porte de sa chambre, où Hennings le salua et l'aida à se préparer pour aller au lit. Lionel se laissa tomber sur le matelas, s'attendant à s'endormir instantanément. Au lieu de cela, il fixait le baldaquin.

Il avait envie de voir sa femme. De la tenir. De s'excuser, une fois encore, pour la douleur qu'il lui avait causée en bouleversant sa vie de manière si radicale.

Il se tourna sur le côté et entendit le déclic de la porte donnant sur le salon. Se redressant, il cligna des yeux, comme si cela pouvait l'aider à voir dans une quasi-obscurité. La seule lumière provenait des braises de la cheminée, et c'était juste assez pour qu'il puisse voir une forme se déplacer dans la pièce.

Une forme élancée et féminine.

— Emmaline ?

Elle vint au bord de son lit.

— Oui. Je suis désolée de te déranger.

— Jamais tu ne me dérangeras.

À présent qu'elle était plus proche, il parvenait à distinguer ses traits. Elle était tendue.

— Lady Richland est venue me voir aujourd'hui. Je sais que vous étiez autrefois… vous étiez amants, autrefois. Est-ce que c'est elle que tu veux ? demanda-t-elle d'un ton plat qui creusa un trou dans son cœur.

— Mon Dieu, non !

Il se tourna vers elle, mais s'empêcha de sortir du lit, car il était nu.

Elle parut se détendre légèrement.

— Elle m'a expliqué pourquoi tu avais défié Geoffrey, parce que tu protégeais son secret, poursuivit-elle, plongeant son regard dans celui de son mari. Tu es d'une gentillesse telle… Je ne peux même pas la décrire.

— Certains diraient que ce que j'ai fait n'était pas gentil.

— Tu m'as expliqué ce matin que tu avais essayé de convaincre Geoffrey de régler le problème, dit-elle d'une voix plus forte. Je ne suis absolument pas surprise qu'il ne l'ait pas fait. Il a toujours eu mauvais caractère.

Elle prit une profonde inspiration.

— La vérité, c'est qu'il s'est montré de plus en plus difficile à vivre au cours de notre mariage. Il est devenu coléreux et cruel, et c'est ensuite qu'il a cessé de venir dans mon lit.

Le pouls de Lionel s'emballa. Il avait envie de la toucher, la réconforter, mais il n'était pas sûr qu'elle le veuille.

— Je croyais que tu étais heureuse.

Elle baissa la tête.

— Je l'étais au début. Jusqu'à ce que je ne le sois plus. Je me suis mariée sur un coup de tête, et j'ai fini par le regretter, expliqua-t-elle, avant de plonger ses yeux dans ceux de son époux. Et puis je me suis mariée une seconde fois sur un coup de tête.

Il n'allait pas supporter une minute de plus d'être éloigné d'elle. Il sortit les jambes de sous les couvertures et s'assit sur le bord du lit. Timidement, il s'approcha d'elle et lui entoura doucement la taille.

— Je ne suis pas lui. Je ferai tout mon possible pour que tu n'aies pas de regret. Jusqu'à mon dernier souffle.

— Lady Richland m'a dit que tu méritais quelqu'un qui t'aimera. Lionel, je ne sais pas si je peux te donner cela. J'ai peur d'être... brisée.

Il laissa échapper un son qui était à mi-chemin entre le rire et le sanglot. L'attirant vers lui, il posa son front contre celui d'Emmaline.

— Oh, mon amour, si tu es brisée, alors je suis complètement dévasté.

Elle toucha le visage d'Axbridge, le caressant légèrement du bout des doigts, de la tempe à la mâchoire.

— Alors, tu ne veux pas de Lady Richland ?

— Non, je ne veux pas d'elle.

Il prit le visage d'Emmaline entre ses mains, et la regarda droit dans les yeux.

— La seule femme que je veux, c'est toi, déclara-t-il, submergé par l'émotion. Je...

Elle enveloppa sa tête de ses mains et l'embrassa. Son tendre geste, offert sans réserve, le transporta. Il ferma les yeux et se délecta simplement de son parfum et de sa douceur.

Elle glissa sa bouche sur la sienne, approfondissant le baiser, stimulant son désir. Il lui attrapa la taille et la tira pour qu'elle se tienne entre ses jambes. Enroulant sa main dans le tissu de sa chemise de nuit, il la remonta jusqu'à sa taille. Puis il attrapa l'ourlet et rompit leur baiser assez longtemps pour passer le vêtement par-dessus sa tête.

Ses cheveux étaient détachés, et ils retombèrent en cascade sur son visage et ses épaules lorsqu'il repoussa le vêtement. Il écarta les mèches soyeuses de ses joues, caressant sa chair veloutée tout en renouvelant le baiser, revendiquant ses lèvres et enfonçant sa langue dans sa bouche. Il voulait l'adorer, la posséder, l'aimer.

Le baiser les envahit tous les deux, créant une chaleur entre eux qui aurait pu les consumer. Elle se colla contre lui, ses seins contre sa poitrine, chauds et doux, terriblement alléchants. Il glissa du lit et la souleva, tournant avec elle et l'allongeant sur le matelas.

Il releva la tête et la dévisagea, ravi de l'avoir enfin dans son lit. Il l'embrassa à nouveau, ne laissant aucune partie de sa bouche intacte avant de descendre vers son cou. Elle rejeta la tête en arrière, s'offrant à ses lèvres et à sa langue. C'était doux, érotique, et tout ce qu'il y a entre les deux.

Il prit ses seins dans ses mains et les taquina, déclenchant un profond gémissement dans sa gorge. Il se pencha, la torturant avec de légers coups de langue. Puis il lui pinça le mamelon, et elle se cambra sur le lit avec un halètement bref. Il fit glisser une main le long de son abdomen jusqu'à atteindre son sexe. Elle ouvrit les cuisses et souleva les hanches, avide de son toucher.

Il aspira son mamelon profondément dans sa bouche, puis le relâcha. Il le titilla doucement avec ses lèvres et ses dents avant de refermer la bouche autour une fois encore. Elle fit tourner son bassin alors qu'il glissait ses doigts en elle. Son corps était comme une carte qu'il ne cesserait jamais d'explorer, et chacune des nuits qu'il passait avec elle était un voyage, une aventure, comme il n'en avait jamais vécu auparavant.

Son sexe palpitait contre le bord du lit, mais il se retint. Il écarta sa bouche de son sein et embrassa son ventre. Puis il trouva son clitoris, le léchant doucement avant de le sucer fort tandis qu'il plongeait ses doigts en elle.

Elle explosa, ses muscles se resserrant autour de lui, et ses doux cris emplirent la pièce.

Il la déplaça plus loin sur le lit et grimpa brièvement à côté d'elle avant de se placer entre ses cuisses et de guider son membre dans son fourreau humide.

Elle enroula aussitôt ses jambes autour de lui, l'attirant profondément en elle. Elle planta les talons dans son derrière et s'accrocha à son dos. Posant ses mains de part et d'autre de la tête d'Emmaline, il la pénétra, fermant les yeux sous le coup de l'extase. Elle répondit avec ardeur, et ils bougèrent à l'unisson, leur corps trouvant un rythme primitif et s'ajustant l'un à l'autre comme s'ils avaient été conçus l'un pour l'autre.

Il ouvrit les yeux et la regarda fixement, ralentissant le rythme pendant un instant. Elle était si belle, si extraordinaire. Et il avait la chance de l'avoir. Du moins pour le moment. Mais il espérait que ce soit pour toujours.

Elle tira sa tête vers elle et l'embrassa, mêlant sa langue à celle de Lionel dans un abandon farouche. Il se plongea à nouveau en elle, accélérant le rythme une fois encore.

Rompant leur baiser, elle bascula la tête en arrière et cria, les yeux fermés. Il observa le spectacle de l'extase sur son visage et se perdit complètement.

Une fois qu'il eut retrouvé ses esprits, il l'embrassa sur le front, la joue, les lèvres, et caressa son visage avec une infinie tendresse.

— Vas-tu rester ? lui demanda-t-il doucement.

Elle hocha la tête.

— Oui.

Il pivota, glissant hors d'elle et se retournant sur le dos, l'entraînant avec lui pour qu'elle se blottisse contre sa poitrine. Il lui caressa l'épaule tandis qu'elle posait sa paume contre son torse.

Il ne s'était jamais senti aussi merveilleusement bien, aussi… complet. La respiration d'Emmaline se stabilisa, et il continua à faire courir son doigt le long de sa peau satinée.

Il repensa aux événements de la journée, depuis ses révélations au sujet de Townsend jusqu'à son inquiétude à l'idée qu'il puisse vouloir Marianne plutôt qu'elle. *Jamais.* Il voulait Emmaline. Mais cela allait bien au-delà. Il voulait la protéger, la rendre heureuse, lui donner tout ce qu'elle désirait. Il l'aimait.

Et il avait essayé de le lui dire, mais elle l'avait embrassé. Avait-elle compris qu'il allait le lui avouer, et voulu l'arrêter ? C'était l'impression qu'il avait.

Il s'en moquait. Leur relation avait déjà dépassé ses attentes de manière exponentielle. Il attendrait patiemment qu'elle accepte son amour.

Et si cela n'arrivait pas ?

Il affronterait cet obstacle quand il se présenterait, s'il le faisait.

Il l'embrassa sur le front une fois encore et murmura :

— Je t'aime.

Puis il succomba enfin au sommeil.

∼

*E*mmaline n'était pas sûre de s'être assoupie, mais il semblait qu'elle devait l'être puisque le début de l'aube se glissait sous le bord des rideaux accrochés devant la fenêtre. Elle était blottie contre Lionel, son dos collé à son flanc.

Se retournant, elle le dévisagea, à peine capable de distinguer ses traits dans l'ombre.

Il l'aimait.

Persuadée que c'était ce qu'il allait dire, elle l'avait embrassé pour le faire taire. Elle ne voulait pas entendre ces mots. Pas venant de lui. Ni maintenant. Et peut-être même jamais.

Elle n'était pas censée être avec lui. Ce mariage *était* une imposture. Ou du moins, il l'avait été jusqu'à ce qu'il se mue en autre chose.

Sa respiration régulière emplissait l'air, douce et forte. Comme lui. Elle faillit en rire. Jamais les gens n'auraient pu imaginer que le tristement célèbre duc Dangereux puisse être doux, et pourtant il l'était. Il se souciait tellement des gens et de l'honneur. Pas uniquement du sien, mais de celui des personnes auxquelles il tenait. Il était prêt à tout pour les protéger, elle le savait.

Elle voyait combien le duel avec Geoffrey lui avait coûté. Cela ne s'était pas déroulé comme il l'aurait voulu. Ce qui attisait sa curiosité au sujet des autres duels. La même chose s'était-elle produite ? Chacun d'entre eux avait-il un peu plus éraflé son âme ?

Oh ! comme elle aurait voulu pouvoir lui enlever sa douleur, le protéger comme il le faisait pour les autres ! Elle posa la tête contre son biceps. Cela voulait-il dire qu'elle l'aimait ?

Peut-être. C'était sans le moindre doute un sentiment similaire à l'amour, mais il n'avait rien de commun avec ce qu'elle avait déjà ressenti. Son amour pour sa famille était porté par le sens du devoir et de la responsabilité. Avec Geoffrey, c'était de l'excitation et un désir d'indépendance. Aujourd'hui elle vivait quelque chose de complètement différent. C'était sauvage et incontrôlable, et elle ne semblait pas avoir son mot à dire.

Non, elle refusait de l'accepter. Jamais dans sa vie elle n'avait eu son mot à dire, et elle ne voulait pas revenir à cela. L'une des principales raisons pour lesquelles elle avait épousé Lionel était qu'il avait accepté de lui donner de l'autonomie.

Et c'était sans doute l'une des principales raisons pour lesquelles elle l'aimait.

Son ventre se contracta. Aimer quelqu'un revenait à lui donner du pouvoir. Et aussi accepter la probabilité de la douleur. Elle n'était pas certaine d'être capable de le refaire.

Le bras de Lionel tressaillit, délogeant sa tête. Avant qu'elle ne puisse se blottir à nouveau contre lui, son corps fut secoué d'un spasme violent. Elle s'écarta et l'observa, mais il était étendu, calmement.

Alors qu'elle commençait à se détendre, il eut une nouvelle secousse, ses jambes se déchaînant tandis que son bras la frappait à l'abdomen. Elle recula légèrement, s'attendant à ce qu'il s'arrête à nouveau, mais ce ne fut pas le cas. En fait, les gestes continuèrent. Il grogna, ses bras et ses jambes se fracassant sur le lit, chamboulant les couvertures. Il semblait complètement inconscient de ses actes.

— Lionel ?

Elle toucha doucement son épaule, mais il la frappa, et son bras s'agita. Elle fit une nouvelle tentative, agrippant plus fermement son biceps.

— Lionel !

Elle cria son nom et le répéta plusieurs fois.

Il se réveilla avec un halètement sonore, son corps se soulevant du lit. Alors qu'il s'asseyait, il prit de grandes respirations.

Elle lui toucha doucement la cuisse.

— Est-ce que tu vas bien ?

Il ne répondit pas immédiatement, mais respira plusieurs fois à fond. Il se passa une main sur le front, et au bout d'un moment il tourna la tête vers elle.

Suffisamment de lumière filtrait sous les rideaux pour qu'elle voie le tourment qui faisait rage dans son regard.

— Oh ! Lionel. Était-ce un cauchemar ?

Il secoua la tête.

— Peut-être. Je suppose. Les souvenirs peuvent-ils être des cauchemars ?

La question lui brisa le cœur. Elle se rapprocha de lui et le prit dans ses bras, le serrant fort. Elle lui frotta le dos et embrassa le sommet de sa tête.

— Je crois que c'est possible. Si tu veux m'en parler, je t'écouterai.

Il prit une grande inspiration, frissonnant dans ses bras. Elle se tourna et remonta dans le lit pour s'appuyer contre la tête de lit. Il vint avec elle, posant la tête sur sa poitrine. Alors il se mit à parler.

— Ça commence toujours avec la mort de mon père. Nous étions dans un cercle de jeux. J'étais jeune, j'avais vingt-deux ans, et nous aimions faire cela de temps en temps. Mes amis trouvaient bizarre que j'y aille avec mon père, mais j'adorais cela. Nous passions de très bons moments ensemble. Et il était excellent aux tables, dit-il d'une voix chaleureuse et mélancolique. Tout simplement excellent. Il était si bon, en fait, que de temps en temps, les gens se demandaient s'il ne trichait pas, mais c'était toujours sur le ton de la plaisanterie. Tout le monde savait que mon père était un homme d'intégrité et d'honneur. Tout le monde sauf Lord Babcock. Ce soir-là, au cercle, celui-ci avait perdu pas mal. Il était en colère et frustré. Il a accusé mon père de tricher. Nous en avons d'abord ri, mais il est devenu évident que Babcock était sérieux. Il s'est levé, le visage rougi, et a provoqué mon père en duel.

Emmaline sentit son pouls s'emballer à mesure qu'il dévoilait son histoire. Elle lui caressa la tête, les épaules, le dos.

— Mon père s'est levé aussi, complètement blême. Je croyais qu'il était horrifié, et il l'était sans doute, mais il était aussi malade. Il a fait une attaque, et il est tombé au sol. Il est mort quelques minutes plus tard. J'ai dit à Babcock que c'était moi qui le retrouverais sur le terrain de duel le lendemain matin.

— Je suis tellement désolée, murmura-t-elle en embrassant son front.

Il enroula la main autour de sa taille, enfonçant les doigts dans sa chair.

— J'avais envie de le tuer. Lui avait tué mon père.

Les larmes obstruaient la gorge d'Emmaline, mais elle ne voulait pas les verser. Il s'agissait de lui, pas d'elle.

— Aucun de nous n'a fait mouche au premier coup de feu. Je m'en souviens clairement. J'étais si en colère que ma main tremblait. J'ai tiré à côté, et cela m'a mis en rage après moi. J'ai annoncé que je n'étais pas satisfait, et exigé un second tour.

Emmaline n'y comprenait pas grand-chose dans les subtilités du duel, et elle n'en avait pas envie. Elle n'avait aucune idée que l'on avait le droit de faire une chose pareille.

— La fois suivante, je ne l'ai pas raté, mais je n'ai quand même pas visé là où je le voulais. Je lui ai tiré dans le bras. Il n'a plus jamais été capable de s'en servir.

Il releva la tête pour la regarder.

— J'étais navré qu'il ne soit pas mort.

— Est-ce toujours le cas ?

Elle n'avait pas eu l'intention de parler, mais les mots étaient sortis tout seuls.

— Non, répondit-il en reposant sa tête. L'ironie de l'histoire, c'est que c'est le seul que je voulais tuer et que je n'ai pas vu mourir.

Il prit une profonde inspiration. Sa poitrine se gonfla rapidement, puis se dégonfla lentement.

— Jamais je n'aurais imaginé me battre à nouveau en duel. Ce n'était en tout cas pas quelque chose que je voulais faire. Toutefois, quatre ans plus tard, je me suis retrouvé dans une situation intenable. J'étais au parc, et un père

maltraitait son fils, verbalement et physiquement. Je ne
pouvais pas rester là et laisser faire, alors je suis intervenu.
L'homme, dont le nom était Addison, s'est emporté violem-
ment contre moi. J'étais avec West à ce moment-là, et il s'est
interposé. Addison m'a provoqué en duel. Malgré nos efforts
pour désamorcer la situation, je l'ai retrouvé le lendemain
matin. Encore une fois, nous avons essayé de résoudre le
problème, mais Addison était inflexible. Il voulait me tuer. Il
était, par chance, très mauvais tireur, et ne parvint jamais à
me toucher. Je n'avais pas l'intention de tirer, mais il s'est
précipité sur moi en hurlant qu'il me tuerait à mains nues s'il
le fallait. J'ai tiré et l'ai touché à l'épaule. C'était une blessure
mineure, mais il est mort cinq jours plus tard d'une
infection.

Le rythme cardiaque de Lionel s'était emballé à nouveau
lorsqu'il avait raconté l'histoire du deuxième duel. Elle attendait qu'il en dise plus ou que son pouls ralentisse, mais en
vain.

Elle sentait qu'il était perturbé, qu'il souffrait.

— Que puis-je faire ?

— Rien. Ce sont *mes* crimes.

— Comment peux-tu les considérer comme des crimes ?
Tu protégeais ce garçon et tu as tenté d'éviter le duel avec
son père. Tu ne peux pas te reprocher son tempérament
violent.

— Je leur ai rendu visite après sa mort, au garçon et à sa
mère. Ils vivent dans le Suffolk. Je leur ai offert de l'argent ou
le soutien qu'ils souhaitaient. Le garçon m'a crié dessus et a
pleuré. En dépit des abus de son père, il l'aimait toujours. Il
m'a dit que j'étais un homme mauvais, parce que je lui avais
volé son père. J'ai tout de suite su que s'il avait pu, il m'aurait
tué. Tout comme moi, je voulais tuer Babcock. J'avais pris le
père de ce garçon, tout comme lui m'avait pris le mien.

Emmaline n'arrivait pas à respirer. Les larmes lui

brûlaient les yeux, et elle avait l'impression de se noyer. Elle produisit une sorte de son épouvantable, étranglé.

Lionel s'assit et prit son visage entre ses mains.

— Emmaline.

Il avait le regard effrayé, les traits tirés.

Elle posa les mains sur les siennes, et laissa librement couler ses larmes.

— Oh, Lionel !

Elle l'entoura de ses bras et le serra fort.

D'autres larmes tombèrent sur l'épaule d'Axbridge, et elle lutta pour reprendre le contrôle de ses émotions. Il ne s'agissait pas d'elle. Mais elle ne pouvait pas éviter que son cœur se brise une nouvelle fois lorsqu'elle pensait à l'angoisse que cet homme vivait au quotidien.

Au bout de quelques minutes, elle s'écarta, passant ses mains sur ses yeux et inspirant profondément en s'adossant au lit.

— Je suis désolée,

— Ne le sois pas. Je suis juste surpris que tu sois encore là.

— Pourquoi en serait-il autrement ?

Il tendit les mains, les paumes vers le haut.

— Maintenant, tu me vois tel que je suis. Un homme d'honneur, oui, mais aussi un tueur.

— C'est faux. Tu t'es défendu contre cet homme.

Il laissa retomber ses mains et se détourna d'elle, se déplaçant de l'autre côté du lit.

— Cela ne change rien au résultat final, rien ne le pourra. Et n'oublie pas ton mari. Je l'ai tué, lui aussi. Mais plus jamais je ne lèverai une arme face à un autre être humain. J'en suis incapable.

Elle le suivit en se glissant sur le matelas. Attrapant son biceps, elle l'arrêta avant qu'il ne puisse se lever.

— Ne pars pas.

Il lui tournait le dos.

— Tu ne peux pas vouloir encore de moi.

— Et pourtant, si.

Que Dieu lui vienne en aide, elle le voulait. Elle n'aurait pas dû, et elle ne savait toujours pas si elle pouvait se permettre de l'aimer, du moins ouvertement.

Il se retourna, le regard sombre et hanté.

— Qu'ai-je fait pour te mériter ?

— Est-ce que c'est important ? Je ne comprends pas pourquoi nous sommes ensemble, pourquoi cela... *fonctionne*. Cela n'a aucun sens. Et peut-être que ce n'est pas important.

— Je ne suis pas sûr de pouvoir le faire. Les morts que j'ai causées... elles n'avaient pas de sens. Il m'importe que le reste de ma vie en ait.

Il se leva, et cette fois, elle ne l'arrêta pas. Il attrapa son banian dont il s'enveloppa.

— Rendors-toi si tu veux. Je descends.

Elle le regarda s'en aller, les émotions sens dessus dessous. Il était vraiment dévasté. Et elle ne savait pas s'il voulait se reconstruire.

# CHAPITRE 15

*L*a berline avançait à vive allure, et chaque bosse semblait écorcher les sens de Lionel. Il était encore secoué et à fleur de peau après s'être mis à nu devant Emmaline au milieu de la nuit dernière. Il s'était rendu dans son bureau où il avait tenté de dormir sur le canapé. Mais il lui avait fait penser à elle. Bon sang, tout lui faisait penser à elle ! Et elle lui rappelait les crimes de son passé.

Il n'arrivait toujours pas à croire qu'il s'était exposé à elle comme ça. Il n'avait jamais raconté toutes ces choses à une seule personne. Hennings, Tulk, West, ils savaient tous des choses, mais aucun n'avait toute l'histoire. Qu'elle comprenne ce qu'il avait fait et lui offre son soutien et sa compréhension le mettait à genoux. Sa bonté soulignait à quel point il ne la méritait pas.

Il l'aimait, mais il ne la méritait pas. En outre, il était possible qu'elle ne puisse pas vraiment l'aimer en retour. Elle avait exprimé son hésitation, et une fois qu'elle aurait réfléchi à tout ce qu'il lui avait dit à la lumière du jour, elle réaliserait que leur avenir était fichu avant même d'avoir commencé.

La berline s'arrêta, et Lionel n'attendit pas que le conducteur lui ouvre la portière. Il voulait sortir de l'enceinte du véhicule. Non, il voulait sortir de sa foutue tête.

Il pénétra dans le bureau de Bow Street et se présenta, demandant à parler à un coureur[1]. Au bout de quelques minutes d'attente, il fut conduit dans un bureau à l'écart du hall principal, où un homme plutôt grand se leva.

Le coureur le jaugea brièvement.

— Bon après-midi, my lord.

Déjà ? Ce devait être le début de l'après-midi, peut-être. Aujourd'hui, Lionel n'avait pas vraiment conscience de l'heure.

— J'aimerais vous parler d'une enquête.

— Je vous en prie, asseyez-vous.

L'homme montra d'un geste une chaise de l'autre côté du bureau. Il avait une main large et épaisse, et Lionel imaginait bien qu'il pouvait tabasser quelqu'un avec.

— Je m'appelle Teague.

— Ravi de faire votre connaissance, Teague. Je suis ici pour signaler un cas d'extorsion.

Le coureur était presque chauve, mais il avait des sourcils épais et sombres. L'un d'eux remonta.

— Quelqu'un vous fait chanter ?

— Pas moi, et en réalité, c'était dans le passé. L'été dernier, en fait. Lord Townsend a tenté d'extorquer de l'argent à l'une de mes amies.

— Et vous l'avez provoqué en duel. Je m'en souviens.

Le coureur possédait des yeux sombres et inquisiteurs qui ne négligeaient sans doute aucun détail. Il les plissa, produisant un certain effet. Lionel n'était pas sûr que quiconque l'avait déjà scruté aussi attentivement.

— Je n'aime pas les duels. Ils sont illégaux.

Lionel remua sur sa chaise.

— Je ne les aime pas non plus.

Teague laissa échapper un léger grognement.

— J'aurais cru le contraire.

Peut-être avait-il commis une erreur en venant ici.

— Continuez, s'il vous plaît. Je suis ravi que vous ayez décidé de nous laisser gérer cette affaire au lieu de bafouer la loi.

Le ton sarcastique du coureur commençait à taper sur les nerfs de Lionel. Il ne lui rendait pas les choses faciles, et c'était exactement ce qu'il méritait.

Néanmoins, il était venu ici dans un but précis.

— J'ai appris récemment que l'une des domestiques de mon amie a vendu ou partagé les informations qui ont ensuite servi de base à l'extorsion.

— Lord Axbridge, j'apprécierais que vous me parliez franchement. Je ne divulguerai pas les éléments de l'affaire, sauf si cela s'avère nécessaire devant un tribunal. Qui est votre amie, et quelle est cette information ?

Il n'y avait aucune raison de le cacher au coureur, surtout si la justice pouvait être rendue.

— Lady Richland a un fils. Son mari, récemment décédé, n'en était pas le père, et n'était pas au courant de ce fait. Townsend a menacé de rendre l'information publique à moins qu'elle ne lui verse une grosse somme d'argent.

— Combien ?

— Cinquante livres.

Le montant résonna dans le cerveau de Lionel comme une cloche. *Cinquante livres.* Le montant exact que lui avait réclamé Mullens. C'était probablement une coïncidence. Pourtant, le pouls de Lionel commença à s'emballer.

— L'extorsion a-t-elle continué ? s'enquit Teague.

— Non.

— Parce que Townsend est mort, grogna Teague. Pourquoi pensez-vous qu'il y avait quelqu'un d'autre d'impliqué ?

— Townsend ne connaissait pas les Richland, et Lady Richland peut compter sur les doigts d'une main le nombre de personnes au courant de son secret. Nous avons déterminé que sa femme de chambre avait partagé l'information avec la gouvernante de son fils, dont je pense qu'elle est de la famille d'un tailleur qui prétend que Townsend lui devait de l'argent.

Teague ferma brièvement les yeux.

— Pardonnez-moi, mais ce n'est pas une histoire très convaincante. Pourquoi est-ce bizarre que Townsend ait dû de l'argent à un tailleur ?

— Cela ne l'est pas. Ce qui est étrange, c'est le lien entre toutes ces personnes, et le fait que Lady Richland était au centre d'un complot visant à lui extorquer de l'argent. Mullens, le tailleur, est le lien entre les informations obtenues par la gouvernante, et la personne qui a commis la véritable extorsion. Townsend.

Le coureur se cala sur sa chaise et serra les dents. Il plissa légèrement les yeux en regardant quelque chose par-delà la tête de Lionel. Quand il se concentra à nouveau sur lui un moment plus tard, il se pencha vers l'avant et croisa les mains sur son bureau.

— Vous aimeriez que j'enquête sur ce tailleur, Mullens, et sur la gouvernante ? Quel est son nom ?

— Oui…

La langue de Lionel fourcha quand il se rendit compte qu'il ne le connaissait pas. Dans ce cas, il saurait peut-être avec certitude si elle était apparentée à Mullens. Il se sentait un peu bête de ne pas avoir demandé, mais son dernier rendez-vous avec Marianne s'était terminé de manière plutôt abrupte, et il n'avait pas envie de lui rendre une autre visite.

— J'ai bien peur de ne pas connaître son nom. Mais vous pouvez faire appel à Lady Richland pour le savoir.

— Je suppose que c'est ce que je vais devoir faire.

Teague semblait un peu perturbé par toute cette affaire.

— N'est pas votre travail ? lui demanda Lionel.

— Effectivement. Où puis-je trouver ce Mullens ?

Lionel lui donna l'adresse, et Teague la nota sur une feuille de papier.

— En tant que tailleur nouvellement installé, il s'est plutôt bien débrouillé, d'après ce que j'ai vu, dit Lionel.

— Peut-être est-il tout simplement doué.

*Il l'était*, mais Lionel n'était pas convaincu.

— J'ai commandé une chemise chez lui, alors je vous le ferai savoir.

En fait, peut-être que Lionel irait la chercher tout de suite.

— Très bien, Lord Axbridge, je vais m'occuper de cette affaire. Mais ne vous faites pas d'illusions. Je suis enclin à croire que c'était Townsend le problème, vu que l'extorsion n'a pas continué.

— À ma connaissance, précisa Lionel. Peut-être a-t-elle perduré, et que les victimes paient.

Teague se leva.

— Eh bien, vous avez fait votre part. Et encore une fois, j'apprécie que vous nous laissiez nous en occuper cette fois-ci. Merci.

Lionel se leva à son tour, et tâcha de ne pas laisser les piques du coureur le perturber. Il prit congé et demanda à son cocher de le conduire à Savile Row.

Quinze minutes plus tard, il entrait dans la boutique de Mullens. L'homme terminait avec un autre client, et quand il reporta enfin son attention sur Lionel, son regard semblait froid.

— Bonjour, Mullens, le salua-t-il avec un sourire. Je suis venu récupérer ma chemise, si elle est prête.

— Elle l'est. Je vais aller la chercher.

Il se retourna et se dirigea vers l'arrière de la boutique où il disparut.

Lionel s'interrogeait sur le rôle de Mullens dans le système d'extorsion. Avait-il simplement fourni des informations à Townsend, qui avait ensuite ourdi le complot ? Il envisagea de simplement poser la question à l'homme, mais s'il était toujours impliqué dans de telles activités, il comprendrait que Lionel était au courant de ses agissements.

Mullens revint avec un paquet.

— Vous pouvez l'essayer maintenant, si vous le souhaitez. Vous pouvez aussi l'emporter chez vous et me signaler tout problème éventuel. Je suis certain qu'il n'y en aura pas.

— Tout comme moi, merci, répondit-il, prenant le paquet qu'il cala sous son bras. Êtes-vous terriblement occupé, ou puis-je vous recommander à mes amis ?

— Je ne suis jamais trop occupé pour accepter de nouveaux clients.

Le regard de l'homme était toujours froid. Cela mettait Lionel mal à l'aise.

— Faites-moi savoir si vous aimez la chemise, mon seigneur. Ce serait un honneur pour moi de créer autre chose pour vous.

— Je le ferai, dit Lionel. Bonne journée.

Une fois dehors, Lionel traversa la rue jusqu'à l'endroit où sa berline était rangée. Il s'arrêta et regarda de nouveau la boutique. Mullens était très certainement impliqué dans le plan de Townsend pour escroquer Lady Richland. Ces cinquante livres étaient trop fortuites. Pourquoi Lionel n'y avait-il pas pensé avant ? Pour la même raison qu'il n'avait pas pensé à demander le nom de la gouvernante. Il n'était pas un foutu coureur de Bow Street.

Son seul espoir était que Teague l'ait pris au sérieux et qu'il donnerait suite à l'affaire. Parce que Lionel se doutait que Mullens n'était pas qu'un simple intermédiaire. Et si Teague n'allait pas au fond des choses, lui s'en chargerait.

— Chez vous, mon seigneur ? demanda le cocher en ouvrant la portière à Lionel.

Chez lui. Emmaline.

— Non, à mon club.

Il grimpa dans le véhicule et s'affala sur la banquette.

Il allait devoir l'affronter, mais pas maintenant. Il lui fallait du temps pour décider comment lui dire qu'ils ne pouvaient pas être ensemble, qu'elle méritait quelqu'un de bien meilleur que lui.

~

*L*e bruit d'une berline dans la rue attira Emmaline vers la fenêtre du salon. Elle baissa les yeux, et ses épaules s'affaissèrent aussitôt. Ce n'était pas lui.

En fait, c'était même pire, c'était sa mère.

Elle se prépara pour l'entretien à venir, avec l'intention de l'écourter au maximum. Elle n'était pas d'humeur à supporter les bavardages de sa mère sur son frère et ses sœurs ou sur les améliorations qu'elle et son père prévoyaient d'apporter à leur maison de campagne.

Plutôt que d'attendre que Tulk l'informe de l'arrivée de sa mère, Emmaline descendit. Le majordome commençait à monter les escaliers.

Elle s'arrêta sur la dernière marche, mais dut quand même dû lever les yeux vers le majordome.

— Tulk, mon mari est-il déjà rentré ?

Elle espérait avoir simplement manqué son arrivée.

— Je crains que non, ma dame. Voulez-vous que je vous informe de son arrivée ?

— Oui, s'il vous plaît.

— Mme Forth-Hodges est dans le salon. Voulez-vous du thé ?

— Merci, Tulk, et non.

Le majordome s'écarta et Emmaline traversa le hall en direction du salon. Sa mère était déjà assise sur le canapé vert foncé.

— Bonjour, ma chérie, dit-elle d'un ton joyeux. Je n'ai pas peur de dire que le mariage te va à ravir. *Ce* mariage, corrigea-t-elle avec un petit sourire.

Emmaline eut envie de rire du jugement de sa mère. Elle était debout depuis l'aube, comme en témoignaient les cernes violets sous ses yeux.

— Je ne t'attendais pas aujourd'hui.

Elle s'assit sur le bord d'un fauteuil près du canapé.

— Une mère ne peut-elle pas rendre visite à sa fille ?

— Tu le faisais rarement quand j'étais mariée à Geoffrey.

Sa mère grimaça.

— Je sais, et pour cela, je suis désolée.

Elle retira sa coiffe et la déposa sur le canapé à côté d'elle. Emmaline avait envie de lui crier de la garder parce qu'elle ne resterait pas longtemps.

— En fait, ton père et moi sommes désolés pour beaucoup de choses, dit-elle doucement.

Vraiment ?

— Ce n'est pas nécessaire.

Sa mère plissa le front.

— Ne dis pas ça. Nous *devrions* être désolés. Nous étions impatients de te marier, et nous n'aurions pas dû l'être. Je sais combien il était important pour toi de te marier par amour.

Emmaline ne savait pas trop quoi répondre.

— Tu voulais cela pour moi à un moment donné.

Ensuite, elle avait abandonné quand cela n'était pas arrivé assez vite.

— C'est exact, et j'aurais dû me montrer patiente. Nous n'avons pas tous la chance de rencontrer l'amour lors du premier bal auquel nous assistons.

Elle parlait de sa rencontre avec le père d'Emmaline. Combien de fois Emmaline avait-elle entendu cette histoire et combien il était facile de trouver un mari ? Et ses sœurs l'avaient toutes fait au cours de leur première saison.

— Il semble bien que tu y sois parvenue cette fois, en dépit des circonstances qui t'y ont conduite.

— Parce que c'est un marquis, répondit Emmaline d'un ton sarcastique.

Sa mère cilla.

— Non, parce que de toute évidence, il t'aime.

Emmaline ne s'était pas attendu à *cela*.

— Comment pourrais-tu le savoir ?

Le leur avait-il dit ? Non, c'était absurde. Il avait encore moins envie de les voir qu'elle.

— Ton père a rendu visite à Axbridge l'autre jour. Il lui a demandé de l'argent.

Emmaline faillit en tomber de sa chaise. Elle recula sur le fauteuil pour mieux se caler.

— *Quoi ?*

— Le paiement d'une partie des dettes de Townsend a eu un impact sur les rénovations que nous faisions dans la maison de campagne. Ton père a décidé d'en demander le remboursement à Axbridge et…

Emmaline l'interrompit.

— Je n'arrive pas à croire qu'il ait eu le culot de faire une chose pareille, ou que tu l'aies laissé faire.

La peau autour des yeux gris de sa mère se plissa, et elle tressaillit.

— Ce n'était sans doute pas notre meilleur fait d'armes.

Emmaline ricana.

— J'espère qu'il a refusé.

— En fait, non. Il n'était pas heureux, mais ce n'était pas une question d'argent. Il a réprimandé ton père pour la manière dont nous t'avons traitée.

Sa mère baissa les yeux sur ses genoux. Sa lèvre se mit à trembler.

— Je suis vraiment désolée, Emmaline. Tu méritais mieux. Tu mérites un mari qui t'aime et un mariage heureux, dit-elle, levant les yeux sur sa fille, avant de passer une main sur ses yeux. Je pense que c'est ce que vous avez avec Axbridge, et je ne pourrais pas être plus heureuse pour toi.

Si seulement elle connaissait la vérité ! À bien y réfléchir, Emmaline était heureuse que ce ne soit pas le cas.

— Merci.

Emmaline ne savait pas trop quoi penser. Elle ne détestait pas ses parents. Seulement elle s'était toujours sentie comme une gêne.

— Tu comptes énormément pour nous, vraiment. Je sais que tu as été en colère contre nous, et à juste titre. Que puis-je faire pour me faire pardonner ? J'aimerais beaucoup faire partie de ta vie, surtout quand vous aurez des enfants.

Des enfants. Emmaline y avait encore pensé ce matin. Elle en voulait, et elle les voulait avec Lionel.

— Quand je suis sortie pour la première fois, nous avons fait des choses ensemble, la plupart caritatives. Si tu te souviens, nous avons brièvement aidé la maison des enfants trouvés de Westminster.

— Je m'en souviens, dit sa mère avec un léger sourire. J'ai beaucoup aimé.

Emmaline en fut un peu surprise. Elle avait cru que sa mère le faisait simplement pour placer Emmaline dans la catégorie des « bonnes » personnes.

— Je suis ravie de l'entendre. J'ai commencé à aider à l'hôpital des enfants trouvés de Saint-James. De nombreux orphelins y vivent, et ils ont besoin de beaucoup de choses, en particulier du temps que leur accordent des personnes attentionnées comme moi... et toi. Peut-être aimerais-tu te joindre à moi lors de ma prochaine visite ? Et peut-être aimerais-tu reverser à leur cause une petite partie de ce qu'Axbridge vous a donnée.

Sa mère pencha la tête sur le côté.

— Je crois que cela me plairait. Surtout si je peux le faire avec toi.

Emmaline ignorait à quoi elle s'attendait, mais ce n'était pas ça.

— Je suis... ravie.

— Moi aussi, répondit sa mère avec un sourire chaleureux. Eh bien, je vais te laisser à ton après-midi.

Elle replaça sa coiffe sur sa tête, et noua les rubans sous son menton.

— Peut-être qu'Axbridge et toi vous joindrez à nous pour dîner un soir.

Emmaline se leva. Pour l'instant, elle ignorait si Lionel allait jamais se joindre à *elle* pour dîner.

— Peut-être.

Après le départ de sa mère, Emmaline entra dans le bureau de Lionel. Jade était endormie devant l'âtre, mais elle se réveilla dès l'arrivée de sa maîtresse. Elle s'étira et bâilla, dévoilant ses petites dents féroces. Emmaline la prit dans ses bras et caressa sa douce fourrure pendant qu'elle ronronnait.

— Que vais-je faire ? demanda-t-elle au chaton. Il est tellement perdu dans sa culpabilité, je ne sais pas si je pourrai le sauver.

Elle releva les yeux vers le portrait de son père.

— Et vous, quel conseil avez-vous à me donner ?

Le père de Lionel la regardait fixement, ses yeux bleus dépourvus de vie. Elle revécut l'angoisse de Lionel après la mort de son père. Elle tenta d'imaginer ce que cela ferait de souhaiter la mort d'une autre personne. Aussi furieuse qu'elle ait été envers Lionel après la mort de Geoffrey, elle n'avait pas souhaité le voir mourir lui aussi.

Qu'était-il passé par l'esprit de Geoffrey quand il avait refusé de renoncer ? Il était coupable de ce dont Lionel l'avait accusé, et pourtant il s'était délibérément battu pour... quoi ? Défendre son propre honneur ? Il n'en avait pas, ou si peu. Peut-être était-il simplement incapable d'admettre qu'il avait tort. Elle n'avait pas de mal à le croire.

Tout comme elle considérait qu'il était complètement dépendant de l'argent. *Oh, Geoffrey, pourquoi as-tu fait ça ? Cela ne valait pas ta vie.*

Mais s'il ne l'avait pas fait, elle serait toujours mariée avec lui. Et malheureuse. Elle n'aurait jamais connu Lionel. Sa poitrine se serra, et elle dut reconnaître qu'elle n'aurait pas voulu cela. Ce qui signifiait qu'elle devait aussi reconnaître qu'elle était soulagée que Geoffrey soit mort.

Oh, mon Dieu ! À quel point leur mariage était-il tordu et horrible ? La culpabilité et le regret allaient les dévorer tout crus.

Le chat sauta de ses bras et trottina vers la porte.

Peut-être Lionel avait-il raison. Peut-être que leur mariage n'était pas la solution. C'était peut-être le problème.

◦

*L*ionel avait passé tout l'après-midi dans une salle privée au Brooks. Il avait déjeuné, si le fait de déplacer la nourriture dans son assiette pouvait être considéré comme un repas, et il avait descendu plusieurs pintes de bière. Il venait de demander un whisky quand West arriva.

— Qu'est-ce qui te fait broyer du noir ?

West se laissa tomber dans un fauteuil à haut dossier et passa sa jambe sur l'accoudoir.

Affalé sur un autre fauteuil, les jambes croisées aux chevilles et les mains jointes sur le ventre, Lionel haussa les épaules.

West ricana alors que le valet de pied lui rapportait son whisky.

— Je prendrai un verre, s'il vous plaît.

Le valet hocha la tête et s'en alla.

Lionel fit tourner le liquide ambré dans sa main, mais ne but pas.

— Je ne suis pas vraiment d'humeur à avoir de la compagnie.

— Que s'est-il passé ?

Lionel le regarda d'un air renfrogné.

— Es-tu sourd ?

— Très bien. Nous resterons assis en silence.

Le plancher grinça pour signaler le retour du valet. Lionel ne leva pas les yeux de son verre qu'il étudiait. C'était une cuvée particulièrement odorante.

— Axbridge, j'ai atteint mon seuil de tolérance.

Lionel tourna la tête et vit Sir Duncan debout dans l'embrasure de la porte.

West bondit de son fauteuil.

— Vous n'avez rien à faire ici, Sir Duncan.

L'homme ricana.

— Bien au contraire ! s'exclama-t-il avant se de poster à côté du fauteuil de Lionel. J'exige satisfaction.

*Bon sang !*

Axbridge lâcha son verre. Il tomba au sol, répandant du whisky sur les bottes de Sir Duncan.

Celui-ci baissa les yeux.

— Vous n'êtes qu'un con.

— Ou tout simplement maladroit, intervint West. Sauf avec un pistolet. Vous n'avez vraiment pas envie de le défier.

Sir Duncan se redressa de toute sa hauteur.

— C'est pourtant ce que je fais.

West s'avança vers l'homme, s'arrêtant à quelques centimètres de lui.

— N'avez-vous donc aucun bon sens ? *Il va vous descendre.*

— Il n'en fera rien, car je choisis les épées. De plus, j'exige que le duel ait lieu dans une heure. Je suppose que vous serez son second ? Une fois encore ? ajouta Sir Duncan après avoir marqué une pause, le temps pour lui d'afficher un rictus.

West se tourna vers Lionel et secoua la tête.

Celui-ci se leva et fit face à Sir Duncan.

— Pourquoi ?

— J'aurais pensé que c'était évident. Vous avez volé ma fiancée.

— Elle ne voulait pas vous épouser, cracha West.

Les yeux de Sir Duncan s'illuminèrent, et il jeta un regard noir à l'ami de Lionel.

— C'est ce que vous prétendez, c'est d'autant plus aisé que la dame n'est pas ici pour dire la vérité, dit-il, avant de regarder Axbridge. Quoi qu'il en soit, vous m'avez insulté au-delà de toute mesure. Votre honneur exige que vous acceptiez ce défi, mais je suis sûr que vous le savez. Allez-vous m'affronter, Axbridge ?

Oui, il le savait, et son moral sombra comme le *Queen Charlotte.*

— N'y a-t-il aucun moyen de résoudre ce problème ?

— Aucun. Je demande satisfaction sur le champ d'honneur. Dans une heure à Hyde Park.

Lionel hocha la tête, mais ne dit rien. La promesse qu'il avait faite à Emmaline lui trottait dans la tête, insistant pour qu'il refuse. Mais comment pouvait-il le faire sans attirer davantage l'attention et la controverse sur son mariage, et surtout sur Emmaline ?

Sir Duncan tourna les talons et s'en alla.

West s'approcha de lui, les yeux sombres et furieux.

— Tu ne peux pas. Je ne te laisserai pas faire.

Lionel haussa un sourcil.

— Tu vas m'attacher ?

— N'essaie pas de faire de l'esprit en ce moment, gronda West. Tu m'as dit que tu ne pourrais plus jamais faire ça.

Un sentiment de vide prit racine dans les tripes de Lionel et commença à se propager.

— Je n'en ai pas envie, mais tu l'as entendu. Il exige satisfaction, et refuse une résolution autre que sur le champ de bataille.

West grogna en levant les mains.

— Alors, n'y va pas !

Sutton entra dans la pièce et les interrompit.

— Je viens d'arriver, et j'ai entendu une rumeur en bas selon laquelle Sir Duncan t'a provoqué en duel. Cela ne peut pas être vrai.

— C'est vrai, dit Lionel d'un ton las. Dans une heure. West essaie de m'en dissuader, mais je ne peux pas éviter le défi de cet homme. Il dit que j'ai volé sa fiancée. C'est *ma* femme.

Par Dieu, il ne la méritait peut-être pas, mais elle était à lui. Peut-être qu'une partie de lui voulait livrer ce duel, pour prouver au monde qu'Emmaline lui appartenait.

*Non.* Il lui avait promis de ne plus se battre en duel, et n'était-ce pas le rôle d'un homme d'honneur que de s'y tenir ? Si, mais s'il ne répondait pas au défi, Sir Duncan continuerait avec ses rumeurs et ses insinuations. Ceci pouvait mettre fin aux questions sur leur mariage.

Toutefois, le problème résidait dans le fait que son honneur ne lui permettait pas de renoncer. Il aurait dû promettre de ne plus jamais provoquer quiconque en duel. Il pouvait contrôler ce genre de choses. Mais il ne pouvait rien contre la situation actuelle ; il allait donc s'y plier.

Ce sentiment de vide imprégnait maintenant chaque partie du corps de Lionel. Il se sentait léger et étrange.

— Je suppose que nous devrions être en chemin. Il faudrait peut-être que je m'entraîne un peu. Cela fait des années que je n'ai pas manié une épée. Pensez-vous qu'Angelo pourrait m'accorder une leçon aujourd'hui ?

Il rit, mais Sutton et West se contentèrent de le fixer.

— Je ne viens pas, annonça West.

— Tu n'es pas son second ? s'enquit Sutton, dont le regard oscillait entre ses deux amis.

West jeta un regard furieux à Lionel.

— Je refuse. Ne fais pas ça, je t'en supplie.

— Mon honneur l'exige. Je n'ai pas *volé* Emmaline.

— Ton honneur va te faire tuer, répliqua West avec un regard vers Sutton. Tu le fais. Je n'ai plus le cœur de m'en charger.

Il quitta la pièce à grands pas.

Sutton le regarda un moment avant de se tourner vers Lionel.

— Tu es un idiot.

— Oui, c'est vrai, acquiesça Lionel qui s'avança et donna une tape sur l'épaule de Sutton. Viens, trouvons une épée pour que je puisse au moins me souvenir de ce que cela fait d'en tenir une.

Sutton secoua la tête.

— J'espère que tu ne le regretteras pas.

Quelle importance si c'était le cas ? La liste de ses regrets était longue et terrible. Cela semblait approprié, après tout ce qu'il avait fait. Et comme il était nul avec une épée, ses chances étaient plutôt minces. Peut-être même qu'il mourrait.

D'autant plus qu'il doutait d'être capable de lever l'épée contre son adversaire. Il pensait ce qu'il avait dit à Emmaline. Il ne se croyait pas capable de lever à nouveau une arme contre quelqu'un, et pourtant il semblait devoir le faire.

## CHAPITRE 16

*D*es ombres flottaient dans l'esprit d'Emmaline, formant le contour d'une table. Une table de jeu. À côté d'elle, étalé sur le sol, se trouvait un homme, les yeux ouverts et les lèvres entrouvertes. C'était le père de Lionel.

Elle s'agenouilla à côté de lui, désespérant qu'il se réveille. Mais le visage changea, et ce fut Lionel, avec ses yeux bleus vides et sa chair froide.

— Emmaline.

Elle se redressa en haletant et cilla, complètement désorientée. Le chat sauta de ses jambes, et elle jeta un œil autour d'elle. Le bureau de Lionel. C'est vrai. Elle s'était endormie sur le canapé.

— Emmaline, vous m'entendez ?

Elle se tourna en direction de la voix.

— West ?

Il se tenait à côté du canapé, et son visage formait un masque de peur et d'inquiétude.

— J'ai besoin que vous veniez avec moi. Je prie pour que vous puissiez lui faire entendre raison.

De quoi diable parlait-il ? Elle bascula ses jambes sur le sol et se frotta les yeux.

— Que j'aille où avec vous ? Faire entendre raison à qui ?

— Lionel.

Jamais West ne l'appelait ainsi. Il avait toujours été Ax pour lui.

— Sir Duncan l'a provoqué en duel.

Elle se leva d'un bond, et son pouls s'emballa.

— Non, il ne ferait pas ça. Il m'a promis.

Il se l'était promis à lui-même.

— Allez dire ça à son ridicule sens de l'honneur. Sir Duncan prétend qu'il vous a volée à lui, et exige satisfaction.

— Sir Duncan peut aller au diable. Où est Lionel ?

West expira.

— Dieu merci. Je n'étais pas certain que vous viendriez.

— Pourquoi pas ?

West marqua un bref temps d'arrêt avant de répondre.

— Je ne suis jamais tout à fait sûr de la façon dont les choses se passent entre vous deux. Aujourd'hui, quand j'ai vu Ax au début, il était dans l'une de ses humeurs.

— Oui, effectivement.

Elle allait devoir trouver moyen de l'en guérir. Dieu, elle espérait en avoir l'occasion.

— Venez, nous devons nous dépêcher. Le duel va bientôt commencer.

Elle se rendit compte qu'elle n'y connaissait pas grand-chose aux duels, mais elle était certaine qu'ils n'avaient jamais lieu aussi rapidement.

— Qu'en est-il des rencontres à l'aube ?

— Vous devriez demander à Sir Duncan pourquoi il est si pressé.

Elle se dirigea vers la porte.

— Oh, je prévois de faire beaucoup de choses à Sir Duncan, et aucune d'entre elles n'implique de parler.

West sourit en dépit de la gravité de la situation.

— Je n'aurais pas pu imaginer une meilleure épouse pour Ax. J'espère qu'il vous apprécie.

— Oui.

Ce n'était pas là que résidait leur problème.

— Je suppose que vous avez votre berline ?

— Oui, confirma-t-il, et quand ils pénétrèrent dans le hall d'entrée, West se tourna vers le majordome. Tulk, s'il vous plaît, tenez-vous prêt à panser des blessures. Sa Seigneurie se bat encore en duel.

Tulk pinça les lèvres.

— Il n'est jamais blessé.

— Le challenger a choisi les épées.

— Je vois.

Avec une grimace, Tulk s'en alla faire ce que West lui demandait.

Emmaline attrapa le bras de ce dernier.

— En quoi est-ce mauvais ?

West tressaillit.

— Ax est vraiment nul avec une épée.

— Voilà pourquoi Sir Duncan les a choisies.

La fureur brûlait la gorge d'Emmaline, et la peur lui pesait sur le ventre.

West ouvrit la porte pour elle.

— Probablement.

Elle sortit et leva les yeux quand une goutte de pluie tomba sur son nez.

Une fois qu'ils furent installés dans la berline, elle demanda si la pluie pouvait retarder ou faire reporter le duel.

— C'est à Sir Duncan de décider, et je doute qu'il le fasse, répondit West.

— Est-il doué avec une épée ?

La berline avança, et elle fut prise d'une certaine agitation, qui tendit ses muscles et lui retourna l'estomac.

— Certainement plus qu'Ax.

Elle regretta soudain de n'avoir pas pratiqué l'épée plutôt que le tir.

— Avez-vous un pistolet ?

— J'en ai un, dit-il en tapotant le coussin à côté de lui. Sous la banquette.

— Prenez-le avec vous.

Il secoua la tête.

— Je ne peux pas faire ça. Il y a des règles. Seuls les hommes sans honneur les enfreignent, et jamais Ax ne le permettrait. Vous n'êtes pas au courant, mais c'est ce que Geoffrey a fait. Et s'il ne l'avait pas fait, il serait sûrement encore en vie.

Elle n'arrivait même plus à être surprise.

— Qu'a-t-il fait ?

— Il a tiré avant « vingt ». Ax a répliqué en tirant à son tour, il voulait infliger une blessure superficielle au cas où Townsend déciderait de s'en prendre à lui. Townsend a bougé, et la balle a touché un point plus direct.

— Je commence à penser qu'il voulait mourir, dit-elle en secouant la tête.

Soudain, elle en avait assez de se sentir mal à cause de sa mort, ou coupable, ou de ne pas pouvoir être heureuse avec Lionel à cause de ce qu'il avait fait. Au bout du compte, il n'avait rien fait d'autre qu'essayer d'aider un ami. C'était à cause de *Geoffrey* que cela avait tourné au désastre.

Elle jeta un coup d'œil à West.

— Lionel vous a demandé de ne pas me le dire.

Bien évidemment.

West hocha la tête.

— L'honneur, dirent-ils à l'unisson.

— Espérons que cela ne le mènera pas à sa mort, ajouta West d'un ton sinistre.

La pluie tambourinait férocement sur la berline, accentuant davantage la sensation de morosité.

Ses entrailles se nouèrent lorsque le véhicule entra dans le parc. Elle ne pouvait pas le perdre. Pas maintenant. Pas comme ça. Et certainement pas avant de lui avoir dit à quel point elle l'aimait.

~

*L*ionel plia le parchemin et le posa sur le coussin de sa berline. Il ouvrit la portière et sauta dehors, clignant des yeux à cause de la pluie qui ruisselait.

Il avait laissé son manteau à l'intérieur avec la lettre qu'il avait écrite à Emmaline. S'il ne la revoyait pas, il voulait qu'elle sache combien il l'aimait et combien il était désolé de s'être retrouvé dans cette situation une fois de plus.

L'angoisse le saisit, et il se plia en deux. Il prit plusieurs grandes respirations, tentant de ralentir son cœur qui battait la chamade.

Sutton s'approcha de lui.

— Il ne veut toujours pas entendre parler d'une résolution pacifique.

— Évidemment que non, dit Lionel en se relevant, redressant ses épaules alors que le tumulte faisait rage en lui. Allons-y.

Ils marchèrent jusqu'au champ de duel, où Sir Duncan se tenait avec son second et un médecin.

C'était, par hasard, le même homme qui avait assisté à son duel avec Townsend. Cela ne semblait pas de bon augure.

Il allait se battre avec une arme qu'il n'avait pas utilisée depuis des années, au milieu d'une averse, et il était presque certain qu'il ne pourrait pas se défendre correctement. *Rien de tout cela* n'était de bon augure.

Un petit public, peut-être dix hommes, s'était rassemblé.

Lionel préférait ne pas autoriser de spectateurs, mais ce n'était pas son duel.

Sutton et lui s'approchèrent de la table qui avait été installée. Les sabres étaient posés dessus.

Sir Duncan et son second les rejoignirent.

— Retirez vos chemises, lança le second de Sir Duncan.

Lionel dénoua sa cravate et la retira, la laissant tomber sur la table. Il déboutonna ensuite son gilet qu'il enleva. Il déposa le vêtement détrempé à côté de sa cravate. Enfin, il fit passer sa chemise par-dessus sa tête, exposant le haut de son corps pour qu'ils puissent vérifier qu'il ne porte pas de cotte de mailles, ou toute autre sorte de protection.

Sir Duncan fit de même, se déplaçant rapidement pour un homme de son âge.

— Vous savez que j'ai servi dans l'armée ? railla-t-il.

— Je le sais.

Les seconds dégainèrent les sabres et les mesurèrent. Les jugeant identiques, ils remirent les armes aux adversaires.

— Le duel est à la satisfaction de Sir Duncan, ce qui pourra ou non se produire au premier sang versé, annonça le second de Sir Duncan.

— Cela pourrait donc aller jusqu'à la mort ? s'enquit Sutton d'un ton ironique qui faillit faire rire Lionel, tant tout ceci était absurde.

Le second de son adversaire afficha un rictus, avant de se retourner et de se diriger vers le bord du champ de duel.

Lionel souleva l'épée. Elle était lourde et un peu encombrante, pour être honnête. Il la brandit et plissa les yeux à travers la pluie pour voir Sir Duncan occupé à abattre sa lame sur les gouttelettes qui remplissaient l'air.

— Prenez vos places, s'exclama le second de Sir Duncan.

Sutton se rapprocha de Lionel.

— Il n'est pas trop tard pour refuser.

Axbridge ne prit pas la peine de répondre. Son esprit s'assombrit alors qu'il songeait à Emmaline. Il ne voulait pas envisager la possibilité de ne plus jamais la revoir, mais il le devait. Et peut-être était-ce pour le mieux. Peut-être était-ce ainsi que tout était censé se terminer pour lui.

Une fois qu'ils furent sur leurs marques, le second ordonna que le duel débute.

Lionel était incapable de bouger. Il devait se défendre, mais quand il pensait à passer à l'attaque... Et s'il tuait aussi Sir Duncan par inadvertance ? Il ne pouvait pas prendre ce risque.

Sir Duncan porta un coup, incitant Lionel à bouger enfin. Il réussit une faible parade alors qu'il s'élançait pour éviter l'attaque. Son adversaire plongea à nouveau, et une fois encore Axbridge évita la blessure de justesse. Cela se produisit encore plusieurs fois avant que Sir Duncan ne hurle.

— Pourquoi ne chargez-vous pas ?

Parce qu'il essayait simplement de trouver ses fichues marques, et de s'habituer à l'épée. Axbridge ne répondit rien, mais balança sa lame dans l'air pour détendre son épaule. Peut-être pourrait-il désarmer l'homme. Oui. Voilà ce qu'il allait tenter de faire. Et prier Dieu pour ne pas le blesser dans le processus.

Lionel s'avança et Sir Duncan vint à sa rencontre, son épée levée.

— Lionel !

Le son de la voix d'Emmaline réussit à le distraire juste assez. La lame de Sir Duncan s'abattit et s'enfonça dans le flanc de Lionel. Il tituba en arrière et se demanda pourquoi il ne saignait pas. Il ressentit une douleur aiguë. Est-ce qu'il n'aurait pas dû y avoir du sang ?

Il baissa les yeux, portant sa main gauche contre la blessure. Sa chair était tachée de rouge. En fait, il y avait du sang.

Et il y en avait beaucoup. Il ne l'avait pas senti à cause de la pluie.

Il fit quelques pas titubants, puis tomba à genoux. La boue l'aspira, et quand il tomba sur le côté, il vit Emmaline qui se précipitait vers lui. Elle se jeta à terre à ses côtés, son visage pâle, mais si beau.

Elle lui prit l'épée des mains et se leva, la brandissant vers Sir Duncan, qui s'était avancé vers eux.

— Si vous vous approchez encore, je vous tuerai. Axbridge ne m'a pas volée. Je ne voulais pas de vous. Je l'ai choisi. *Je l'aime.* Vous n'êtes qu'un abject imbécile, et désormais tout le monde le sait.

Lionel ne voyait pas le visage de Sir Duncan. La pluie l'aveuglait alors qu'il était étendu sur le sol, la douleur irradiant de son côté. Il était vaguement conscient que quelqu'un d'autre s'approchait. Les ténèbres menaçaient, mais il ne voulait pas partir, pas encore.

— Emmaline.

Il lutta pour prononcer le mot, et s'inquiéta qu'elle ne l'entende pas.

Mais elle était là, agenouillée à côté de lui. Heureusement, il pouvait la voir au moins.

— Je suis là, mon amour.

Elle caressa son visage, repoussant la pluie. C'était un effort vain, car elle ne cessait de tomber et de le tremper à nouveau.

— Je t'ai écrit une lettre. Elle est dans ma berline.

Le médecin, du moins il espérait que c'était lui, entreprit d'examiner sa blessure. Il grimaça avant de pousser un gémissement.

Emmaline lui caressa la joue.

— Tu vas t'en sortir.

Il voulut secouer la tête, mais ne sut pas s'il avait réussi.

— Ça n'a pas d'importance. Savoir que tu m'aimes signifie que je peux mourir heureux.

Elle le dévisagea, les yeux flamboyants et magnifiques.

— Ne t'avise pas de mourir !

— Je t'aime, Emmaline.

Il ferma les yeux et s'abandonna au vide.

# CHAPITRE 17

*L*e médecin recouvrit la blessure de Lionel d'un linge blanc. Emmaline le regarda devenir lentement rouge.

— Nous devons l'emmener à la berline, dit West, semblant sortir de nulle part pour s'accroupir à côté d'elle.

— Soulevez-le doucement, avertit le médecin en reculant.

West et Sutton firent comme il demandait, et le portèrent à travers le champ boueux.

Emmaline se dirigea à grands pas vers l'endroit où Sir Duncan se tenait avec un autre homme, vraisemblablement son second. Ils avaient le visage baissé et conversaient à voix basse.

— J'espère que vous êtes satisfait, cracha-t-elle. Sachez que s'il meurt, vous ne pourrez plus vivre avec vous-même. J'ai vu l'effet que cela produit sur les gens, ce que cela lui a fait à lui, dit-elle en tournant la tête vers la berline de Lionel. Je ne souhaite cela à personne, pas même à vous.

Elle fit volte-face et courut vers la berline, mais elle était vide. Le cocher n'était nulle part.

— Par ici.

Le cocher de West lui toucha le bras et la conduisit promptement à quelques mètres de là, où Lionel gisait à l'arrière d'une charrette. Oui, c'était plus logique. Elle ne voyait pas comment ils auraient pu le faire monter dans la berline dans son état.

West monta à l'arrière et lui tendit la main.

— Venez-vous avec nous ou prenez-vous la berline ?

— Je ne le quitte pas.

Elle plaça sa main dans celle de West et il la hissa dans la charrette.

Le médecin prit place à côté de Lionel, la main enfouie sous une couverture qui avait été jetée sur le corps d'Axbridge. Vraisemblablement, le médecin était toujours en train de stopper l'écoulement du sang. Il se pencha vers le conducteur et lui cria :

— Dépêchez-vous !

C'est à ce moment qu'elle se rendit compte qu'il s'agissait du cocher de Lionel.

Emmaline était à peine assise, se postant près de la tête de son mari lorsque le véhicule s'élança. Elle contempla la pâleur mortelle de son visage et eut l'impression qu'elle allait mourir. Elle ne pouvait pas le perdre.

— Est-ce qu'il va s'en sortir ? demanda-t-elle au médecin.

Les mots sonnaient bizarrement, et elle se rendit compte que ses dents claquaient.

— Si je peux le faire recoudre tout de suite et éviter l'infection, il a de bonnes chances.

L'homme releva la tête et Emmaline, le reconnaissant, en fut secouée. C'était le même médecin qui s'était occupé de Geoffrey.

Il sembla la reconnaître lui aussi. Il blêmit légèrement.

— Vous êtes Lady Axbridge maintenant ?

Elle hocha la tête.

— Il ne peut pas mourir, murmura-t-elle.

Elle n'avait pas non plus voulu que Geoffrey meure, mais cette fois, c'était en quelque sorte plus vital. Elle ne savait vraiment pas comment elle pourrait continuer si elle perdait Lionel. Il avait souffert pendant si longtemps. Il méritait une chance d'être heureux, et elle allait la lui offrir.

Le médecin hocha fermement la tête.

— Je ne sais pas ce qui s'est passé avec Lord Townsend. Il n'aurait pas dû mourir non plus. Je ne quitterai pas le marquis tant que je ne serai pas sûr qu'il survivra.

Elle baissa les yeux vers le visage de Lionel, et essuya la pluie.

— Moi non plus.

La charrette arriva à leur maison de ville, et tout se passa très vite. Le médecin indiqua à Emmaline le matériel dont il avait besoin. Elle hocha la tête en se levant, impatiente d'exécuter ses ordres.

Tulk sortit précipitamment et évalua rapidement la situation. Il aida Emmaline à descendre du véhicule.

— Je vais prévenir le personnel, lui dit-elle.

Le majordome acquiesça, le visage creusé par la détresse. Il se mit au travail pour aider West à faire descendre Lionel.

Emmaline se précipita à l'intérieur et appela à l'aide. M^{me} Wells arriva en courant, et elle lui indiqua ce qu'elle devait apporter dans la chambre de Lionel. Elle demanda ensuite à un valet de pied d'attiser le feu dans la pièce. Les domestiques coururent exécuter ses ordres tandis qu'elle fonçait à l'étage.

Elle rejeta les couvertures du lit de Lionel, et trouva un édredon à jeter en travers, espérant qu'il absorberait l'humidité, et le sang.

*Ne pense pas à ça.*

Hennings apparut avec quelques-uns des éléments qu'Emmaline avait demandés à M^{me} Wells : un seau d'eau chaude et une serviette. La pièce se transforma en une ruche animée lorsque le médecin entra, suivi de West et Tulk portant Lionel. Ils le déposèrent sur le lit, et Hennings lui retira ses bottes.

Le médecin déposa son sac sur le chevet et en retira du fil et une aiguille. Emmaline fixait ses mains, terrifiée pour Lionel.

— Ma dame, il vous faut vraiment prendre un bain chaud, ou au moins retirer vos vêtements mouillés.

Lark s'était glissée dans la pièce.

Emmaline n'était pas surprise de ne pas l'avoir remarquée.

— Dans un moment. Je ne peux pas le laisser.

— Vous ne lui serez d'aucune utilité si vous attrapez un coup de froid.

Sachant que sa femme de chambre avait raison, elle se tourna à contrecœur vers le salon.

— Nous devons faire vite.

Elle se précipita dans sa chambre.

Cela prit un temps excessivement long à Lark pour l'aider à se défaire de ses vêtements détrempés. C'était très difficile, et cela prenait beaucoup de temps, de défaire des lacets qui étaient froids et tellement humides qu'ils étaient pires que noués.

— Contentez-vous de les couper ! s'écria Emmaline, désespérée.

Quand elle fut enfin libérée de ses vêtements, elle se mit à trembler de manière incontrôlable. Lark l'enveloppa d'une couverture et la poussa devant le feu, qui lui aussi avait été alimenté. Puis elle détacha les cheveux d'Emmaline et fit de son mieux pour les sécher au moins partiellement avec une serviette.

— Je reviens tout de suite.

— Dépêchez-vous.

Emmaline tourna la tête vers la chambre à coucher de Lionel et pria.

Quelques minutes plus tard, Lark l'avait habillée d'une simple robe du matin. Elle lui brossa les cheveux, en faisant des mouvements rapides, ce qui tirait sur les nœuds qui s'étaient formés sous la pluie. Elle s'excusa à chacun d'entre eux, mais Emmaline la pressa. Elle ne se souciait pas de telles futilités. Il fallait qu'elle retourne auprès de Lionel.

Lark termina enfin, et Emmaline se précipita dans l'autre chambre.

— *Merde !*

La voix de Lionel l'emplit à la fois de soulagement et d'effroi. Elle était très heureuse qu'il soit encore avec elle, mais elle entendait la souffrance dans sa voix.

— Presque terminé, répondit calmement le médecin.

Il y avait tout un public rassemblé autour du lit : Hennings, Tulk, West, Sutton, M^{me} Wells, ainsi que quelques valets de pied.

Hennings s'écarta pour laisser Emmaline s'approcher. Il passa son bras autour d'elle et la serra. Les larmes lui montèrent aux yeux, mais elle les retint. Elle n'allait pas pleurer. Pas maintenant.

— Un peu plus de whisky, peut-être ? suggéra le médecin.

Hennings retira son bras d'Emmaline, mais elle se tourna vers lui.

— Je vais m'en occuper. Où ?

Il fit un signe de tête vers le chevet.

Elle contourna le médecin qui travaillait sous la lumière vive d'une lanterne tenue à bout de bras par Tulk. Détournant le regard de la blessure, elle repéra la carafe de whisky et un verre vide à côté. Avant qu'elle ne puisse le verser, Lionel lui saisit le poignet et la serra fort.

— Où étais-tu ?

Elle se tourna vers lui, le cœur serré.

— J'étais juste en train de passer des vêtements secs. Je suis ici maintenant. Et je ne partirai jamais.

Il se détendit à nouveau contre l'oreiller, mais rien qu'une seconde. Son visage se déforma sous le coup de la douleur, et il laissa échapper un gémissement déchirant.

— Il lui faut plus de whisky, insista le médecin.

Elle en versa dans le verre, puis aida Lionel à boire. Elle jeta un bref coup d'œil au médecin.

— Ne devrait-on pas lui donner du laudanum ?

— Si, mais il a refusé parce que vous n'étiez pas là.

Elle secoua la tête en regardant son mari.

— Tu es un homme stupide.

Lionel leva le regard vers elle, les yeux troubles.

— Malheureusement, oui. Je n'allais pas renoncer à la conscience avant de te voir. Je vais le prendre maintenant.

— Quand j'aurai fini, répliqua le docteur, serrant les dents. Nous y sommes presque.

Lionel jura encore alors que son corps se contractait. Elle aurait fait n'importe quoi pour l'épargner.

Il sembla lire dans ses pensées, lui adressant un petit sourire avant de dire :

— Je ne mérite pas moins.

— Cesse de dire cela.

Elle avait l'air fâchée, mais elle s'en moquait. Elle en avait assez de le voir se détester.

— Terminé, annonça le médecin en reculant pour contempler son travail. C'est une blessure plutôt large, mais propre. Merci, mon Dieu, pour les lames tranchantes comme des rasoirs ! Je ne crois pas qu'elle ait touché un organe. Avec beaucoup de repos et de soins, vous devriez vous en sortir.

Il grimaça en regardant Emmaline.

— Néanmoins, je vais rester un moment.

— Il va vous falloir des vêtements de rechange, lui dit M^{me} Wells. Venez, je vais vous conduire dans une chambre.

— Un instant.

Le médecin fouilla dans son sac et versa quelque chose dans le verre de whisky, désormais vide. Il le déposa sur la table et regarda Emmaline.

— C'est du laudanum. Donnez-le-lui immédiatement. Il va dormir, et pour le moment c'est ce qu'il y a de mieux pour lui. Je reviens immédiatement pour panser la blessure.

Emmaline acquiesça, et le médecin suivit M^{me} Wells hors de la pièce.

Tulk déposa la lanterne à l'autre bout de la chambre.

— Très bien. Il est temps pour tout le monde de laisser Sa Seigneurie se reposer.

Emmaline caressait le visage de Lionel alors que les gens commençaient à sortir.

Hennings lui toucha doucement le bras.

— Je vais vous chercher quelque chose à manger, puis il baissa le regard vers Lionel, et elle aurait pu jurer qu'il avait les larmes aux yeux. Vous m'avez fait une sacrée frayeur. Encore une fois.

Il tapota l'épaule de Lionel, puis fit volte-face et s'en alla.

West et Sutton s'avancèrent, l'air de deux chiens mouillés. Emmaline se recula pour qu'ils puissent parler à Lionel.

— Si vous ne rentrez pas tous les deux à la maison pour enfiler des vêtements secs, vos femmes vont me tuer, croassa Lionel.

— Une façon peu glorieuse de mourir, compte tenu de tout ce que nous venons de vivre, dit Sutton avec ironie. Mais tu as probablement raison. Je reviendrai demain pour voir comment tu t'en sors.

Il se tourna vers Emmaline et lui prit la main.

— Il a beaucoup de chance de vous avoir. Cela me remplit de joie au-delà de toute mesure de vous voir ensemble, et de voir combien vous vous êtes rendus heureux l'un l'autre.

Bon, ils n'en étaient pas *encore* tout à fait à ce point, mais elle espérait ardemment qu'ils le feraient.

Sutton posa ses lèvres froides contre sa joue pour l'embrasser. Elle le dévisagea d'un air sérieux.

— Dépêchez-vous de rentrer, s'il vous plaît. Vous êtes gelé.

Il hocha la tête, puis s'en alla.

West n'avait pas décroché un mot à Lionel, mais son air renfrogné en disait long.

— La prochaine fois, je t'écouterai, râla Lionel. En attendant, n'hésite pas à me rabrouer.

— Je vais te laisser entre les mains compétentes de ta femme. Si quelqu'un est capable de te faire ressentir des remords comme il se doit, c'est bien elle, ironisa-t-il, puis il regarda son ami. Je suis heureux que tu ailles bien.

West se tourna vers Emmaline et l'embrassa sur la joue comme Sutton l'avait fait.

— Je m'en vais. Envoyez-moi un mot si vous avez besoin de nous. Je suis certain qu'Ivy sera là demain matin.

— Merci.

Emmaline le regarda partir, puis prit le laudanum. Elle soutint la tête de Lionel pendant qu'il buvait.

Il fit une grimace.

— C'est assez immonde.

Elle reposa le verre et lui caressa le visage, partagée entre l'envie de le secouer et celle de l'embrasser.

— Tu m'as menti.

— Je n'ai pas menti... Je ne voulais vraiment pas me battre en duel, plaida-t-il en cillant. Et, vraiment, je ne l'ai pas fait. Je ne sais pas si tu as regardé, mais je n'ai fait que soulever mon épée pour me défendre. La plupart du temps.

— Est-ce supposé m'aider à me sentir mieux, espèce d'imbécile ? Et évidemment que je n'ai pas regardé ! Dès mon arrivée, j'ai essayé d'y mettre un terme. Mais c'était juste au moment où Sir Duncan t'a frappé.

Lionel toucha doucement son flanc blessé et grimaça.

— Que lui est-il arrivé ? Je crois me souvenir que tu as brandi une épée.

— Je lui ai laissé la vie sauve.

Pendant un moment, elle avait envisagé de le transpercer.

— Bien sûr. Tu n'aurais pas pu lui faire de mal. Ni à quiconque.

Elle ricana.

— N'en sois pas si sûr. J'étais au-delà de la fureur, au-delà de la rage. Je comprends comment on peut en arriver à de telles extrémités désespérées.

Elle baissa la voix, submergée d'un flot d'amour.

— Surtout au nom de ceux qui nous sont les plus chers.

Elle plaça sa main dans celle de Lionel et lui serra les doigts.

— Tu comprends ce que j'ai ressenti à la mort de mon père, dit-il tranquillement.

— Oui. Je savais que je t'aimais, mais aussitôt que j'ai imaginé que tu pourrais m'être arraché, j'ai ressenti une émotion d'une profondeur dont je ne me savais pas capable. Honnêtement, ça m'a fait mourir de peur.

— C'est le genre de choses qui arrivent quand on aime. Peux-tu... Es-tu prête à ressentir ça ?

Elle laissa échapper un petit rire.

— Je ne pense pas avoir le droit d'en décider. Comme je l'ai dit, je t'aime. Au-delà de toute mesure.

Il détourna le regard, le front plissé.

— Je ne le mérite pas.

Elle lui lâcha la main. Puis elle saisit son visage entre les siennes, l'amenant à se concentrer sur elle une fois de plus.

— Cesse de dire cela ! J'en ai assez de ta mélancolie. Je comprends pourquoi tu t'es puni pendant si longtemps, mais dois-tu me punir aussi ?

Sa voix avait grimpé, et sa poitrine se soulevait au rythme

de sa respiration.

Il cligna des yeux puis étouffa un bâillement.

— Non. Je crois que je dois accepter que la femme la plus magnifique du monde a miraculeusement décidé de m'aimer. Et je m'en réjouirai à longueur de journée, tous les jours, jusqu'à ma mort.

Il se cala à nouveau contre l'oreiller et tressaillit à nouveau.

— J'espère que ce sera dans très longtemps.

Ses yeux se fermèrent.

Elle remonta la couverture autour de ses épaules.

— Tu devrais dormir maintenant, lui proposa-t-elle en allant chercher une autre couverture ; puis elle revint pour l'embrasser sur la joue. Et merci pour ce que tu as fait au sujet de mes parents.

Il ouvrit brusquement les yeux.

— Il te l'a dit ?

— Non. Ma mère m'a rendu visite aujourd'hui. C'était en fait plutôt agréable.

Il se renfrogna.

— Ils n'étaient pas censés te le dire.

— Pourrions-nous, s'il te plaît, nous dispenser de garder des secrets ? Y a-t-il autre chose que tu aimerais me dire ?

Le regard d'Axbridge s'adoucit, et il tendit une main qu'il posa sur sa joue.

— Je t'aime.

— Je t'aime aussi.

— Embrasse-moi.

Elle se pencha et couvrit ses lèvres des siennes, les remuant doucement, tendrement, avec de grandes précautions.

Il laissa retomber sa main sur le lit et ferma à nouveau les yeux.

— J'ai hâte de développer ce sujet quand j'irai mieux.

Elle le contempla un moment, et il sembla s'endormir instantanément. Finalement, elle se tourna et partit à la recherche d'une autre couverture. Elle essaya un coffre dans le coin, avec succès. Quand elle souleva le tissu laineux, ses yeux tombèrent sur une boîte. Curieuse, elle la sortit en même temps que la couverture.

Après l'avoir couvert, et s'être assurée qu'il avait bien chaud, elle revint à la boîte. La ramassant sur le sol, elle l'emmena de l'autre côté du lit et l'ouvrit, assez certaine de ce qu'elle contenait.

Des pistolets de duel.

Était-ce les armes qu'il avait utilisées dans ses précédents duels ? Elle voulait s'en débarrasser. Mais serait-il d'accord ? Elle pensait que oui.

Le médecin revint juste à ce moment-là, et elle posa la boîte sur le chevet, la chassant de son esprit alors qu'elle l'aidait à panser la blessure.

Puis Hennings apporta à manger et proposa d'établir un planning pour la surveillance de Lionel. Emmaline était catégorique : elle ne s'en irait pas, même un court instant. Mais ils pouvaient aller et venir comme bon leur semblait. En fin de compte, le médecin décida de dormir dans l'une des chambres d'amis, tout en prévoyant une surveillance régulière. Hennings décréta qu'il passerait comme bon lui semblerait, du moins jusqu'à ce que l'épuisement le contraigne à faire une sieste. Mais ce ne serait qu'une sieste, avait-il assuré à Emmaline.

Il lui avait également remis la lettre dont Lionel avait parlé plus tôt.

Rédigé avant le duel, il avait écrit :

*Très chère Emmaline,*

    *Si notre mariage n'a pas connu les débuts que nous aurions pu espérer, je n'ai aucun regret quant au peu de temps que nous avons*

*passé ensemble. À la réflexion, si ma vie devait s'achever aujourd'-*
*hui, je regretterais profondément la brièveté de notre relation.*
*J'échangerais n'importe quoi pour une minute de plus passée à*
*t'aimer.*

*Non pas que je cesserai de le faire, même après mon départ. Je*
*t'appartiens pour l'éternité, que tu me veuilles ou non. J'espère*
*sincèrement que c'est le cas, et que nous passerons le reste de nos*
*longues vies comme la famille dont j'ai rêvé.*

*Cependant, si je ne survis pas, je te supplie humblement de me*
*pardonner. Une fois encore. Je suis, bien souvent de façon affli-*
*geante, un homme d'honneur et de passion extrême. Je me bats en*
*duel aujourd'hui parce que je sens que c'est mon devoir. Il en va de*
*mon honneur en tant que ton mari légitime et dévoué de mettre un*
*terme à tous ces questionnements au sujet de notre mariage.*
*Comme tu me l'as dit, tu ne veux pas que quiconque pense qu'il est*
*faux, et moi non plus. Je veux que tout le monde sache combien je*
*t'aime, et à quel point je suis engagé dans notre union. Rien n'est*
*plus important à mes yeux que ton bonheur.*

*À toi pour toujours,*
*Lionel*

Le parchemin était déjà humide des larmes d'Emmaline avant qu'elle ne finisse de lire ses belles paroles.

Il était minuit passé quand elle s'installa dans le lit à côté de lui. Il avait à peine bougé depuis qu'il s'était endormi plusieurs heures auparavant. Mais il avait des couleurs, il était agréablement chaud au toucher, et sa respiration était régulière. Elle se répéta de ne pas s'inquiéter, alors même que des souvenirs de la mort de Geoffrey l'envahissaient.

Elle se blottit contre Lionel et posa la main sur sa poitrine, la faisant monter et descendre dans un mouvement rassurant. Et elle finit par s'endormir.

∽

*L*e grincement retentit comme un coup de feu pour Lionel, le faisant tressaillir. La douleur lui traversa le flanc, lui rappelant où il était et ce qui s'était passé. Il entendit à nouveau le grincement et ouvrit les yeux, s'efforçant de se focaliser dans l'obscurité. Une silhouette sombre se glissa devant l'âtre.

Était-ce Emmaline qui se faufilait dans sa chambre comme elle l'avait fait l'autre nuit ? Il l'espérait. Même s'ils ne pouvaient réitérer ces activités pour le moment, il pouvait toujours la tenir dans ses bras.

Mais attendez. Il sentait quelque chose de chaud contre son flanc. *C'était* Emmaline.

Alors qui diable rôdait dans sa chambre ?

Il tendit la main et la poussa pour l'avertir du danger potentiel.

— Qui est là ? cria-t-il à voix haute, espérant la prévenir et peut-être aussi toute autre personne qui pourrait être dans les parages.

Où était Hennings ? Tulk ? Endormis comme lui et Emmaline. C'était le milieu de la nuit, bon sang !

La forme s'approcha du lit, et Lionel put enfin distinguer ses traits.

— Mullens. Comment diable êtes-vous entré ici ?

Il haussa les épaules.

— Je suis doué pour me frayer un chemin dans les situations. Townsend aurait pu vous le dire. Votre valet de pied se réveillera avec une vilaine bosse, mais il devrait s'en sortir. Dommage que je ne puisse pas en dire autant de vous.

Lionel n'avait pas senti Emmaline bouger, mais se rendit compte qu'elle n'était plus à côté de lui. Où était-elle passée ?

Il leva les yeux vers Mullens, la douleur dans son flanc s'intensifiant à mesure que les effets du laudanum se dissipaient.

— Vous êtes ici pour me faire du mal ?

— Pour vous dégager de mon chemin, dit le tailleur d'une voix sombre et feutrée. Et ne songez pas à appeler à l'aide : j'ai dans ma ceinture un pistolet dont je n'hésiterai pas à me servir. Cependant, je préférerais accomplir cette course de la manière la plus discrète possible.

Sa course ?

— Pourquoi êtes-vous ici ?

— Vous avez ruiné mon entreprise.

La voix de l'homme grimpa légèrement.

Lionel ne doutait plus du rôle que l'homme jouait dans toute l'histoire.

— Votre plan d'extorsion, vous voulez dire ?

— D'abord, vous provoquez Townsend en duel avant qu'il n'ait le temps d'encaisser le paiement de Lady Richland et vous n'avez même pas la décence de le tuer. J'ai dû m'en charger moi-même pour l'empêcher de se retourner contre moi. Ensuite, vous faites en sorte que ma sœur soit renvoyée de son poste, plutôt bien placé, *sans une foutue référence*, éructa-t-il, la lèvre supérieure retroussée. Vous êtes vraiment une menace. Puis, vous avisez Bow Street. Ils sont venus aujourd'hui, mais heureusement, je n'étais pas là. Apparemment, Sir Duncan, il me semble que vous le connaissez, leur a raconté comment je l'ai encouragé à vous provoquer en duel. Non pas qu'il avait besoin de beaucoup de persuasion. Il était déjà suffisamment enragé contre vous, il ne m'a fallu que quelques mots de confiance bien placés pour le pousser vers ce qu'il voulait déjà faire. Quel dommage qu'il se soit révélé presque aussi nul en duel que Townsend.

Le cerveau de Lionel était encore un peu embrumé par le laudanum. Il s'efforçait d'intégrer tout ce que Mullens disait.

— Avez-vous dit que vous avez tué Townsend ?

— Je devais le faire. Je lui ai rendu visite après le duel, et il a dit qu'il ne pouvait pas continuer, qu'il prévoyait de vous raconter que je l'avais poussé à l'extorsion. Ce vaurien me devait de l'argent ! s'exclama Mullens, dont la voix augmentait en intensité sinon en volume. J'ai donc attendu qu'il se rendorme, et me suis contenté d'appliquer un oreiller sur son visage. Au vu des blessures que vous lui aviez infligées, il n'y a pas eu d'enquête sur les causes de sa mort.

Mullens semblait si suffisant, si... fier.

— J'avais l'espoir que Sir Duncan vous tue, mais apparemment, je dois tout faire moi-même. Si vous acceptez de ne pas vous battre, je m'en irai sans faire de mal à personne d'autre... disons votre charmante épouse ?

Lionel lutta pour se lever, mais en vain. Il ne se croyait pas en mesure de se battre.

— Touche à ma femme, et tu mourras.

Le bruit du pistolet que l'on arme glaça le sang de Lionel. Il regarda les mains de l'homme. Elles tenaient un oreiller, pas une arme.

— Je peux peut-être vous aider ?

Emmaline s'avança, sa main entourant l'un des pistolets de duel de Lionel.

Mullens se retourna pour lui faire face. Elle avait fait le tour du lit si discrètement qu'aucun des deux hommes ne l'avait remarquée.

— Vous voulez le tuer pour moi ? s'enquit Mullens. Je suppose que c'est logique. Il *a tué v*otre mari. Et il avait une aventure avec Lady Richland.

— En fait, c'est faux. Du moins, pas *récemment*. Et il me semble que je viens de vous entendre avouer que vous avez tué Geoffrey, dit-elle doucement, levant l'arme vers Mullens, les yeux brûlant soudain d'un air menaçant. Jamais je ne tuerai Lionel. Je préférerais vous tuer vous.

— Emmaline, ne fais pas ça.

Il ne pouvait pas la laisser faire. Elle ne comprenait pas les conséquences. En fait, peut-être que si... Elle le comprenait.

— Ne t'inquiète pas, chéri, le rassura-t-elle. Je crois que je dormirai bien cette nuit.

Mullens balança sa main et fit voler les objets sur la table de nuit de Lionel. Celui-ci se tourna pour éviter les débris, et le mouvement manqua de le faire s'évanouir de douleur. Une lumière blanche l'aveugla, puis il entendit un coup de feu.

— Emmaline ! s'écria Lionel.

Le son d'un cri masculin emplit la pièce. Un instant plus tard, la porte s'ouvrit et Hennings se précipita à l'intérieur.

Axbridge lutta pour s'asseoir, pour voir ce qui s'était passé, mais la douleur était trop forte. Il retomba en arrière, haletant, la vision trouble.

— Lionel, tu ne dois pas bouger, dit la voix d'Emmaline.

Il tourna la tête et parvint à se concentrer suffisamment pour la voir debout à côté du lit, les traits creusés par l'inquiétude.

Il cligna des yeux, essayant de retrouver son équilibre.

— Que s'est-il passé ?

Elle grimaça en jetant un regard vers la porte.

— Hennings, avez-vous le contrôle de la situation ?

— C'est le cas, ma dame.

Elle se retourna vers Lionel et lui dit simplement :

— Je lui ai tiré dessus.

— Tu n'as pas fait ça !

— Il essayait de s'enfuir. Je ne pouvais pas le laisser faire. Je l'ai seulement blessé à la jambe. Je crois. Il faisait un peu sombre.

— Oui, c'est la jambe, confirma Hennings sous les gémissements de Mullens.

Le médecin entra, suivi de Tulk, ses vêtements de nuit traînant derrière lui.

— Je suis tellement désolé, my lord ! s'exclama le majordome. J'ai retrouvé Pratt inconscient, mais il semble aller bien maintenant.

— Que quelqu'un envoie un valet de pied à Bow Street chercher un dénommé Teague, demanda Lionel, haletant alors que la douleur dans son flanc menaçait de le consumer.

— Je m'en occupe, my lord, répondit Tulk en sortant aussi vite qu'il était entré.

— Docteur, je crois que Lord Axbridge a besoin de plus de laudanum. Mais je crains que la bouteille se soit brisée dans la chute.

Elle serra la main de Lionel, avant de se laisser tomber au sol, vraisemblablement pour chercher le médicament.

Il s'en moquait pour le moment. Tout ce qu'il voulait, c'était la tenir dans ses bras, s'assurer qu'elle était en sécurité, et comprendre comment diable elle avait appris à tirer.

Mais l'agitation était trop intense alors que l'on transportait Mullens dans le salon. Le médecin constata que le flacon de laudanum était effectivement brisé, grâce au tailleur. Il envoya un valet de pied en chercher un autre, et pendant ce temps il alla examiner le blessé.

Emmaline l'avait encouragé à laisser l'homme souffrir. Lionel ne put s'empêcher d'en rire, mais dégrisa rapidement quand elle revint dans le lit.

— Tu ne veux pas qu'il meure, lui dit-il, prenant sa main. C'est quelque chose que je ne veux pas que tu endures.

Son regard chaleureux était un baume pour son âme endolorie.

— Je le sais, et je suis désolée que tu aies eu à le faire. Mais ta culpabilité et ta tristesse qui en découle prennent fin maintenant. Bien sûr, tu as le droit d'avoir des remords, mais tu *dois* te pardonner.

— Je le ferai.

Elle lui serra les doigts et posa sur lui un regard intense.

— Promets-le-moi. Surtout que tu n'as pas vraiment tué Geoffrey. Cela doit te soulager, non ?

Était-il soulagé ? Il devait bien admettre qu'il se sentait un peu plus léger. Malgré tout, il avait joué un rôle dans la disparition de l'homme. *Non. Ne fais pas ça. Geoffrey a fait son propre choix en s'acoquinant avec un méchant comme Mullens.*

— Je dois admettre qu'il m'est bien plus facile de me pardonner maintenant. Pour ça au moins.

— Eh bien, *moi* je t'ai pardonné, et si je peux le faire, toi aussi, affirma-t-elle avec un sourire, le regardant avec impatience. J'attends toujours ta promesse.

— Je le *promets*. Comment as-tu appris à tirer ?

Elle sourit.

— Lucy m'a appris. C'est grâce à toi, en réalité. Si tu te souviens, j'étais plutôt en colère après notre mariage. Je me suis dit que cela m'aiderait à me sentir mieux.

Il avait du mal à l'imaginer, mais il venait tout juste d'en être témoin.

— Et est-ce que cela a fonctionné ?

Elle fronça les sourcils en baissant les yeux sur lui, sa main caressant la sienne.

— Non. Je crains que tu n'aies déjà été en train de faire ton chemin vers mon cœur, en retrouvant Pearl pour moi, et en étant un bon mari en général, répondit-elle, puis elle se pencha pour embrasser sa main. Je n'en avais jamais eu avant.

Il sourit, se sentant absurdement heureux.

Elle plissa légèrement le front.

— Cela fait-il de moi la duchesse Dangereuse ? Peu importe, je le suis devenue quand je t'ai épousée.

— Cela fait de toi la duchesse de mon cœur. Maintenant, embrasse-moi encore une fois, car cela fait du bien à mon flanc.

Elle haussa un sourcil, visiblement sceptique, mais se pencha malgré tout pour poser ses lèvres sur celles de son mari. Rien dans sa vie ne serait jamais comparable à cet homme, et elle ne le désirait pas.

# ÉPILOGUE

*Axbridge Hall, juillet 1818*

J ade bondissait dans l'herbe à la poursuite du papillon qui était juste hors de sa portée. Elle fit un saut plus haut que jamais, et faillit attraper sa proie. Atterrissant sur le sol, elle abandonna sa poursuite pour nettoyer frénétiquement sa fourrure.

Emmaline gloussa en se retournant, marchant vers la maison. Le jardin progressait très bien sous sa supervision et offrirait une explosion de couleurs et de parfums lorsque tout le monde arriverait pour leur fête dans quelques semaines.

Elle avait hâte de voir ses amis et leur famille. Instinctivement, sa main se posa sur son ventre. Elle n'en était pas encore certaine, mais elle suspectait que Lionel et elle les rejoindraient tous dans la vie de parents l'année prochaine.

Jade la suivit à l'intérieur, où il faisait plus frais sans le rayonnement du soleil d'été. Elle était dehors depuis un moment, et décida qu'un bain rafraîchissant s'imposait.

En gravissant l'escalier, Emmaline regarda les portraits qui tapissaient les murs. Son préféré était au centre de la galerie, en haut. Elle s'y dirigea et resta un moment à contempler Lionel accompagné de ses parents.

Il devait avoir cinq ans et tenait la main de chacun d'eux. Son père était accroupi à sa gauche, et la ressemblance était bien plus charmante que sur le portrait dans le bureau de Lionel à Londres. Ici, l'ancien Lord Axbridge ressemblait tellement à son fils qu'Emmaline en avait mal au cœur. La joie et l'amour dansaient dans ses yeux quand il souriait à Lionel.

Celui-ci était tourné vers lui, visiblement en train de rire. Mais ce qui frappait le plus la jeune femme, c'était la joie sur le visage de Lady Axbridge. Sans le moindre doute, elle faisait partie du trio, mais c'était un moment entre le père et le fils qui capturait parfaitement leur lien étroit. Sa mère les regardait tous les deux, les traits illuminés par un ravissement qu'Emmaline ne connaissait que depuis peu.

La raison pour laquelle le portrait était si unique et frappant, c'était qu'il avait été peint par la mère de Lionel elle-même. Elle avait cherché à illustrer l'amour de leur famille, et elle l'avait fait avec une perfection absolue.

Alors qu'Emmaline poursuivait son chemin vers sa chambre, elle songea au fait que sa propre famille n'aurait peut-être pas vu le jour si Mullens était parvenu à tuer Lionel. Parfois, elle ressentait un pincement au cœur pour Geoffrey. Il s'ensuivait toujours une vague de culpabilité, car elle était incroyablement reconnaissante de son bonheur actuel.

Puis elle se rappelait que Geoffrey avait pris une très mauvaise décision en faisant confiance à la mauvaise

personne. Mullens était un criminel sournois et, contrairement à lui, il n'avait survécu à sa blessure que pour être transporté dans une colonie pénitentiaire à l'autre bout du monde.
Il n'était cependant pas seul puisque sa sœur avait choisi de le
rejoindre. Emmaline était heureuse de ne jamais les revoir.

Une fois dans sa chambre, elle sonna Lark, qui lui prépara
un bain dans son dressing. Un peu plus tard, elle se prélassait
dans l'eau tiède, essayant de rassembler l'énergie pour se
lever.

Oui, elle devait être enceinte. Ivy l'avait avertie du besoin
incessant de faire la sieste, surtout au début.

Bâillant, Emmaline s'assit.

— Où vas-tu ?

La voix grave de Lionel l'arrêta.

— Depuis combien de temps es-tu là ?

Il s'écarta de l'encadrement de la porte où il s'était
appuyé.

— Assez longtemps pour que mon sexe devienne entièrement et irrévocablement raide.

— Irrévocablement ?

Il s'agenouilla à côté de la baignoire.

— Je crains que l'on ne puisse rien y faire. Si tu ne peux
pas m'aider à résoudre le problème, je vais devoir prendre les
choses en main.

Emmaline rit, jamais lasse de la vivacité d'esprit de son
mari, même lorsqu'elle était douloureusement stupide.

— Je suppose que je peux être persuadée.

Effectivement, le désir la traversait déjà.

Lionel tendit la main dans la baignoire et lui caressa la
poitrine. La sensation se propagea dans sa chair. Il était d'une
impitoyable délicatesse, ses doigts effleurant à peine son
mamelon, avant de descendre le long de son ventre puis
entre ses cuisses. Il caressa ses lèvres intimes, et elle inspira

brusquement alors que le désir s'accumulait au creux de son ventre.

Elle se rendit compte qu'il était à moitié vêtu. Il avait jeté tous ses vêtements, à l'exception de sa chemise et son pantalon.

— Ta chemise est trempée.

— Tout comme ton sexe.

Elle le regarda en plissant les yeux, surtout parce que ses taquineries la poussaient à la limite de la frustration.

— Je suis dans une *baignoire*.

Il secoua la tête.

— À l'intérieur.

Il enfonça son doigt en elle, la remplissant. Elle ferma les yeux et appuya la tête en arrière contre le bord de la baignoire, haletante.

Puis il la souleva hors de l'eau. Elle ouvrit les yeux sous le choc et enroula ses mains autour de son cou. L'eau ruisselait de son corps, et à présent il était totalement trempé.

— Où m'emmènes-tu ? l'interrogea-t-elle, même si elle pensait connaître la réponse.

— Au paradis.

Elle lui mordit le lobe de l'oreille, puis passa sa langue le long de la chair torturée.

— Ne t'interromps pas, lui ordonna-t-il en la portant dans leur chambre.

Il s'arrêta près du lit et fronça les sourcils.

— Nous risquons de tremper les draps.

Elle haussa un sourcil.

— Est-ce vraiment un problème ?

Il la jeta sur le lit, et sa main se posa sur son ventre.

Il commença à retirer sa chemise, mais se figea, les yeux rivés sur elle.

— Serais-tu enceinte ?

— Je pense que oui. Je ne suis pas encore tout à fait sûre.

Il posa son genou sur le lit et entoura ses seins de ses mains.

— Tu dois l'être. Ils sont différents.

Il pencha la tête et suça l'un, puis l'autre.

Elle enfonça les doigts dans ses cheveux en gémissant de plaisir. Puis elle tira sur sa chemise, car il ne l'avait pas enlevée, et la fit remonter sur son dos. Il la balança par-dessus sa tête et retira son pantalon à toute vitesse.

Il la rejoignit sur le lit, s'étirant à côté d'elle. Il fit courir son doigt sur ses seins, le long de son nombril, et une nouvelle fois dans ses boucles intimes.

— Es-tu heureuse ? lui demanda-t-il.

— Au sujet de l'enfant ?

Il hocha la tête, un peu incertain. Son regard dériva vers son ventre.

— Extatique ! s'exclama-t-elle, enroulant sa main autour de son cou et appliquant une légère pression pour l'obliger à la regarder. Lionel, n'es-tu pas heureux ?

Il la dévisagea avec des larmes dans les yeux.

— Je suis submergé.

Elle le tira vers le bas pour l'embrasser, déversant son amour et sa passion pour cet homme, pour qu'il ressente ce qu'il représentait pour elle. Leurs langues se heurtèrent et s'unirent tandis que ses doigts attisaient son excitation jusqu'au bord de la félicité. Avant qu'elle ne l'atteigne, il roula entre ses jambes et remplaça sa main par sa hampe.

Il la combla d'un seul coup long et dur. Elle gémit dans sa bouche alors que leurs corps se pressaient pour satisfaire l'autre. Elle enroula ses jambes autour de lui et le serra fort tandis qu'il s'enfonçait en elle.

Son orgasme arriva vite et fort. Elle cria, s'agrippant à lui avec ses bras et ses jambes jusqu'à ce qu'il parvienne à l'extase à son tour. Il rugit son nom une fois, puis le répéta encore et encore, abaissant le volume jusqu'à le murmurer contre ses lèvres.

Elle l'embrassa à nouveau, subjuguée par la puissance de l'amour qu'ils partageaient.

Il ralentit, mais sans la quitter. Il repoussa ses cheveux humides de son visage et la regarda droit dans les yeux.

— J'espère que c'est une fille aussi belle que toi.

— J'espère que c'est un garçon, pour que tu l'aimes autant que ton père t'a aimé. Et nous l'appellerons Benedict.

— Que tu veuilles donner à notre fils le nom de mon père me comble de joie et d'un amour incommensurable, lui déclara-t-il avant de l'embrasser encore. Et de gratitude. Je n'en suis pas digne.

Elle lui jeta un regard renfrogné et tira sur ses cheveux.

— Nous en avons déjà discuté. Tu n'as pas le droit de parler comme ça.

Il lui sourit.

— Je le fais seulement pour que tu me réprimandes. J'aime quand tu me dis ce que je dois faire.

Elle plissa les yeux et descendit la main pour lui caresser le derrière.

— Alors donne-moi encore du plaisir.

Les yeux d'Axbridge s'assombrirent de désir.

— Toujours.


Vous souhaitez en savoir plus sur « Les Insaisissables » ? Rencontrez Nicholas Bateman, duc de Kilve, et Lady Violet Pendleton, dont l'amour a été rompu des années auparavant. Découvrez si l'amour, jadis si tragiquement disparu, peut être retrouvé dans *Le Duc Solitaire* !

Merci beaucoup d'avoir lu *Le Duc Dangereux*. J'espère que vous l'avez aimé ! Ne manquez pas les autres tomes des

Insaisissables où Emmaline fait une apparition : *Le Duc Malhonnête* et *Le Duc des Désirs* (Lionel apparaît aussi dans ce livre) ! Et n'oubliez pas de lire la suite de la série, *Le Duc Solitaire*, où vous rencontrerez une foule de nouveaux personnages dont vous tomberez amoureux !

Si vous voulez savoir quand mon prochain livre sera disponible et être averti des ventes spéciales, inscrivez-vous à ma newsletter en anglais sur https://www.darcyburke. com/join ou en français https://darcyburke.com/français.bulletin et suivez-moi sur les réseaux sociaux :

Facebook: https://facebook.com/DarcyBurkeFans
Twitter @darcyburke
Instagram darcyburkeauthor

Vous aimez les romans Régence ? Jetez un œil à la série *Le Club des Ducs Fringants*, six livres co-écrits avec ma meilleure amie, Erica Ridley. Découvrez les hommes inoubliables de la taverne la plus célèbre de Londres, Le Duc Fringant. Avec ces sublimes séducteurs à l'esprit et au charme à revendre, épris de liberté et d'aventures, une nuit n'est jamais suffisante.

J'espère que vous accepterez de laisser un avis sur le site de votre boutique en ligne ou de votre réseau préféré ! J'aime tellement mes lecteurs. Merci, merci, *merci*.
xoxo,
Darcy

# NOTES

## CHAPITRE 1

1. Note de la traductrice : étoffe faite d'un mélange de soie et de laine
2. NDLT : boisson obtenue par la fermentation de végétaux dans l'alcool et le sucre (fruits, moût de raisin...)

## CHAPITRE 15

1. NDLT : Les « coureurs de Bow Street » furent les premières forces de police professionnelle à Londres.

# REMERCIEMENTS

Je ne vous conseille pas de prendre des vacances au milieu de l'écriture d'un livre. Cela vous amènera sans doute à vous arracher les cheveux et à vous coucher tard le soir pour écrire. Cela étant dit, dans ce cas précis, je ne changerais rien, car j'ai passé un moment magique au Danemark avec mes cousins, Kim, Paprika et Nikolaj et leur famille. Nous avons créé de nombreux souvenirs que nous chérirons tous à jamais. Merci d'avoir rechargé mes batteries. Vraiment, mon cœur déborde !

# DU MÊME AUTEUR

*Les Insaisissables*

Le Comte sans héritier

L'inaccessible Duc

Le Duc Audacieux

Le Duc Malhonnête

Le Duc des Désirs

Le Duc Provocateur

Le Duc Dangereux

Le Duc Solitaire

Le duc Ravageur

Le Duc Trompeur

The Duke of Seduction

The Duke of Kisses

The Duke of Distraction

The Unexpected Duke

The Charming Marquess

The Wounded Viscount

*Le Club des Ducs Fringants*

Une nuit de séduction par Erica Ridley

Une nuit d'abandon par Darcy Burke

Une nuit de passion par Erica Ridley

Une nuit de scandale par Darcy Burke

Une nuit d'adieu par Erica Ridley

Une nuit de tentation par Darcy Burke

*Les Insaisissables: The Pretenders*

A Secret Surrender

A Scandalous Bargain

A Rogue's Redemption

# À PROPOS DE L'AUTEUR

Darcy Burke est l'auteure à succès USA Today de romance sexy, sentimentale historique et contemporaine. Darcy a écrit son premier livre à 11 ans, une fin heureuse entre un cygne accro à la magie et une femelle cygne qui l'aimait, avec des illustrations extrêmement pauvres.

Native de l'Oregon, Darcy vit en bordure des vignes avec son mari guitariste, une fille artiste d'un incroyable talent, et un fils débordant d'imagination qui écrira sans doute un jour mieux qu'elle ( et peut-être dès demain ). Ils forment une famille-à-chats un peu folle, avec deux bengals, un petit chat en quête de notoriété qui porte le nom d'un fruit, un vieux maine-coon rescapé plutôt arrogant, et une collection de chats du voisinage qui trainent sur la terrasse et entrent quelquefois. Vous trouverez Darcy au chai, dans son confortable fauteuil d'écrivain avec son portable et un ou trois chats sur les genoux, en train de plier son linge ( ce qu'elle adore ), ou encore devant le télévision avec sa famille. Ses havres de bonheur sont Disneyland, le week-end du Labor Day au Gorge, Le Danemark et partout au Royaume-Uni – tant que sa famille y est aussi. Retrouvez Darcy en ligne à https://www.darcyburke.com et suivez-la sur ses réseaux sociaux.